Ren Dhark®
Sonderband

Herausgegeben von
HAJO F. BREUER

HJB®

Lieferbare Ren Dhark-Bücher

Ren Dhark / 1. Zyklus – Die Heftserie
Bände 1-3 Paperback (Lizenzausgabe),
Bände 4-6 Hardcover (Lizenzausgabe),
Bände 7-16 Hardcover, HJB-Ausgabe,
352 Seiten, € 15,90

Band 1 »Sternendschungel Galaxis«
Band 2 »Das Rätsel des Ringraumers«
Band 3 »Zielpunkt Terra«
Band 4 »Todeszone T-XXX«
Band 5 »Die Hüter des Alls«
Band 6 »Botschaft aus dem Gestern«
Band 7 »Im Zentrum der Galaxis«
Band 8 »Die Meister des Chaos«
Band 9 »Das Nor-Ex greift an!«
Band 10 »Gehetzte Cyborgs«
Band 11 »Wunder des blauen Planeten«
Band 12 »Die Sternenbrücke«
Band 13 »Durchbruch nach Erron-3«
Band 14 »Sterbende Sterne«
Band 15 »Das Echo des Alls«
Band 16 »Die Straße zu den Sternen«

Ren Dhark Drakhon-Zyklus
Die Fortführung der Heftserie bei HJB
Buchausgabe, 352 Seiten, € 15,90

Band 1 »Geheimnis der Mysterious«
Band 2 »Die galaktische Katastrophe«
Band 3 »Der letzte seines Volkes«
Band 4 »Die Herren von Drakhon«
Band 5 »Kampf um IKO 1«
Band 6 »Sonne ohne Namen«
Band 7 »Schatten über Babylon«
Band 8 »Herkunft unbekannt«
Band 9 »Das Sternenversteck«
Band 10 »Fluchtpunkt M 53«
Band 11 »Grako-Alarm«
Band 12 »Helfer aus dem Dunkel«
Band 13 »Cyborg-Krise«
Band 14 »Weiter denn je«
Band 15 »Welt der Goldenen«
Band 16 »Die Verdammten«
Band 17 »Terra Nostra«
Band 18 »Verlorenes Volk«
Band 19 »Heerzug der Heimatlosen«
Band 20 »Im Zentrum der Macht«
Band 21 »Unheimliche Welt«
Band 22 »Die Sage der Goldenen«
Band 23 »Margun und Sola«
Band 24 »Die geheimen Herrscher«

Ren Dhark Platinum
Luxusausgabe, 160 Seiten, € 39,90
(1) »Legende der Nogk«

Ren Dhark Spezial
Nachdruck der alten Taschenbücher
Buchausgabe, 304 Seiten,
Band 1: € 11,90, Bände 2/3: € 14,90

Band 1 »Sternen-Saga/
Dursttod über Terra«
Band 2 »Zwischen gestern u. morgen/
Echo aus dem Weltall«
Band 3 »Als die Sterne weinten/
Sterbende Zukunft«

Ren Dhark-Sonderbände
Neugeschriebene Einzelbände
Hardcover, 192 Seiten, € 10,50

(2) »Gestrandet auf Bittan«
(3) »Wächter der Mysterious«
(4) »Hexenkessel Erde«
(5) »Der Todesbefehl«
(6) »Countdown zur Apokalypse«
(7) »Der Verräter«
(8) »Der schwarze Götze«
(9) »Erron 2 – Welt im Nichts«
(10) »Ex«
(11) »Türme des Todes«
(12) »Die schwarze Garde«
(13) »Dreizehn«
(14) »Krisensektor Munros Stern«
(15) »Die Kolonie«
(16) »Schattenraumer 986«
(17) »Jagd auf die Rebellen«
(18) »Rebell der Mysterious«
(19) »Im Dschungel von Grah«
(20) »Das Nano-Imperium«
(21) »Geheimnis der Vergangenheit«
(22) »Gisol – Der Jäger«
(23) »Gisol – Der Rächer«
(24) »Gisol – Der Schlächter«
(25) »Jagd nach dem ›Time‹-Effekt«

Jagd nach dem »Time«-Effekt

SF-Roman von
Alfred Bekker

nach einem Exposé von
Hajo F. Breuer

1. Auflage

HJB Verlag & Shop KG
Postfach 22 01 22
56544 Neuwied
Bestellungen und Abonnements:
0 26 31 – 35 48 32
Fax: 0 26 31 – 35 61 02
E-Mail: hjb@bernt.de
www.ren-dhark.de

Herausgeber: Hajo F. Breuer
Titelbild: Ralph Voltz
Druck und Bindung:
Ueberreuter Buchproduktion

ISBN 3-930515-79-2

Vorwort

Es gibt für einen Autoren eigentlich kaum etwas Wichtigeres als den Kontakt mit den Lesern. (Zugegeben, manche Künstler aus der Riege derer, die um den Literaturnobelpreis kämpfen, scheren sich weniger um die Interessen ihrer Leser und denken nur an die hohe Kunst. Doch das ist mir zu anstrengend.) Und wie der vorliegende Band beweist, kann dieser Kontakt durchaus für beide Seiten befruchtend sein. Im REN DHARK-Forum (http://board.rendhark-universe.net) machte mich der User Helldriver darauf aufmerksam, daß im Konzept des »Time«-Effekts, einer überlichtschnellen Antriebsart, die von den Menschen selbst entwickelt worden war und zu Anfang der Serie eine große Rolle spielte, noch jede Menge Potential stecken könnte.

Ich dachte kurz über Helldrivers Beitrag nach und mußte zugeben: Wo der Mann recht hatte, da hatte er recht! So ist das Exposé zu diesem Buch entstanden, das von Alfred Bekker phantasievoll und spannend umgesetzt wurde. Ich darf mich noch einmal ausdrücklich bei Helldriver bedanken. Ein signiertes Exemplar des Buches ist schon zu ihm unterwegs!

Bedanken möchte ich mich auch bei all den Kollegen und Freunden, die seit 1994 an der endgültigen Buchausgabe von REN DHARK mitgearbeitet haben und noch immer mitwirken. Denn gleichzeitig mit diesem Sonderband, der immerhin schon der 25. dieser Reihe ist, erscheint der 24. und abschließende Band des Drakhon-Zyklus. Er trägt den Titel »Die geheimen Herrscher« und komplettiert den ersten Zyklus der REN DHARK-Neufortschreibung. Aber was beinahe noch wichtiger ist: Das Buch legt auch den Grundstein für die phantastischsten Abenteuer, die Ren Dhark jemals erleben wird – und zwar im BITWAR-Zyklus, dessen erste Ausgabe im August erscheint.

Das Buch mit dem Titel »Großangriff auf Grah« enthält übrigens einen ganz besonderen Leckerbissen für alle Fans und Freunde von Ren Dhark: In einer Einstecktasche des Buches befindet sich eine herausnehmbare Rißzeichnung der POINT OF: vierfarbig und im Posterformat DIN A2! Die detaillierte Darstellung soll ein kleines Dankeschön an alle REN DHARK-Leser sein, die unser aller Lieblingsserie schon so lange die Treue halten.

Und auf eines kann sich die REN DHARK-Gemeinde felsenfest verlassen: Das Abenteuer geht weiter! Auf unseren Helden wartet ein unendlich großes Universum, das erforscht und erobert werden will. Und es gibt noch unendlich viele Geschichten, die erzählt werden müssen…

So wie etwa die Schilderungen der gefährlichen Reise des FORSCHUNGSRAUMERS CHARR, deren Besatzung sich aufmacht, das wahre Geheimnis der Nogk zu lüften – das Geheimnis ihrer Entstehung. Die ersten beiden Bände sind unter den Titeln »Im Auftrag des Imperiums« und »Spur ins Dunkel« soeben erschienen und bieten beste Leseunterhaltung und Spannung pur in echter REN DHARK-Qualität! Erhältlich sind die Romane exklusiv nur im HJB-Shop, nicht im Buchhandel!

Nun bleibt mir nur noch, Ihnen ebenso gute Unterhaltung zu wünschen mit der Lektüre der folgenden Seiten und der Jagd nach dem »Time«-Effekt…

Giesenkirchen, im April 2004
Hajo F. Breuer

1. Teil: Frühjahr 2059, Terra

Schweißperlen standen auf Wladimir Jaschins Stirn. Gemeinsam mit einem halben Dutzend weiterer Elitesoldaten der Schwarzen Garde hetzte er eine sich schlauchartig dahinziehende Schlucht entlang. Rechts und links ragten steile Hänge auf. Hier und da kamen schroffe Felsen unter dem Geröll hervor. Der Untergrund war trocken und aufgesprungen. Nur spärliche Vegetation war in den Bergen um Star City zu finden. Wladimir blieb stehen. Der 1,94 Meter große Ukrainer hob die Hand. Er kommandierte diesen Zug der Gardisten. Die Männer stoppten ebenfalls. Blickten zurück.

»Nichts zu sehen von den Blechbrüdern!« meinte einer der Männer. Er hieß Stu Trenton, hatte dunkle Haare und einen breiten, kantigen Kopf.

Wladimir verzog das Gesicht.

»Daß du schon wieder reden kannst, zeigt deine gute körperliche Verfassung, Stu«, sagte Jaschin.

Stu grinste matt. »Kein Wunder bei der Ausbildung, die wir hinter uns haben!«

»Aber du irrst dich trotzdem.«

»Ach, ja?«

»Unterschätze mir die Blechdosen nicht! Vor allem dann nicht, wenn du diesen Robotern ohne Waffen und technische Ausrüstung gegenüberstehst, während die Metallkameraden mit Schockern ausgestattet sind.«

Die Gardisten trugen lediglich ihren normalen Kampfanzug und nicht den gepanzerten Multifunktionsanzug. Aber angesichts des Laufs, den sie hinter sich hatten, bedauerte das niemand.

Keiner von ihnen war bewaffnet, verfügte über ortungstechnische Hilfsmittel zur Orientierung oder Kommunikationstechnik. Aber ein Angehöriger der Schwarzen Garde, dieser im Dezember 2056 gegründeten schnellen Eingreiftruppe der terranischen Flotte, konnte notfalls auch ohne diese Hilfsmittel gegen seine Gegner bestehen. Die einzigen Waffen, die Wladimirs Männern im Augenblick zur Verfügung standen, waren Hände, Füße und das Gehirn. Letzteres war dabei am wichtigsten. Die Garde bestand nämlich keineswegs aus stumpfsinnigen Kampfmaschinen in Menschengestalt. Jeder Gardist verfügte zusätzlich zu seiner Kampfausbildung über wissenschaftliche Qualifikationen, Offiziere hatten sogar promoviert.

Blinder Kadavergehorsam war nicht gefragt, sondern die Fähigkeit, selbständig zu denken und notfalls zu improvisieren.

Wladimir streckte die Hand aus. Er bleckte die Zähne wie ein Raubtier. »Na, was habe ich gesagt!« rief er.

Ein Serienroboter von annähernd humanoider Gestalt kam über den Steilhang gelaufen. Er trug ein Zusatzpack mit nichterkennbarer Funktion auf dem Rücken und einen Paralyseschocker in der gelenkigen Greifhand eines der skelettartigen Metallarme. Die relativ simplen und billig herzustellenden Maschinen konnten mit verschiedenen Aggregaten aufgerüstet werden, die sie wie einen Tornister auf dem Rücken trugen und die ihren Kampfwert beträchtlich zu steigern vermochten.

Mehr als drei Dutzend dieser umgangssprachlich auch »Blechmänner« genannten Roboter hatten das umliegende Gebiet nach den Gardisten abgesucht. Zumindest einer dieser »Blechmänner« war Jaschins Gruppe dicht auf den Fersen. Im Vergleich zu den Gardisten besaß er auf jeden Fall die größere Ausdauer. So gut es ging, hatten die Gardisten aus Wladimirs Gruppe bisher die Verfolger zu täuschen und abzulenken versucht. Aber dieser eine war ihnen die ganze Zeit über schon besonders dicht auf der Spur gewesen.

Der Roboter erreichte den Talgrund mit der Unbeirrbarkeit einer gefühllosen Maschine. Er schwenkte noch während des Sprungs den Lauf des Paralysators. Die Maschine wandte den Kopf, in dem sich statt Augen die optischen Sensoren befanden.

Noch bevor der Roboter den Sprung vollendet hatte, feuerte er den Schocker ab. Paralysestrahlen zischten durch die Luft, verfehlten die Männer aus Wladimirs Gruppe aber.

»Nichts wie weg!« rief Wladimir.

Die Gardisten bewegten sich vorwärts. Sie hatten Glück gehabt. Niemand war von den Strahlen getroffen worden. Die Männer verteilten sich sofort, um dem Verfolger kein leichtes Ziel zu bieten. Immer wieder zischten Strahlenschüsse dicht neben ihnen in den geröllhaltigen Untergrund, wo sie allenfalls ein paar Eidechsen betäuben konnten. Der Roboter spurtete los. Er bewegte sich mit erstaunlicher Behendigkeit, die man der Maschine auf den ersten Blick gar nicht zugetraut hätte. Aber auch für die Massenproduktion entworfene Robotertypen wie die sogenannten »Blechmänner« wurden ständig optimiert.

Im Gegensatz zur Kondition von Wladimirs Männern wurde seine Ausdauer nur durch die Speicherkapazität seiner Plasmabatterien begrenzt. Die waren, wie Jaschin schätzte, nicht einmal zu einem Zehntel entleert. Die Gardisten waren jedoch am Ende ihrer Kräfte. Jeder Schritt schmerzte.

Seit vierundzwanzig Stunden schon waren sie vor den Blechmännern auf der Flucht. In den Nachtstunden war das nicht ganz so kräftezehrend gewesen – trotz der Tatsache, daß ihre Verfolger über Infrarotoptik verfügten und dadurch einen zusätzlichen Vorteil genossen.

Der Roboter feuerte wild um sich, verfehlte einen von Wladimirs Männern nur knapp. Im letzten Moment konnte sich dieser mit einem Hechtsprung hinter einen Felsbrocken retten. Der Brokken wurde voll von den Paralysestrahlen erfaßt.

Die Männer gingen so gut es möglich war in Deckung. Einige kletterten die Hänge hoch, brachten sich hinter Felsbrocken in Sicherheit. Der Roboter bremste seinen Lauf ab. Er hatte das Problem, sich entscheiden zu müssen.

Wladimir ging zwischenzeitlich ebenfalls in Deckung. Nur wenige Meter entfernt machte die Schlucht eine Biegung. Die ersten aus Jaschins Zug waren dort bereits verschwunden. Der Großteil hatte dieses Stück noch vor sich.

»Los jetzt!« brüllte Wladimir.

Wenn alle gleichzeitig aus der Deckung schnellten, standen die Chancen des Roboters schlechter, sie zu erwischen. Jaschin gab das Signal. Die Männer rannten los. Nur Wladimir zögerte noch. Er nahm einen Stein, schleuderte ihn dem Blechmann entgegen. Und traf. Mit einem scheppernden Geräusch prallte der Stein an der Metallplatte des Brustkorbs ab.

Der Roboter drehte den Lauf des Paralysators in Wladimirs Richtung. Wladimir war längst wieder in Deckung gegangen. *Nie wird ein Roboter diese oder irgendeine andere Waffe mit dersel-*

ben Perfektion bedienen können wie ein Soldat der Schwarzen Garde! ging es ihm zufrieden durch den Kopf.

Jaschin rappelte sich auf, hetzte weiter und erreichte als letzter Mann die Biegung.

Der Paralysestrahl erfaßte einen der knorrigen, halbvertrockneten Bäume, die hier zu finden waren. Die Wurzeln ragten teilweise aus dem staubtrockenen Boden heraus und lagen frei.

Ein Erdhörnchen, das sich zwischen dem Wurzelwerk versteckt hatte, wurde von dem Schockstrahl erfaßt und kullerte betäubt die Böschung hinunter.

Jaschin rannte weiter und befand sich wenig später hinter der Biegung in vorläufiger Sicherheit. Der Roboter machte einen gewaltigen Satz. Er landete sanft und gerade noch rechtzeitig vor jener Zone, in der die Kronen der Bäume eine Landung zu einer riskanten Angelegenheit gemacht hätten.

Genau hier hatten Wladimir und seine Männer ihn haben wollen...

Ein überlegenes Lächeln flog über das Gesicht des Russen.

Der Roboter lief zwischen den Bäumen her, während die Gardisten in der Umgebung erneut Deckung gesucht hatten. Wladimir selbst schaffte es gerade noch, hinter den Stumpf eines sehr mächtigen Baums zu hechten. Der Schockstrahl ging über ihn hinweg und richtete sich im nächsten Moment plötzlich gen Himmel. Sein Schuß war verrissen worden. Der Roboter verlor buchstäblich den festen Boden unter den Füßen. Der Untergrund gab nach. Eine Fallgrube gähnte unter ihm. Der Roboter sackte urplötzlich in die Tiefe.

Mit Geäst und dazwischengespannten Uniformteilen, die anschließend mit Erde und Blättern bedeckt worden waren, hatten die Gardisten sie getarnt. Es war eine höllische Plackerei gewesen, die Grube mit bloßen Händen in den relativ trockenen, geröllhaltigen Untergrund hineinzugraben. So mancher von ihnen hatte jetzt mehr als nur Schwielen an den Händen.

Aber dieser Moment entschädigte für alles.

Der Roboter fiel allerdings nur etwa einen halben Meter in die Grube. Dann fing ihn das Antigravaggregat, das in dem Zusatzpack auf seinem Rücken verborgen war, auf, und er schwebte wieder empor. Doch zuvor war er von einer Gestalt angesprungen worden, die offenbar in der Grube auf ihn gelauert hatte. Ein Gardist. Der Roboter ruderte mit Armen und Beinen, um den Mann abzuschütteln. Vergeblich.

Der Soldat löste mit zwei Handgriffen die Magnetverschlüsse des Zusatzpacks auf dem Rücken des Roboters, in dem sich das Antigravaggregat befand. Der Soldat riß es dem Roboter förmlich von den Schultern. Beide stürzten hinab in die Grube.

Der Roboter kam hart auf, während der Aufprall des Gardisten durch das aktivierte Aggregat, an das er sich klammerte, abgebremst wurde.

Der Mann schaltete es mit einem sicheren Handgriff aus, damit es nicht davonflog. Er rappelte sich auf, war augenblicklich auf den Beinen.

KURT BUCK stand auf dem Namensschild seines Kampfanzugs.

Der Roboter war beinahe ebenso schnell wieder auf den Beinen wie sein menschlicher Kontrahent. Er hob den Schocker, richtete die Waffe auf Buck.

Buck schnellte vor, kickte dem Roboter den Schocker aus der Hand und hakte sich im nächsten Moment mit der Ferse in das rechte Kniegelenk seines Gegenübers.

Für die Hebelwirkung spielte es keine Rolle, ob ein Gegner aus Metall oder organischem Gewebe bestand. Der Roboter knallte zu Boden. Mit einem seiner dürren, aber extrem starken Greifarme packte er dabei Buck buchstäblich am Kragen und riß ihn mit sich. Sie rollten übereinander. Kräftemäßig war der Roboter seinem menschlichen Gegner um ein Vielfaches überlegen. Aber Kurt Buck war schneller. Er riß die Wartungsklappe des Roboters auf und deaktivierte ihn.

Buck atmete tief durch und löste den Griff der Maschine um seinen Uniformkragen.

Er zögerte nicht, sondern machte sich gleich daran, die Energiezellen aus dem Inneren des Roboters zu entfernen.

»Bravo, Kurt!« rief Wladimir Jaschin, der zusammen mit einigen der anderen Gardisten am Rand der Grube stand. »Das macht dir so schnell keiner nach!«

»Um ein Haar wäre er mir davongeflogen mit seinem verdammten Antigravaggregat!«

»Aber du warst schneller!«

»Los, verlieren wir keine Zeit! Ich wette, unser Metallfreund hat den Rest der Blechmann-Bande schon herbeigerufen!«

Wladimir sprang in die Grube. Kurt hatte natürlich recht.

Nur Augenblicke blieben ihnen, um gegen den Angriff ihrer Gegner gewappnet zu sein. André Souan, ein Franzose, der zusammen mit Kurt Buck und Wladimir Jaschin ausgebildet worden war, sprang ebenfalls hinab. In den ersten Tagen ihrer Ausbildung hatte Kurt ihm das Leben gerettet.

André nahm den Schocker des Roboters an sich.

Es war sinnlos, diese Waffe gegen die in Kürze eintreffenden Verfolger einsetzen zu wollen. Die Wirkung des Strahlers beruhte auf einer kurzfristigen Überlastung des menschlichen Nervensystems, die zu Bewußtlosigkeit und Lähmung führte. Das Erwachen aus einer Paralyse war ein äußerst schmerzhafter Vorgang. Bei konditionell schwachen Personen konnte ein Beschuß mit dem Paraschocker sogar tödlich wirken.

Risikopersonen hatten allerdings keinerlei Chancen, die Aufnahmeverfahren der Garde zu durchlaufen.

Auf einen Roboter hatte diese Waffe leider überhaupt keine Wirkung. Wladimir hatte sich inzwischen an dem Zusatzpack des Roboters zu schaffen gemacht und das Antigravaggregat geöffnet, dessen Innenleben nun freilag. Kurt reichte ihm die Energiezellen, die er der Kampfmaschine entnommen hatte. Mit ein paar sicher wirkenden Handgriffen setzte Wladimir sie ein.

»Die Energiezellen des Schockers!« forderte der Zugführer.

André warf sie ihm nacheinander zu.

Wladimir fing sie mit traumwandlerischer Sicherheit, drängte auch sie ins Innere des Aggregats hinein und aktivierte ein Anzeigefeld.

»Verdammt, die Roboter! Sie kommen!« rief einer der anderen Männer.

Sie sind noch schneller, als ich gedacht habe, durchfuhr es Wladimir. Aber die Zeit reichte. In Wladimirs Augen blitzte es.

»Nichts wie weg!« rief der Russe. »Die Bombe ist scharf. Sie ist so eingestellt, daß sie auf die Kommunikationsfrequenz der Roboter reagiert und detoniert, sobald die Blechmänner in ihrer Reichweite sind.«

André und Kurt schwangen sich bereits aus der Grube. Wladimir überprüfte noch einmal die Einstellung. Er hatte die Bombe so konfiguriert, daß die Roboter sehr nahe herankommen mußten, um die Detonation auszulösen.

Schließlich wollte er möglichst viele von ihnen erwischen.

Dieses Vorgehen barg natürlich auch das Risiko in sich, daß die Gardisten zuvor in die Reichweite des Schockerfeuers gerieten.

»In Deckung Männer! Gleich fliegen hier Blechteile durch die Luft!« rief Wladimir, während er jetzt ebenfalls aus der Grube kletterte.

Keuchend stoben die Gardisten in alle Richtungen davon, um sich schützende Deckung zu suchen. Nur Kurt Buck war erst wenige Meter gelaufen, drehte sich dann nach Wladimir um. Die Kampfroboter näherten sich. Einige schwebten mit Hilfe ihrer Antigravaggregate die Hänge hinunter, andere befanden sich bereits am Boden und liefen heran. Schon zischten die ersten Schockstrahlen durch die Luft. Wladimir und Kurt grinsten.

»Die Blechdosen werden ihr blaues Wunder erleben!« meinte der Russe. Die Gardisten rannten los, gingen hinter ein paar Felsbrocken in Deckung. Die Roboter stürmten heran, waren nur noch wenige Meter von der Grube entfernt und...

... erstarrten plötzlich mitten in der Bewegung.

Ein Schatten erhob sich hinter dem nächsten Steilhang. Ein Schweber näherte sich beinahe lautlos. Auf seiner Außenhülle waren die Kennzeichen der Terranischen Flotte und der Schwarzen Garde zu sehen. Der Schweber sank nieder und landete zwischen den erstarrten Kampfrobotern. Das Außenschott öffnete sich.

Feldwebel Jannis Kaunas trat ins Freie. Der etwa 1,75 Meter große Balte war ein wenig kleiner als die meisten seiner Männer. Nach Abbruch eines Wirtschaftsstudiums war er in die Raumstreitkräfte eingetreten und später der Schwarzen Garde zugeordnet worden.

Kaunas' Gesicht war im Augenblick eine unbewegliche Maske.

»Die Übung ist beendet«, rief Kaunas. Er wandte sich an Wladimir Jaschin. »Rufen Sie Ihre Leute aus den Verstecken!«

»Jawohl, Sir.«

Das war allerdings gar nicht mehr nötig. Die Männer kamen einer nach dem anderen aus der Deckung heraus. Kaunas trat an Jaschin heran, der Haltung angenommen hatte. Er musterte den Russen kurz mit einem durchdringenden Blick. Der Feldwebel machte eine weit ausholende Handbewegung in Richtung der offenbar per Fernsteuerung abgeschalteten Kampfroboter.

»Was gedachten Sie hier zu veranstalten, Schütze Jaschin? Ein Robotermassaker?«

»Sir, ich...«

»Den Energiesignaturen nach, die der Bordsuprasensor meines Schwebers analysierte, befindet sich in der Grube dort etwas sehr Explosives!«

»Nun, Sir...«

»Worauf warten Sie noch?«

»Ich verstehe nicht ganz!«

»Ich schlage vor, als erstes deaktivieren Sie Ihre Bombe, sonst fliegt uns noch alles um die Ohren!«

»Jawohl.«

Wladimir schluckte. Er sprang in die Grube. Mit wenigen Handgriffen war die Bombe entschärft. Kaunas atmete tief durch und verschränkte die Arme.

»Aufräumen können Sie später«, sagte Kaunas. »Und vor allem möchte ich, daß Sie mir den armen Blechkameraden wieder in funktionstüchtigen Zustand versetzen!«

»Wird gemacht.«

»Kommen Sie wieder aus dem Loch.«

Wladimir gehorchte. Er kletterte heraus und stand nun wieder vor dem Feldwebel. »Wissen Sie eigentlich, wie viel uns das gekostet hätte, wenn Sie Ihr Feuerwerk tatsächlich in die Tat umgesetzt hätten und ich die Roboter nicht in letzter Sekunde per Fernbedienung hätte stoppen können?«

»Wir hatten den Auftrag, es mit den Biestern aufzunehmen«, erklärte Wladimir.

Kaunas korrigierte ihn: »Sie hatten den Übungsauftrag, vor den Kampfrobotern zu fliehen und möglichst weit zu kommen, ehe sie paralysiert werden.« Die bis dahin ziemlich starre Miene des Feldwebels lockerte sich. »Ich muß zugeben, Sie und Ihre Leute sind weit über dieses Ziel hinausgegangen. Sie haben etwas geschafft, was eigentlich unmöglich ist.« Kaunas machte eine Pause, räusperte sich und richtete seine weiteren Worte an alle Männer aus Wladimir Jaschins Zug. »Sie haben die Roboter besiegt. Ich gratuliere Ihnen.«

»Wir werden eben nicht gerne paralysiert, Sir«, erwiderte Wladimir.

Alle lachten. Und selbst über Jannis Kaunas' Gesicht glitt ein verhaltenes Lächeln.

MILKYWAYBAR hieß das am Rande von Star City gelegene Lokal. Eine Milchbar, die vor allem von den Gardisten frequentiert wurde. Man fand hier aber auch Angehörige des wissenschaftlichen Personals der Gardehochschule.

»Avant les Mescaleros!« rief André Souan unter dem Gelächter der anderen, bevor er sein Glas hob.

Mescaleros – das war die inoffizielle Bezeichnung des 14. Zuges der Schwarzen Garde unter Feldwebel Kaunas. Sie waren fast alle gekommen: Kurt Buck, Wladimir Jaschin, Jake Calhoun, Nick Gantzler, Antoku Seiwa, Rauno Aaltonen, Sam Uitveeren… eine Truppe, von denen die meisten gemeinsam ausgebildet worden waren und jetzt wie Pech und Schwefel zusammenhielten.

Nur Feldwebel Jannis Kaunas fehlte. Die Männer nahmen an, daß er noch eintraf und nur aufgehalten worden war.

»Ich habe gehört, der knarzige Kaunas hat etwas mit einer Kybernetikerin aus der Gardehochschule laufen«, meinte Antoku Seiwa, als das Gespräch auf den Feldwebel kam. Der mit 1,72 Meter kleinste *Mescalero* war einer der wenigen im 14. Zug, die nicht zum selben Ausbildungsjahrgang wie Kurt Buck und Wladimir Jaschin gehörten. Er war 2036 in Niigata, Japan geboren worden und vier Jahre Geschützführer auf einem Raumkreuzer gewesen, ehe er sich für die Schwarze Garde beworben hatte.

»Eine Kybernetikerin«, echote Wladimir. »So etwas Kühles paßt doch zu unserem Feldwebel.«

Hier und da war verhaltenes Gelächter zu hören.

»Du hast sie noch nicht gesehen«, mischte sich Nick Gantzler ein.

Wladimir zuckte die Achseln. »Meint ihr, ich hätte da was verpaßt?«

Nick grinste. »Wer weiß, Wlad!«

André Souan ergänzte: »Daß Kybernetikerinnen kühl sein sollen, ist ja wohl auch ein Vorurteil!«

Wladimir grinste. Er leerte sein Glas, bestellte anschließend sofort nach. »Sag bloß, du hast diese kühle Flamme unseres Feldwebels schon gesehen?« hakte der Russe an André gerichtet nach.

Der Franzose sprach jetzt mit gedämpfter Stimme. In seinem Gesicht stand eine Verschwörermiene. »Das habe ich«, behauptete er. Plötzlich herrschte Stille unter den Gardisten. Zumindest an dem Tisch, an dem André saß. Er schien diese Aufmerksamkeit bis zum letzten Augenblick auskosten zu wollen.

»Nun zier dich nicht so, als wärst du selbst eine keusche Kybernetikerin!« forderte Nick Gantzler. »Wir wollen was hören!«

Andrés Gesicht veränderte sich. Seine Lockerheit war auf einmal wie weggeblasen. Er saß wie erstarrt da, fast so, als würde er Haltung annehmen. Sein Blick war auf einen muskulösen, wenn auch nicht sonderlich großen Mann gerichtet, der soeben eingetreten war. Kaunas!

Der Feldwebel ließ den Blick kreisen. Er nickte den Gardisten zu und trat näher. »Behalten Sie Platz!« meinte der Balte. »Wie ich sehe, sind Sie in ausgelassener Stimmung!«

»Schütze Souan sprach gerade von Ihnen!« stichelte Antoku. Der Japaner bekam dafür von Nick und Wladimir fast gleichzeitig einen Rippenstoß, der so heftig war, daß Antoku aufstöhnte.

Wladimir ergriff das Wort. »Wir bedauerten, daß unser Etat es offenbar nicht zuließ, die Wirkung unserer kleinen Bombe in der Praxis zu testen«, meinte der Russe, um die unangenehm peinliche Stille irgendwie zu füllen.

Die anderen lachten. Kaunas ebenfalls, wenn auch etwas verhaltener. »Sie haben sich das Recht verdient, so eine Bemerkung zu machen!« befand Kaunas. Er blickte in die Runde. Von einem zum anderen. Die Augen der Gardisten des 14. Zuges waren jetzt allesamt auf Kaunas gerichtet. »Sie haben alle hervorragende Arbeit geleistet.«

»Danke, Sir«, kam es aus einem Dutzend Kehlen fast gleichzeitig zurück.

»Aber genau deswegen sind Sie ja in der Schwarzen Garde«, fuhr Kaunas fort. »Weil Sie das zu erreichen versuchen, was eigentlich unmöglich ist. Weil Sie Ihren Verstand gebrauchen und improvisieren können. Heute haben Sie es geschafft, sogar mich zu beeindrucken, und das ist verdammt schwer.«

Kurt Buck hatte dem Gerede der Männer nur mit halbem Ohr zugehört. Die ganze Zeit über war ihm schon eine junge Frau an der Bar aufgefallen. Das lange, dunkle Haar fiel ihr bis weit über die Schultern. Es glänzte seidig im gedämpften Licht. *Irgendwo habe ich die schon mal gesehen,* ging es Kurt durch den Kopf.

Er konnte sich im Moment nur nicht genau erinnern, wo oder mit wem. Kurt dachte fieberhaft darüber nach. Die Dunkelhaarige unterhielt sich mit einer Freundin. Beide Frauen lachten und schienen sich köstlich zu amüsieren. Schließlich verabschiedete sich die Freundin. Die Dunkelhaarige blieb allein an der Bar. Sie wandte den Kopf, sah einen Moment lang in Kurts Richtung. Ihrer beider Blicke trafen sich. Der blonde Gardist mußte unwillkürlich schlukken. Er hatte diese Frau schon einmal gesehen, da war er sich jetzt absolut sicher. Und zwar in irgendeinem Hörsaal der Gardeuniversität. *Was ist los mit dir?* fragte er sich. *Ist der Erinnerungsspeicher deines Hirns derart begrenzt, daß da für nichts anderes Platz ist als das Wissen darüber, wie man notfalls aus einem Kaugummi und einem Schraubenzieher einen Blaster baut?* Die junge Frau wandte sich wieder ihrem Glas zu. Sie trank es leer.

Wenn du sie noch kennenlernen willst, mußt du dich beeilen, denn sonst ist sie weg. Der neben ihm sitzende Nick Gantzler stieß Kurt in die Seite.

»He, was ist los mit dir, Kurt? Träumst du?«

»Ist doch nicht gegen die Dienstanweisung, oder?« gab Kurt zurück.

Wladimir grinste.

»Kommt ganz darauf an, in welchem Augenblick«, meinte er.

André ergänzte: »Laut Dienstanweisung Paragraph eine Million und irgendwas Absatz 39 ist Träumerei in zwei Situationen nicht erlaubt: Bei einem Kampfeinsatz und während man mit Kameraden in der MILKYWAYBAR sitzt, um sich zu amüsieren!«

»Sehr witzig!« meinte Kurt. Er erhob sich. »Ihr entschuldigt mich mal kurz.«

Die Mescaleros sahen Kurt nach. Sie beobachteten, wie sich der blonde Gardist zu der Dunkelhaarigen gesellte.

»Wenn einer von euch eine dumme Bemerkung macht, sage ich es Kurt«, murmelte Wladimir. »Ihr wißt doch, er war mal Schulmeister im Boxen und hat bei der Garde noch einiges dazugelernt.«

Niemand wagte eine unpassende Bemerkung.

»Ich habe Sie schon mal gesehen«, sagte Kurt, als er sich auf einen der Barhocker gesetzt und ein Getränk bestellt hatte.

Die Dunkelhaarige sah ihn mit großen, dunkelbraunen Augen an. Enttäuschung lag in diesem Blick.

»Um ehrlich zu sein, ich bin schon wesentlich origineller angesprochen worden…«

»Kurt. Ich heiße Kurt Buck, bin Schütze beim 14. Zug der Schwarzen Garde.«

»Und ich habe immer gedacht, daß man dort nur eine Chance bekommt, wenn man auch im Kopf was vorweisen kann!«

Sie hob das Kinn. Der Blick ihrer dunkelbraunen Auge war ruhig und freundlich. Kurt lächelte. Sie erwiderte dieses Lächeln, wenn auch sehr verhalten.

»Tut mir leid, aber das eben sollte keine billige Anmache sein«, sagte Kurt.

Sie hob die Augenbrauen. »Natürlich nicht.«

»Ich habe Sie wirklich schon einmal gesehen…«

»Ja, sicher!«

Kurt schnippte mit den Fingern. »Ich weiß nur nicht mehr wo.« Eine Pause folgte. *Jetzt machst du dich gerade komplett lächerlich,* ging es Kurt durch den Kopf.

Sie nippte an ihrem Glas.

Kurt fuhr inzwischen fort: »Wenn Sie mir Ihren Namen sagen, dann würde...«

»... würde Ihnen das wahrscheinlich helfen, oder?«

»Sicher.«

»Am besten soll ich Ihnen wohl auch gleich meinen individuellen Viphoverbindungscode geben.«

Kurt grinste. »Wäre natürlich nicht schlecht!«

Sie atmete tief durch. Ihre Brust hob und senkte sich dabei. Schließlich schüttelte sie den Kopf und strich sich mit einer unnachahmlich grazilen Handbewegung eine verirrte Strähne aus den Augen. »Sie sind unverbesserlich... *Kurt!*«

»Das hoffe ich nicht!«

»Ihr Versuch, meinen Namen herauszubekommen, war so plump, daß er schon fast wieder gut war.«

»Professor Ravanelli!« entfuhr es Kurt.

»Und wenn Sie denken, Sie bekommen meinen Viphocode, um mich dann...«

»George Ravanelli, Professor für Hochenergietechnik! Ich habe Sie in einer seiner Vorlesungen gesehen! Jetzt sagen Sie nicht, daß ich da völlig falsch liege!«

Sie wich seinem Blick zunächst aus. Aber schließlich erwiderte sie sein Lächeln. »Nicht *völlig* falsch«, gab sie zurück.

Die Erkenntnis traf Kurt wie der berühmte Blitz aus heiterem Himmel. Jetzt wußte er es wieder! »Sie waren seine Assistentin!«

»Das bin ich immer noch. Bingo, der Kandidat bekommt neunundneunzig Fleißpunkte!«

»Ich finde, langsam habe ich mir Ihren Namen verdient!«

In ihren Augen blitzte es herausfordernd. »Ich wette, Sie haben mit Ihren Freunden da drüben...« – sie deutete in Richtung der Mescaleros – »darum gewettet, wie lange es dauert, bis sie mich herumgekriegt haben.«

»Ich gebe Ihnen mein Ehrenwort als Mitglied der Schwarzen Garde, daß ich das nicht getan habe!«

»Ja, ja...«

Sie trank ihr Glas leer, stellte es anschließend zurück auf den Schanktisch.

»Möchten Sie noch etwas trinken?«

Sie winkte ab. »Sie sind mir etwas zu schnell, Gardist! So schnell lasse ich mich von Ihnen nicht einladen...«

»So schnell nicht«, echote Kurt. »Das läßt mich hoffen, daß Sie es eines Tages tun werden. Sind Sie öfter hier in der MILKYWAYBAR?«

»Nein, eigentlich nicht. Schon der Name dieses Ladens hat mir nicht besonders gefallen.«

»Was ist dagegen einzuwenden?«

»Aber Kurt! MILKYWAYBAR – dieser Name soll vielleicht irgendwie romantisch klingen... Sehnsucht nach den Sternen und so. Ich finde ihn lächerlich. Der Name wurde wohl ausgewählt, um Typen wie Sie anzulocken. Eine Rechnung, die ja wohl auch aufgeht.«

»Warum sind Sie dann überhaupt hier?«

»Meine Freundin schlug das vor.«

»Schade.«

»Was?«

»Daß ich Sie hier dann wahrscheinlich so schnell nicht wiedersehen werde. Wirklich schade...«

Das Lächeln, das jetzt ihre vollen Lippen umspielte, wirkte etwas weicher und versöhnlicher als zuvor. Langsam schien die Kratzbürstigkeit ein wenig von ihr abzufallen. *Na endlich!* dachte Kurt.

»Sie können ja bei Gelegenheit mal wieder eine Vorlesung in Hochenergietechnik belegen, wenn man Sie zwischendurch nicht gerade auf irgendeinen fernen Planeten schickt, Kurt.«

Kurt hob die Augenbrauen.

»Wer weiß... vielleicht mache ich das sogar.«

»Ich muß Sie allerdings darauf hinweisen, daß ich nur selten bei den Vorlesungen des Professors zugegen bin.«

»So?«

»Er hat mich mit anderen Aufgaben betraut.« Sie blickte kurz auf ihre Uhr. »Ich muß jetzt los«, meinte sie. Die junge Frau bezahlte ihre Rechnung, nahm ihre Handtasche und ging an Kurt vorbei. Nahe genug, daß Kurt ihr Parfum riechen konnte.

Nach ein paar Schritten drehte sie sich noch einmal zu ihm um.

»Ich heiße übrigens Teresa.«

»Oh!« Kurt war perplex. Die Überraschung stand ihm ins Gesicht geschrieben. Er hatte schon nicht mehr damit gerechnet, ihren Namen zu erfahren.

»Teresa Gonzales. Freunde nennen mich Teresita.«

»Bis dann, Teresita.«

»Ich sagte*: Freunde* dürfen mich so nennen.«

»Ja, aber...«

»Wieso sind Sie so sicher, daß ich Sie schon dazu zähle?«

Kurt schluckte. Ihm blieben die Worte buchstäblich im Halse stecken. Der Gardist sah der jungen Frau nach, bis sie den Ausgang der MILKYWAYBAR passiert hatte.

Als Kurt Buck am nächsten Morgen zusammen mit André Souan und Wladimir Jaschin den großen Hörsaal der Gardeuniversität betrat, mußte er sich große Mühe geben, um ein Gähnen zu unterdrücken.

»He, du kommst wohl in die Jahre, was?« stichelte André.

Kurt machte eine wegwerfende Handbewegung. »Sag bloß, an dir ist der gestrige Übungseinsatz spurlos vorübergegangen?«

André lachte. »Der Übungseinsatz schon. So etwas stecke ich doch mit links weg. Nur die Feier danach hat vielleicht etwas zuviel von der Nacht geraubt.«

Das Lachen der Gardisten verstummte abrupt, als sie Feldwebel Kaunas erblickten. Er hatte in einer der vorderen Reihen des Hörsaals Platz genommen. Andrés Lachen hatte ihn dazu veranlaßt, sich umzudrehen und den Männern einen tadelnden Blick zuzuwerfen.

»Inzwischen solltest du gemerkt haben, daß wir uns nicht mehr in der MILKYWAYBAR befinden«, raunte Kurt seinem Kameraden zu. »Auch wenn's erst ein paar Stunden her ist, daß wir dort waren.«

»Kaunas' gestrenge Miene hat mir das sofort wieder klargemacht!« witzelte André.

Sie fanden noch Gantzler und einige andere Männer ihres Zuges und setzten sich zu ihnen in die Bank. Der Rest würde sich wohl nach und nach einfinden. An diesem Morgen stand für die Gardisten ein Vortrag auf dem Programm, der selbst für die an prominenten Köpfen nicht gerade arme Gardeuniversität etwas Besonderes war. Chris Shanton gab sich die Ehre, vor den Gardesoldaten über die technischen Umwälzungen der vergangenen Jahre zu referieren.

Shanton galt neben Arc Doorn als einer der besten terranischen Fremdtechnikexperten. Seine mit Robert Saam gemeinsam entwickelten Grako-Sonden waren ebenso erinnernswert wie sein Flug nach Drakhon, den er vor etwa einem Jahr mit der MAYHEM unternommen hatte. Als einer der ersten Kolonisten des Planeten Hope hatte er ohnehin schon den Status einer Legende. Es gab niemanden im Saal, der nicht gespannt auf diesen Mann war.

Doch zunächst war es etwas anderes, das Kurt Bucks Lebensgeister wie auf einen Schlag reanimierte. Zwischen den miteinander scherzenden Gardisten sah er auch eine Gruppe von Frauen, die zum wissenschaftlichen Personal der Gardeuniversität gehörten. Ein dunkelhaariger Haarschopf fiel ihm auf. Ein ebenmäßiges, feingeschnittenes Profil... *Teresita,* dachte er.

Unwillkürlich mußte er schlucken. Er hatte das Gefühl, einen dicken Kloß im Hals stecken zu haben. *Die gefällt dir wohl besser, als du dir im Moment eingestehen willst!* meldete sich eine unüberhörbare Stimme in seinem Hinterkopf. Teresita drehte sich zu ihm um und schenkte ihm ein Lächeln. Er erwiderte es.

»Ist das nicht die Kleine von gestern?« fragte Wladimir.

»Halt die Klappe«, murmelte Kurt.

»Ich habe doch recht, oder?«

»Und ich sagte: Halt die Klappe!«

Inzwischen füllte sich der Saal weiter. Die letzten Gardisten trafen ein, darunter auch einige verspätete Angehörige des 14. Zuges.

»Ich bin mal gespannt, welche salbungsvollen Worte uns der große Chris Shanton zu sagen hat!« meinte Nick Gantzler sarkastisch. »Die technischen Umwälzungen der letzten Jahre... das klingt nicht gerade besonders aufregend!«

»Also genau das Richtige für diesen Morgen«, meinte Wladimir und hielt sich die Hand vor den Mund.

»Wehe, wenn du anfängst zu schnarchen, Wlad!« alberte André.
Der Russe grinste. »Na, erlaube mal! Glaubst du vielleicht, ich würde unseren Zug in Verruf bringen?«

»Na klar!« erwiderten Nick und der rechts neben ihm sitzende Japaner Antoku Seiwa wie aus einem Mund. In den vorderen Reihen drehten sich einige Offiziere nach ihnen um.

Die Gardisten konnten nur hoffen, daß Jannis Kaunas nicht mitbekommen hatte, woher diese Unruhe kam. So etwas konnte der Este nicht leiden. In diesem Punkt brauchte man auch nicht auf irgendeinen Bonus auf Grund der herausragenden Leistungen der *Mescaleros* bei der gestrigen Übung zu hoffen.

Kurt Buck hatte – ganz im Gegensatz zu seiner sonstigen Natur – an diesem Morgen kaum Sinn für die Albereien seiner Kameraden. Er sah immer wieder zu Teresita hinüber. *Da trifft man mal eine Klassefrau, und dann macht sie es einem ganz schön schwer!* dachte er.

Es wurde plötzlich ganz ruhig. Man hätte eine Stecknadel im großen Hörsaal der Gardeuniversität von Star City fallen hören können, als Christopher Farnham den Raum betrat.

Farnham war Kommandant der Schwarzen Garde im Rang eines Generalmajors. Erst auf Grund seiner Denkschriften war die Garde seinerzeit überhaupt gegründet worden.

Der Kommandeur war eine imposante Erscheinung. Der Blick seiner eisgrauen Augen hatte etwas Durchdringendes. Eine lange Narbe zog sich über die linke Gesichtshälfte.

In seinem Schlepptau befanden sich der berühmte Chris Shanton sowie Professor Dr. George Ravanelli, von dem Kurt annahm, daß er wohl stellvertretend für die Dozenten der Gardeuniversität ein paar einleitende Worte verlieren würde.

Während Ravanelli eine eher hagere Gestalt hatte, war der als Cognacliebhaber bekannte Shanton ziemlich schwergewichtig. Eine Halbglatze kennzeichnete seinen Kopf, die markanten Linien seines Gesichts wurden durch einen Kinnbart noch unterstrichen.

Die Männer schritten nach vorn und setzten sich auf die für sie reservierten Plätze in der ersten Reihe.

Ein junger Rekrut überprüfte die Mikrofone und die Tonanlage. Als das geschehen war, bekam Farnham ein Zeichen.

Mit den energischen Schritten, die die Tatkraft und Entschlossenheit eines militärischen Befehlshabers verrieten, ging Farnham zum Rednerpult.

»Ich darf Sie zu einem ganz besonderen Ereignis begrüßen. Der Gardeuniversität ist es gelungen, einen Gastredner mit außerordentlicher Vita zu verpflichten. Einen Mann, der als der einer ersten Siedler von Hope zu den Pionieren des menschlichen Strebens zu den Sternen zählt. Zu seinen herausragendsten Leistungen zählt…«

Ein Geräusch unterbrach den Kommandeur, dessen Stirn sich in tiefe Falten legte. Ein Scotchterrier huschte zwischen den Sitzreihen des Hörsaals daher, erreichte schließlich den Mittelgang und blieb stehen. Der Terrier bellte.

Der schwergewichtige Shanton erhob sich seufzend von dem ihm zugewiesenen Ehrenplatz. Er sah den Terrier kopfschüttelnd an und seufzte. »Jimmy, was soll das denn? Du hast mir gesagt, du wolltest lieber draußen warten.«

Der vermeintliche Scotchterrier stieß ein rauhes Bellen aus. Dann fügte er mit wohlmodulierter Stimme hinzu: »Tut mir leid, aber ich habe es mir zwischendurch anders überlegt.«

Ein Raunen durchlief das Publikum. Hier und da brach Gelächter aus. Die Geschichte von Jimmy, dem Robothund, war in ihren Grundzügen allgemein bekannt. Zumindest unter all jenen, die sich auch nur ansatzweise für Roboter oder Künstliche Intelligenz interessierten. Und das traf an der Gardehochschule auf fast jeden zu. Gut neun Jahre war es her, daß Chris Shanton den Robothund konstruiert hatte. Er war mit einem Suprasensor ausgestattet und besaß darüber hinaus zahlreiche Zusatzgeräte. Darunter auch einen Strahler in der Zunge, der aus dem eher unscheinbaren und etwas unbeholfen wirkenden Scotchterrier eine gefährliche Waffe machte. Jimmy war bis zu einem gewissen Grad zur Selbstprogrammierung fähig. Ein Hardwarefehler sorgte dafür, daß sich immer wieder Subprogramme bildeten, die den Robothund beinahe selbständig und unvorhersehbar reagieren ließen. Inwiefern Jimmy den Schritt zur echten Künstlichen Intelligenz zurückgelegt hatte oder nur auf Grund seines Verhaltens den Anschein einer eigenen Persönlichkeit erweckte, blieb bislang eines der ungelösten Rätsel der

Kybernetik. Ein mildes Lächeln spielte um Chris Shantons vollippigen Mund.

»Na komm schon, Jimmy. Aber beklag dich später nicht, daß dir diese Veranstaltung hier zu langweilig ist!«

Gelächter brach aus. Jimmy ließ sich das nicht zweimal sagen. Er rannte etwas tapsig auf den Menschen zu, den er nach wie vor sein *Herrchen* nannte. Shanton setzte sich wieder.

Jimmy nahm zu seinen Füßen Platz. Spontaner Beifall brandete im Publikum auf. Generalmajor Farnham räusperte sich. »Kommen wir also zurück zu den Leistungen von Chris Shanton. Die Konstruktion des Robothundes Jimmy ist dabei wohl eher eine Fußnote verglichen mit...«

»Fußnote?« ereiferte sich Jimmy. »Wieso bin ich eine *Fußnote*?«

»Still!« schalt ihn Shanton.

Jimmy ließ ein hinreichend traurig klingendes Jaulen hören, bevor er schließlich verstummte.

Shanton machte Farnham ein Zeichen, um diesem zu bedeuten, daß er mit seinen einleitenden Worten fortfahren könnte.

Der Generalmajor setzte ein reichlich verkrampft wirkendes Lächeln auf. Wenn etwas nicht nach Plan verlief, so ging ihm das für gewöhnlich ziemlich gegen den Strich.

Aber er hatte in all seinen Dienstjahren in der terranischen Flotte gelernt, seinen Ärger hinunterzuschlucken und ihn sich möglichst wenig anmerken zu lassen.

»Wie gesagt, die Leistungen ...Verdienste...äh... unseres...«

Der Kommandant der Schwarzen Garde war etwas aus dem Konzept geraten. Schließlich fand er den roten Faden aber wieder. »Chris Shanton war Chefmonteur des Kraftwerks von Cattan. Nach der Invasion durch die Giants, die die gesamte Menschheit in starke Mitleidenschaft gezogen hatte, organisierte niemand anderes als er den technischen Wiederaufbau in Europa und Asien. Später übernahm er den Ausbau und die Leitung der solaren Ast-Stationen und erkundete unerschrocken das Transmitternetz der Mysterious. Nur ganz wenige Menschen sind auf gleichem Niveau dazu in der Lage, sich in die Technologie nichtmenschlicher Wesen einzufühlen. Um über die schwindelerregenden Fortschritte zu referieren, die es in den letzten Jahren in der technologischen Entwicklung Terras gegeben hat, wäre kaum ein Zweiter so kompetent wie Chris Shanton. Denn es gibt ein Element, das unsere eigene technische Entwicklung in dieser Zeit am nachhaltigsten geprägt hat. Ich spreche vom Einfluß außerirdischer Technik, insbesondere aus Worgun-Herkunft. Unsere Welt hat sich in dieser Zeit radikal geändert. Und einen Grund dafür liefert die Tatsache, daß unsere Spezies mit anderen intelligenten Völkern Kontakt hatte und Wissen austauschte. Wissen, das in Artefakten und archäologischen Fundstücken aus längst vergangener Zeit schlummerte. Doch ich will meine Rede an dieser Stelle nicht über Gebühr ausdehnen...«

Nick Gantzler tat so, als würde er Beifall klatschen.

Allerdings befanden sich seine Hände hinter dem Rücken des Vordermanns und waren weder von der Position des Redners, noch von Jannis Kaunas' Sitz aus zu erkennen.

»Heißen Sie bitte Chris Shanton mit einem kräftigen Applaus willkommen!« forderte Farnham. Der Applaus kam umgehend.

Es war ein Applaus der Erleichterung, daß Farnhams etwas umständlich gewählten Eingangsworte endlich überstanden waren.

Aber als zweiter begab sich keineswegs Chris Shanton an das Rednerpult. Zunächst erhob sich George Ravanelli. Der Professor für Hochenergietechnik bewegte sich auf eine Weise, die sofort signalisierte, daß es unmöglich war, ihn jemals zur Eile antreiben zu können. Wladimir Jaschin verdrehte die Augen.

Ravanelli ging leicht gebeugt zum Rednerpult, ließ den Blick über das Publikum schweifen und wartete geduldig lächelnd ab, bis es wieder ruhig war.

»Es darf nicht wahr sein. Eine salbungsvolle Rede nach der anderen«, meinte Kurt Buck an André gewandt.

Der Franzose grinste.

»Dreimal darfst du raten, was Ravanelli als erstes sagen wird.«

»In meiner Eigenschaft als derzeitiger Dekan der Gardeuniversität von Star City...« äffte Kurt Buck die Sprechweise des hageren Professors nach, wie er sie aus diversen Vorlesungen kannte.

Wladimir grinste über das ganze Gesicht, als Ravanelli wenige Augenblicke später mit exakt dem gleichen Wortlaut begann.

»In meiner Eigenschaft als derzeitiger Dekan der Gardeuniversität von Star City darf ich Chris Shanton in unserer Mitte herzlich willkommen heißen. Möge dieser Vortrag Ihnen zum Wohle und Nutzen sein!« Diesen Satz pflegte Ravanelli an den Anfang jeder Vorlesung zu setzen.

Als Kurt Buck das beim ersten Mal erlebt hatte, war er in der Versuchung gewesen, sich darüber lustig zu machen. Aber bei einem Mann wie Ravanelli wirkte so ein gedrechselt klingender Satz richtig natürlich.

Ravanelli verließ ebenfalls unter Applaus das Podium, um nun dem Hauptredner dieser Veranstaltung Platz zu machen: Chris Shanton. Der trat gemessenen Schrittes an das Pult.

»Die technologische Entwicklung, die die Menschheit in den letzten Jahren hinter sich gebracht hat, ist bemerkenswert. Bemerkenswert ist aber auch, daß keineswegs alles, was wir inzwischen bereits für Selbstverständlichkeiten halten, auf unserer eigenen Forschung und unseren eigenen Entdeckungen beruht. Ganz im Gegenteil! Ohne die Technologie der Mysterious, wie man die Worgun früher nannte, wären wir noch immer ein Planet am Rande des Atomzeitalters. Unsere Raumschiffe noch immer schrecklich langsam und vor allem unsicher! Jeder von Ihnen wird etwas mit dem Begriff ›Time‹-Effekt anfangen können, wenn ich mich nicht irre...«

Der Ingenieur blickte in die Runde. Niemand widersprach ihm.

»Vor fast vierzig Jahren wurde diese bislang im übrigen weitgehend unerforscht gebliebene Möglichkeit, schneller als das Licht zu fliegen, entdeckt. Mit den Transitionen unserer heutigen Raumschiffe hat dieser Effekt nicht das geringste zu tun. Beide verhalten sich etwa so zueinander wie die Ruderer einer Strafgaleere gegen den Antrieb einer Hochgeschwindigkeitsbahn. Sie sind völlig verschieden. Wie wir heute wissen, hatte der ›Time‹-Effekt durchaus seine Tücken. Beispielsweise konnte es zu völlig unkontrollierten Raumsprüngen kommen. Dieser einzige von der Menschheit selbst entwickelte Überlichtantrieb stammt aus den 2010er Jahren. Annähernd dreißig Jahre lang schien in seiner Weiterentwicklung die Perspektive für die menschliche Raumfahrt zu liegen. Es schien nur eine Frage der Beherrschbarkeit dieses Effekts zu sein, wie weit man ins All vorstoßen konnte. Dann kam es im Mai des Jahres 2051 zu einem unkontrollierten Sprung des Raumschiffs GALAXIS. Das ist Geschichte. Jeder von uns dürfte das eine oder andere darüber gehört haben. 4300 Lichtjahre wurde die GALAXIS damals in Nullzeit hinaus ins All geschleudert. Aus diesem Unfall zog die terranische Wissenschaft wertvolle Erkenntnisse. Insbesondere was den Zusammenhang zwischen Schockabgabedauer der Plasmaenergie und Sprungweite angeht. Diese Erkenntnisse machten zunehmend kontrollierte Sprünge möglich. Die Zukunft der irdischen Raumfahrt schien vorgezeichnet. Sie schien in einer immer weitergehenden Perfektionierung des auf dem ›Time‹-Effekt beruhenden Antriebs zu beruhen. Aber dann kam es in der Geschichte unseres Planeten zu gravierenden Umwälzungen, die Terra einen ganz anderen Weg haben einschlagen lassen. Einen Weg, den auch andere Völker vor uns gegangen sind. Ich erinnere nur an die Tel!« Shanton machte eine kurze rhetorische Pause, blickte dabei im Publikum herum und sah schließlich in Jimmys Richtung, der vollkommen brav auf dem Boden hockte. Die Tel sahen aus wie Nordeuropäer mit schwarzer Haut, wiesen innerlich aber einen völlig anderen Aufbau aus. Wichtigster Unterschied war das Vorhandensein zweier unabhängiger Nervensysteme und zweier Kreisläufe, die von zwei Herzen in Gang gehalten wurden.

»Ich spreche von der Übernahme der Technologie, die wir durch die Giants und die Hinterlassenschaften der Mysterious kennenlernten. Die Raumfahrt des weit in die Galaxis reichenden Imperiums der Tel basiert ebenfalls auf den Hinterlassenschaften der Mysterious, von denen wir inzwischen wissen, daß es sich um amöbenhafte Gestaltwandler handelt, die sich selbst Worgun nennen und einst ein gewaltiges intergalaktisches Imperium besiedelten. Die Ringraumerflotte Terras fliegt mit SLE, Sternensog oder Transitionstriebwerken, wobei die Frage eher philosophischer Natur ist, ob nicht der Antrieb durch den ›Time‹-Effekt eine primitive Vorstufe der von den Giants und Mysterious übernommenen Transitionstriebwerke ist. Ich bin da, wie ich schon anfangs äußerte, eher skeptisch und denke, daß man beides nicht in einen Topf werfen sollte. Eine Weiterverfolgung des ›Time‹-Konzepts hätte vermutlich in eine Sackgasse geführt.«

Kurt Buck saß wie erstarrt da. Er hörte Chris Shantons Worten mit glühenden Ohren zu. Selbst die dunkelhaarige Assistentin des Professors für Hochenergietechnik war in diesem Moment nicht mehr von Bedeutung. Kurt konnte gar nicht genau sagen, was diese Faszination eigentlich ausgelöst hatte. Sicher war Chris Shanton eine beeindruckende Persönlichkeit, aber andererseits referierte er über die Dinge, die man letztlich auch in jeder Datenbank nachlesen konnte. Bis auf eine Kleinigkeit. Die Sache mit dem »Time«-Effekt...

Ich bin skeptisch, hatte Kurt die Worte Shantons im Ohr. *Shanton neigt offenbar eher der These zu, daß es sich bei den »Time«-Effekt-Triebwerken um eine völlig eigene Antriebsgattung handelt, die mit dem Transitionseffekt vielleicht eng verwandt, aber keineswegs identisch ist!* ging es ihm durch den Kopf. *Was wäre gewesen, wenn man diesen Weg in der Raumtechnik weiter verfolgt und zu einem befriedigenderen Abschluß gebracht hätte?*

Eine Idee, die Kurt Buck faszinierte. Natürlich lag es auf der Hand, daß die alten Triebwerke, die auf dem »Time«-Effekt beruhten, in dem Augenblick keine Chance mehr hatten, in dem etwas Besseres, Ungefährlicheres zur Verfügung stand. Eine Technologie, nach der man nur zu greifen brauchte und die man schon benutzen konnte, noch ehe man sie auch nur annähernd verstanden hatte. Bei vielen technischen Hinterlassenschaften der Worgun war das bis heute der Fall. Ein Raumschiff wie die POINT OF barg noch immer ungelöste Geheimnisse, und auf so manchem Kolonialplaneten waren rätselhafte Hinterlassenschaften der Mysterious gefunden worden, deren Funktionsweise sich den Menschen bis heute nicht vollständig erschlossen hatte.

Shanton referierte weiter über die Möglichkeiten der modernen, tofiritbasierten Raumfahrttechnik im Vergleich zu den noch sehr eingeschränkten Möglichkeiten, die man seinerzeit an Bord der GALAXIS gehabt hatte. Als er kurz schilderte, welche technischen Umstände zum ungewollten Raumsprung der GALAXIS zum Col-System und der anschließenden Notlandung auf dem fünften, »Hope« genannten Planeten geführt hatten, bekam die Stimme des schwergewichtigen Mannes einen fast wehmütigen Tonfall. Etwas, was man bei einem Menschen, der sich überwiegend mit nüchternen Fakten und glasklaren technischen Daten befaßte, kaum erwartete. Als verwunderlich sah Kurt das allerdings auch nicht an. Schließlich war Shanton ja selbst einer der ersten Siedler von Hope gewesen.

»Aber zurück in die Gegenwart! Die Gegenwart von Sternensog und Tofirit – zumindest in der Raumtechnik!« wies Shanton sich selbst zurecht. »Die alten Zeiten sind vorüber und das ist auch gut so. Denken wir nur an die Schrecken der Giant-Invasion. Niemand von uns, der auch nur einigermaßen klar bei Verstand ist, möchte so etwas noch einmal durchmachen.«

Kurt Buck vernahm neben sich eine flüsternde Stimme. Wladimir Jaschin sprach zu ihm. Er konnte sich offenbar eines Kommentars zu Shantons Ausführungen einfach nicht enthalten: »Die alten Zeiten hatten auch ihr Gutes«, meinte er.

Kurt sah ihn fragend an, hob die Augenbrauen dabei. »Pssst!«

»Ist doch wahr!« verteidigte sich Wladimir. »Die konnten damals noch als erste hinaus in die Milchstraße geschleudert und damit zur Legende werden...«

»Beruhige dich, Wladimir. Das Universum ist groß genug!« mischte sich Nick Gantzler ein.

»Haltet die Klappe!« sagte Kurt etwas gereizt.

Nichts gegen Albereien unter Kameraden, aber im Moment interessierten ihn die Ausführungen Chris Shantons einfach mehr, so daß er für nichts anderes ein Ohr hatte. Die Mescaleros waren still.

Das Problem war nur, daß Kurt um einige Dezibel zu laut gesprochen hatte. Ein Teil des Publikums drehte sich in seine Richtung. Auch der Blick des Redners glitt suchend über das Publikum und blieb schließlich bei Kurt Buck stehen.

Shanton fixierte Kurt regelrecht.

Verdammt, was verrät mich? durchzuckte es ihn siedendheiß. *Mein roter Kopf vielleicht?*

Jimmys Bellen löste die Situation auf. Ein kurz aufbrandendes Gelächter war die Folge. Unbeirrt und mit einem nachsichtigen Lächeln um die Mundwinkel setzte Chris Shanton seine Ausführungen fort. Er schilderte eindrucksvoll, wie sich die Menschheit nach und nach die Mysterioustechnik erobert und sie teilweise auch bereits weiterentwickelt hatte. Schließlich schloß er mit den

Worten: »Es ist beruhigend zu wissen, daß wir doch mehr sind als eine Spezies von Papageien, denen man vielleicht beibringen kann, wie man über ein Vipho kommuniziert oder die Spracheingabe eines Suprasensors füttert, die aber niemals in der Lage sein würde, die zugrundeliegende Technik zu verstehen, geschweige denn weiterzuentwickeln. Ich danke für Ihre Aufmerksamkeit.«

Beifall brandete auf. Das Auditorium war begeistert. Kurt saß vollkommen regungslos da. Sein Blick war nach innen gerichtet.

Gedanken schwirrten ihm im Kopf herum. Und die Gedanken hatten alle mit dem »Time«-Effekt zu tun. Vielleicht war es ein Fehler gewesen, diesen Zweig der Triebwerkstechnologie so sträflich zu vernachlässigen. *Seit Jahren hat sich niemand mehr mit diesem Effekt und seinen Grundlagen beschäftigt,* dachte Kurt. *Aber wen wundert das? Das ist eben die Gefahr, die in dem technologischen Geschenk liegt, als das man die Hinterlassenschaften der Mysterious bezeichnen könnte.*

Manchmal war es einfach so, daß ein bestimmtes Ereignis die Aufmerksamkeit von Forschung und Wissenschaft in eine ganz bestimmte Richtung lenkte. Ein Krieg, eine Katastrophe, eine Entdeckung oder der Kontakt mit der Technik einer fremden, technologisch weit überlegenen Spezies. Die Wirkung war dieselbe.

Aber manchmal, so glaubte Kurt Buck, konnte es sich lohnen, genau zu überprüfen, ob diese niemals zu Ende gegangenen Wege wirklich Sackgassen gewesen wären – oder vielleicht eine bessere Alternative.

Chris Shanton verließ das Rednerpult, nachdem er sich durch eine angedeutete Verbeugung artig für den Beifall bedankt hatte.

Er setzte sich auf seinen Platz. Jimmy wandte ihm den Kopf zu. Was der Robothund zu sagen hatte, ging im Applaus unter. Professor Ravanelli ging noch einmal ans Pult. Der gegenwärtige Dekan der Gardeuniversität räusperte sich, es wurde wieder ruhig. »Ich möchte noch darauf hinweisen, daß im Anschluß an diese Veranstaltung im Foyer ein Empfang zu Ehren unseres Gastes stattfinden wird«, erklärte er. »Sie sind natürlich herzlich dazu eingeladen.«

»Auf so etwas kann ich verzichten«, meinte Wladimir Jaschin. »Auf synthetischen Kaviar habe ich wirklich keinen Bock!«

»Ich schon«, sagte Kurt entschieden.

Wladimir runzelte die Stirn. »He, was ist eigentlich mit dir los?«

»Nichts.«

»Streß wegen der Dunkelhaarigen?«

»Welcher Dunkelhaarigen?«

Wladimir runzelte die Stirn. »Mir scheint, du bist wohl ziemlich durch den Wind, was?«

»Quatsch!«

»Hör zu, ich...«

Kurt unterbrach Wladimir ziemlich abrupt. »Weißt du was? Tu mir einfach einen Gefallen und gehe mir heute nicht auf die Nerven, Wlad!«

Wladimir Jaschin hob beschwichtigend die Hände. »Ist ja schon gut, Kurt!«

Bei dem Empfang für Chris Shanton herrschte großes Gedränge. Die Bedienungsroboter waren um ihren Job nicht zu beneiden. Mit traumwandlerischer Sicherheit balancierten sie die Tabletts mit den Sektgläsern zwischen den dichtgedrängten Menschentrauben hindurch. Stimmengewirr und ausgelassene Gespräche erfüllten den Raum. Vom Optischen her überwogen eindeutig die Uniformkombinationen der Schwarzen Garde. Vom Rekruten bis zum Kommandeur fand sich hier alles. Das wissenschaftliche Personal der Gardeuniversität war natürlich ebenfalls zahlreich vertreten.

Kurt ließ suchend den Blick schweifen. Er hoffte, Chris Shanton irgendwo zu finden. Vielleicht ergab sich ja sogar eine Gelegenheit, ihn anzusprechen und noch etwas eingehender nach seinen Ansichten in Bezug auf die verpaßten Chancen einer effektiven Nutzung des »Time«-Effekts zu befragen. Ein dunkler Haarschopf tauchte im Gedränge plötzlich vor ihm auf. Etwas Sekt spritzte aus einem Glas. Ein paar Tropfen davon spürte Kurt an der Wange. Zwei dunkelbraune Augen sahen ihn an. Kurt mußte unwillkürlich schlucken.

»Jetzt sagen Sie bloß, daß es Zufall ist, daß Sie mich angerempelt haben!« stieß die junge Frau in gespieltem Zorn hervor.

»Teresita! Tut mir leid, ich wollte Sie nicht bekleckern!«

Die junge Frau seufzte hörbar. »Sie sollten wirklich noch ein bißchen an Ihren Methoden feilen, Frauen anzusprechen.«

»Ich übe ständig«, erwiderte Kurt.

»Das glaube ich gerne!«

»Allerdings ist es wirklich Zufall, daß wir hier aufeinander treffen.«

»Sicher!«

»Ehrlich!«

»Ach, Kurt...«

Der ließ erneut den Blick schweifen.

Teresita strich sich eine verirrte Haarsträhne von der Wange und trank ihr Glas aus. »Scheint fast so, als wäre es tatsächlich Zufall, daß wir uns hier getroffen haben. Sie scheinen jemand ganz anderen zu suchen...«

Kurt sah sie an. »Ja... ich meine natürlich nein!«

»Ich hoffe, Sie können sich da irgendwann mal entscheiden!«

»Ich suche Chris Shanton.«

»An Ihrer Stelle hätte ich mir eine weniger peinliche Ausrede einfallen lassen, Kurt!«

»So war das nicht gemeint!«

»Ich wette, die Person namens Chris, die Sie suchen, heißt eigentlich Christine, ist bartlos und bringt höchstens ein Viertel von Shantons Gewicht auf die Waage!«

»Nein, das ist Unsinn!«

Sie hob die Augenbrauen. »Schade, ich dachte, wir hätten vielleicht Gelegenheit, uns ein bißchen zu unterhalten. Aber wenn Sie schon anderweitig engagiert sind...«

»Das ist nicht der Fall, Teresita!«

»Ich nehme an, wir sehen uns irgendwann mal wieder.« In ihren Augen blitzte es angriffslustig. »Zufällig natürlich.« Mit diesen Worten war sie auch schon zwischen den Gästen verschwunden.

»Teresita!« rief Kurt und wußte gleich, daß es vergeblich war. Einige Gardisten drehten sich nach ihm um. Die zierliche Dunkelhaarige wurde von den breitschultrigen Männern verdeckt. Für einen Moment sah er ihren Kopf zwischen zwei Soldatenschultern auftauchen, dann war sie gänzlich verschwunden.

»Na klasse!« knurrte Kurt.

Es gab Tage, an denen man besser nicht das Bett verließ, weil einfach alles schieflief. Und dieser Tag schien sich genau in diese Richtung zu entwickeln. *Die erste Frau seit Laura, die mir wirklich gefällt, und dann so eine Pleite!* ging es ihm ärgerlich durch den Kopf. Der Gedanke an Laura Domrath, die ihn verlassen hatte, als er in die Schwarze Garde eintrat, versetzte ihm einen kleinen Stich. Selbst jetzt noch. Er hatte sie wirklich geliebt. Kurt wischte die Erinnerung aus seinem Bewußtsein. *Schade, daß es mit Teresita wahrscheinlich schon zu Ende ist, bevor es richtig beginnen konnte,* dachte er.

Er drängte sich weiter durch die Gäste im Foyer, schnappte hier und da Gesprächsfetzen auf. Die markante, unverwechselbare Stimme Chris Shantons hörte er nicht aus dem Gewirr heraus. Aber irgendwo mußte er doch sein... Schließlich erreiche Kurt das Büfett, nahm sich ein paar Häppchen. Synthetischer Kaviar, hergestellt in den hydroponischen Anlagen auf Blue Star und garantiert quecksilberfrei – im Gegensatz zu den Konkurrenzprodukten von der Erde. Plötzlich blieb Kurt buchstäblich der Bissen im Halse stecken. Da war er. Chris Shanton – nur wenige Schritte von ihm entfernt.

Der schwergewichtige Mann löste sich gerade aus einem illustren Gesprächskreis, zu dem unter anderem Generalmajor Farnham und Feldwebel Kaunas zählten. Die Männer waren in ein angeregtes Gespräch vertieft, von dem Kurt nur Bruchstücke mitbekam, da in einer Gruppe von Gardisten plötzlich lautes Gelächter ausbrach.

»Sie entschuldigen mich, ich brauche jetzt etwas zwischen die Zähne«, sagte Shanton schließlich. Er klopfte sich mit der flachen Hand auf den recht voluminösen Bauch und grinste verschmitzt. »Ob Sie es glauben oder nicht, ich bin heute noch nicht einmal zum Frühstücken gekommen!«

Shanton wandte sich dem Büfett zu, nahm sich ein paar Häppchen und probierte mal hier und mal dort. Dabei näherte er sich Kurt Buck zusehends.

Als Shanton vor ihm stand, wagte Kurt es endlich, den Gastredner der Gardeuniversität anzusprechen.

»Entschuldigen Sie«, sagte er und brachte anschließend ein paar

Sätze heraus, die kaum mehr als sprachliche Bruchstücke darstellten. Gestammel, aus dem beim besten Willen niemand schlau werden konnte. Selbst ein Genie wie Shanton nicht. Kurt verwünschte sich insgeheim für seine Nervosität.

Shanton kaute auf einem Stück Toast herum und musterte Kurt stirnrunzelnd. Der schluckte.

»Das, was Sie vorhin über den ›Time‹-Effekt gesagt haben, hat mich sehr beschäftigt«, erklärte Kurt schließlich.

Shanton war überrascht. Er hob die Augenbrauen.

»Eigentlich sollte es nur eine kleine Randbemerkung sein«, meinte er. »Das Thema meines Vortrags lautete ja nicht etwa ›Die verpaßten Möglichkeiten des ›Time‹-Effekts‹. Aber ich gebe zu, daß dieses Thema mich immer schon fasziniert hat!«

Kurt nickte. »Kann ich gut verstehen«, meinte er.

»So?«

»Na ja… Sie, als einer der Siedler, die mit der GALAXIS nach Hope gelangten.«

Shanton lächelte. »Behandeln Sie mich besser nicht wie ein Denkmal, das kann ich nämlich nicht leiden. Aber ich verstehe, was Sie meinen«, behauptete er, griff nach einem weiteren Toast mit synthetischem Blue Star-Kaviar und nahm einen großen Bissen davon. Das Büfett schien ihm zuzusagen.

»Ich bin der Überzeugung, daß man diese Antriebsart weiter hätte erforschen sollen«, sagte Kurt.

Shanton hob das Kinn. Er kaute etwas schneller und schluckte den Bissen hinunter. »Im Prinzip bin ich ganz Ihrer Meinung, Mister…«

»Buck. Kurt Buck, Schütze des 14. Zuges der Schwarzen Garde.«

Shanton kam nun in sein Element. Es schien ihm überhaupt nicht unangenehm zu sein, auf den »Time«-Effekt angesprochen zu werden. Ganz im Gegenteil. Chris Shanton freute sich offenbar darüber, daß jemand an seinen Ansichten zu dieser Sache interessiert war.

»Solange der ›Time‹-Effekt genutzt wurde, gab es Probleme damit«, gestand er. »Insofern habe ich sogar Verständnis dafür, daß sich kein Mensch mehr damit befassen wollte, als es durch die

Mysterioustechnik endlich eine Alternative gab.«

»Sicher.«

»Nach Dharks Rückkehr von Hope und dem Sieg über die Giants standen einfach bessere Systeme zur Verfügung. Da hatte der ›Time‹-Effekt gewissermaßen ausgedient.«

»Aber Sie meinen doch auch, daß es sich gelohnt hätte, diesem Phänomen etwas gründlicher auf die Spur zu kommen und vielleicht sogar Anwendungsmöglichkeiten zu entdecken, die uns bis heute verborgen geblieben sind.«

In Shantons Augen blitzte es.

»Gewiß!« bestätigte er. »Aber man müßte dabei natürlich die Schwierigkeiten realistisch im Auge behalten. Aus meiner Sicht war das Hauptproblem immer die mangelnde Reinheit des Laban-Metalls, aus dem die Speichersilos für den *Time*-Schub bestanden. Dieser Reinheitsgrad konnte sehr unterschiedlich sein und dazu führen, daß die normale Sprungweite von 1,7 Lichtjahren erheblich überschritten wurde. Bis zu fünftausend Lichtjahre weit!«

»Und diese Wirkung läßt sich nicht kontrollieren?« fragte Kurt.

Shantons Blick wurde nachdenklich. Er schüttelte entschieden den Kopf. »Nein«, murmelte er. »Leider nicht. Glauben Sie mir, wir haben damals einiges angestellt, um das doch noch hinzubekommen. Aber es hat einfach nicht geklappt. Der Effekt ist scheinbar nicht gezielt beeinflußbar!«

»Und Sie sehen da überhaupt keine Möglichkeit? Was wäre gewesen, wenn man diesen Weg in der Triebwerkstechnik nicht so vorzeitig aufgegeben hätte...«

»Daß man den ›Time‹-Effekt nicht mehr erforscht hat, seit es Alternativen gab, halte ich in der Tat für einen Fehler«, gab Shanton unumwunden zu und schränkte dann ein: »Aber eher im Hinblick auf wissenschaftlichen Erkenntnisgewinn. Was die Herstellung von effektiven – und vor allem ungefährlichen! – Überlichttriebwerken angeht, so war die Nutzung des ›Time‹-Effekts höchstwahrscheinlich eine Sackgasse.«

»Schade...«

»Ja, das ist auch meine Meinung.«

»Vorhin, während Ihres Vortrags, hatte ich den Eindruck, daß...«

Kurt sprach nicht weiter. Chris Shanton lächelte.

»Es sind vor allem nostalgische Gründe, die mein Interesse am ›Time‹-Effekt wachhalten. Nicht die Hoffnung auf einen praktischen Nutzen.«

»Ich verstehe.«

Shanton trat etwas näher. Er sprach jetzt in gedämpftem Tonfall. »Ist es nicht so, daß für eine Offizierslaufbahn in der Schwarzen Garde ein Doktortitel obligatorisch ist?«

Kurt Buck nickte. »Das trifft zu«, bestätigte er etwas verwirrt, denn im Augenblick hatte er nicht die geringste Ahnung, worauf sein Gegenüber eigentlich hinauswollte. »Wie kommen Sie jetzt darauf?«

Shanton hob die Augenbrauen und kratzte sich am Kinn.

»Nun, falls Sie mit dem Gedanken spielen sollten, den ›Time‹-Effekt zum Thema einer Promotion zu machen, kann ich Ihnen nur dringend abraten.«

»Wieso? Sie selbst sagten doch, daß dessen naturwissenschaftliche Grundlagen nie wirklich erforscht wurden.«

»Mag sein. Aber wenn Sie sich auf dieses Gebiet begeben, werden Sie wahrscheinlich alt und grau, bevor Sie mit der Arbeit fertig werden.« Shanton grinste. »Wahrscheinlich werden Sie sogar die Altersgrenze für Offiziersanwärter überschreiten. Ich rate Ihnen: Nehmen Sie etwas Handfesteres. Schließlich wollen Sie doch vorwärtskommen, oder?«

Kurt Buck zuckte die Achseln.

»Um ehrlich zu sein, an eine Promotion hatte ich in diesem Zusammenhang überhaupt nicht gedacht.«

»Gott sei Dank, Sie sind ein vernünftiger Mann!« witzelte Shanton.

Ein haariges Bündel drängelte sich durch den Wald aus Beinen, den dieser Empfang aus der Sicht eines Hundes darstellte. Zumindest was diese Perspektive anging, unterschied sich Jimmy nicht von ganz gewöhnlichen Scotchterriern, deren Innenleben nicht aus Schaltkreisen und einem Suprasensor bestand.

»Na, da bist du ja, Jimmy!« sagte Shanton.

»Hier kann man sich ja ganz schön verlaufen«, meinte der Robothund. »Ein gut ausgebildeter Hundegeruchssinn würde mir jetzt wohl mehr nützen als ein Energiestrahler in der Zunge!«

Shanton lachte schallend. Er wandte sich an Kurt Buck.

»Die Kritik der Kreatur am Schöpfer!« meinte er. »Ich gebe Ihnen einen guten Rat: Konstruieren Sie niemals einen Roboter, der in der Lage ist, künstliche Intelligenz zu entwickeln! Sie haben nur Ärger!«

Abends nach Dienstschluß kehrte Kurt Buck in sein Haus in Star City zurück. Den ganzen Tag über hatte ihn der Gedanke an den »Time«-Effekt nicht losgelassen. Dieses Thema hatte Kurt regelrecht elektrisiert.

Auch wenn Chris Shanton es mehr oder minder als gepflegtes Hobby ansah, sich mit den Grundlagen dieses Effekts zu befassen, und inzwischen selbst nicht mehr an eine technische Verwertbarkeit im großen Stil glaubte, so schmälerte dies Kurts Enthusiasmus kaum.

Als Thema für eine Doktorarbeit hatte Kurt dieses Gebiet ohnehin nicht in Betracht gezogen. Er hatte zwar durchaus die Absicht, irgendwann zu promovieren und die Offizierslaufbahn in der Garde einzuschlagen. Aber er hatte keine Eile damit. Und sein Interesse am »Time«-Effekt war vollkommen frei von derartigen Ambitionen. Es entsprang einfach der Faszination am Forschungsgegenstand. Eine Faszination, die sicher auch damit zu tun hatte, daß die ersten Menschen, die zu Beginn des 21. Jahrhunderts in die Weiten der Galaxis vorgestoßen waren, dies mit Schiffen unternommen hatten, die mit auf dem »Time«-Effekt basierenden Antriebssystemen ausgestattet gewesen waren.

An diesem Abend nahm sich Kurt Buck noch nicht einmal Zeit für eine Dusche. Er ging gleich in den Keller, wo sich Labor und ein leistungsstarker Suprasensor befanden. Hier hatte er Ruhe. Ruhe genug, um sich in die schwierige Materie einzuarbeiten.

Kurt war wie besessen davon. Seine Finger glitten über die Eingaben. Er aktivierte Drei-D-Projektionen, die komplexe mathematische Probleme veranschaulichten.

Es ist gar nicht in erster Linie die Technik der Mysterious gewesen, die den nachhaltigsten Einfluß auf das menschliche Ver-

ständnis des Universums hatte, ging es Kurt durch den Kopf. *Nein, es war die Mathematik dieser genialen Raumfahrer...*

Bis zum frühen Morgen saß Kurt Buck beinahe ununterbrochen vor seinem Suprasensor und versuchte, Mysterious-Mathematik auf das Phänomen des »Time«-Effekts anzuwenden.

Die einzigen Pausen, die Kurt machte, benutzte er dazu, sich einen starken Kaffee aufzubrühen, um nicht einzuschlafen. Als Soldat der Schwarzen Garde war er es durchaus gewohnt, über längere Zeit hinweg mit sehr wenig oder gänzlich ohne Schlaf auszukommen. Bei manchen Einsätzen war das einfach unerläßlich. Schließlich nickte er in seinem Schalensessel aber doch für eine halbe Stunde ein. Konzentriertes Nachdenken über komplizierteste mathematische Probleme war eben auf die Dauer noch weitaus anstrengender als stundenlanges Warten auf einen Gegner.

Eine automatische Weckfunktion des Suprasensors sorgte schließlich dafür, daß Kurt nicht in die Tiefschlafphase gelangte.

»Kurt Buck, Sie haben seit geraumer Zeit keine Eingabe gemacht«, meldete sich eine wohlmodulierte, aber mahnende Kunststimme. »Der von Ihnen durchgeführten Programmkonfiguration nach soll ich Sie in diesem Fall durch schrille Geräusche daran hindern zu schlafen. Sollten Sie nicht eingeschlafen sein, so tun Sie dies bitte innerhalb von drei Sekunden durch eine stimmliche Äußerung kund.«

Drei Sekunden verstrichen. Kurt erwachte nicht schnell genug, um den schrillen, dissonanten Ton zu verhindern. Er verzog gequält das Gesicht. »Ist ja schon gut!« rief er genervt.

Der Weckton verstummte, nachdem der Suprasensor Kurts Stimmuster identifiziert hatte.

»Wollen Sie mit der Arbeit fortfahren?« fragte die Kunststimme.

»Ja, gleich.« Kurt blickte auf sein Chronometer.

Eigentlich mußte Feldwebel Jannis Kaunas jetzt bereits seinen Dienst angetreten haben. Kurt stellte eine Viphoverbindung her.

»Hier Schütze Kurt Buck. Ich möchte einen Tag Urlaub nehmen, Sir.«

Kaunas schien überrascht zu sein.

»Urlaub? Was ist los, Buck?«

»Eine dringende persönliche Angelegenheit.«

»Dienstliche Gründe stehen dem nicht entgegen, und Sie haben noch Urlaub aus dem letzten Jahr übrig.« Kaunas atmete tief durch. »Also nehmen Sie sich den Tag, wenn Sie ihn so dringend brauchen, Buck!«

»Danke, Sir.«

Kurt fiel ein Stein vom Herzen, daß sein Feldwebel die Lüge von der persönlichen Angelegenheit einfach so schluckte.

Mit der Wahrheit hätte er Kaunas wohl auch schlecht kommen können. Ein einfacher Gardist, bislang noch ohne akademischen Grad, machte eine bahnbrechende Entdeckung und wollte sie mit *der* Kapazität auf dem Gebiet der Hochenergietechnik schlechthin besprechen.

Nur nicht abheben! dachte Kurt. *Bislang bist du der einzige, der von der Bedeutung deiner Entdeckung überzeugt ist, die sich bei näherem Hinsehen vielleicht nur als simpler Rechenfehler herausstellt...*

Kurt speicherte seine Arbeitsergebnisse der letzten Nacht auf einem Datenträger, holte die Dusche nach und begab sich danach so schnell wie möglich zur Gardeuniversität, um Professor Dr. Dr. George Ravanelli aufzusuchen.

Im Vorlesungsverzeichnis hatte Kurt gelesen, daß der Professor am Vormittag ein Doktorandenkolloquium leitete.

Vorher fand seine reguläre Sprechstunde statt. Das war die Gelegenheit! Kurt hoffte, daß es ihm irgendwie gelang, dem Professor seine Ergebnisse vorzuführen. Er mußte einfach Ravanellis Meinung zu der Entdeckung erfahren, die er in der letzten Nacht gemacht hatte.

Kurt erreichte das Büro des Professors eine halbe Stunde vor dem offiziellen Beginn der Sprechstunde. Er betätigte das Vipho an der Bürotür. Das Gesicht Teresitas erschien auf dem kleinen Bildschirm. Die Assistentin des Professors sah Kurt überrascht an.

»Sie, Kurt?«

»Ja.«

»Tut mir leid, aber ich fürchte, ich habe im Augenblick gar keine Zeit für Sie.«

»Um ehrlich zu sein, möchte ich zu Professor Ravanelli.«

»Haben Sie denn einen Termin, Kurt?«

Kurt schüttelte den Kopf. »Nein.«

»Dann wird daraus wohl nichts. Die Sprechstundentermine sind immer sehr eng gelegt. Da gibt es kaum einen zeitlichen Spielraum.«

»Wie wär's, wenn Sie mich erst einmal hereinlassen. Auf dem Viphobildschirm sind Sie nur halb so schön wie in natura.«

Teresita errötete leicht. Aber sie hatte diesen Anflug von Verlegenheit schnell wieder im Griff. »Der Professor schmeißt mich raus, wenn ich kostbare Arbeitszeit damit vertrödele, mich mit Ihnen zu unterhalten, anstatt den Suprasensorfehler in der Drei-D-Projektion zu finden, die bei der heutigen Vorlesung zur Veranschaulichung der Brownstein'schen Kontinuumsformel verwendet werden soll.«

Kurt grinste. »Ein Fehler im Suprasensorsystem? Lassen Sie mal sehen, ob ich Ihnen nicht helfen kann, Teresita.«

»Verstehen Sie denn etwas davon?«

»Warten Sie's doch ab...«

Die Tür öffnete sich. Kurt trat ein. Das Büro des Professors verfügte über die modernste Suprasensorausstattung, die sich denken ließ. Schließlich gehörten hochkomplexe Rechnersimulationen gerade auf Ravanellis Spezialgebiet zu einer unverzichtbaren Forschungsmethode.

Eine Drei-D-Projektion schwebte im Raum. Es sollte sich den Anzeigen nach um die schematische, vereinfachte Darstellung eines energetischen Effekts handeln. Allerdings war die Projektion ganz offensichtlich teilweise chaotisch. Hier und da fehlten ganze Elemente. Außerdem kam es zu sinnlosen Überblendungen mit Bildelementen, die offenbar aus anderen Datensätzen stammten.

»Ich nehme an, Sie sehen das Problem auf den ersten Blick!« sagte Teresita mit leicht spöttischem Unterton. »Ich habe gehört, bei der Garde lernen Sie, so etwas mit einem Stück Draht und einem Gummiband zu beheben!«

Kurt erwiderte ihr herausforderndes Lächeln.

»Zu dumm, daß mir das Gummiband fehlt«, gab er zurück.

Teresita deutete auf das Eingabefeld.

»Wenn Sie wollen, dann versuchen Sie doch einfach Ihr Glück. Ich bin mit meinem Latein jedenfalls ziemlich am Ende.«

»Nichts leichter als das!«

»Angeben dürfen Sie, wenn Sie das Problem gelöst haben!«

»Seien Sie vorsichtig, Teresita! Ich komme auf dieses Angebot vielleicht zurück!«

Kurt deaktivierte als erstes die offenbar fehlerhafte Projektion und begann das Suprasensorsystem neu zu konfigurieren. Teresita sah ihm aufmerksam zu. Er versuchte die Projektion erneut zu aktivieren, aber es zeigte sich derselbe Fehler.

»Schade«, sagte sie. »Ich dachte schon, ich hätte es hier mit einem Suprasensorfachmann der Sonderklasse zu tun...«

»Haben Sie...«

»Na, bis jetzt haben Sie Ihr Können aber erfolgreich vor mir verborgen.«

»Ich habe nie behauptet, ein Genie zu sein!«

»Eigentlich schade – ich mag selbstbewußte Männer.«

»Gerade war ich Ihnen noch zu angeberisch!«

»Müssen Sie eigentlich immer das letzte Wort haben?«

»Bei Ihnen nicht unbedingt, Teresita.« Kurt deutete auf das Kontrollpult. »Ich werde es mal mit einer anderen Projektion versuchen. Dann hat man einen Vergleich.«

Er nahm den Datenträger mit seinen Arbeitsergebnissen der letzten Nacht hervor. Ein paar Augenblicke später entstand eine der Drei-D-Projektionen, die seine Anwendung von Mysterious-Mathematik auf den »Time«-Effekt veranschaulichten.

»Wie Sie sehen, ist die Darstellung fehlerfrei«, stellte Kurt fest.

Teresita verschränkte die Arme vor der Brust. »Das heißt, es ist kein Suprasensorfehler, sondern ein Fehler im Datensatz!«

»Tut mir leid.«

Sie blickte auf die Projektion, die Kurt aktiviert hatte und verengte etwas die Augen. »Und was ist das da?« erkundigte sie sich.

Genau in diesem Augenblick hatte sich die Schiebetür des Büros geöffnet.

Professor Ravanelli stand mit überraschtem Gesicht da und legte die Stirn in Falten. Er hatte die letzte Frage seiner Assistentin offenbar noch verstanden.

»Mich würde ebenfalls interessieren, was das da ist«, erklärte Ravanelli. Er wandte sich an Teresita. »Hat dieser junge Mann bei mir einen Termin? Ich kann mich gar nicht an ihn erinnern, und eigentlich leide ich noch keineswegs unter altersbedingtem Gedächtnisschwund.«

»Er ist hier einfach aufgetaucht und wollte Sie unbedingt sprechen, Professor.«

»Und da haben Sie ihn in Ihrer Gutmütigkeit gleich hereingelassen und ihm angeboten, daß er in meinem Büro warten kann«, versetzte Ravanelli ärgerlich.

Teresita war sichtlich verlegen.

»Er bot mir an, mir bei den Schwierigkeiten zu helfen, die es mit Ihrer Projektion für die Vorlesung gibt…«

Ravanelli betrachtete Kurts Projektion. Er hob die Augenbrauen. »Die Darstellung ist einwandfrei.«

»Leider nur bei meinem eigenen Datensatz. In Ihrem ist offenbar ein Fehler«, erklärte Kurt.

»Ich will hoffen, daß Sie sich irren. Ansonsten kann ich meine Projektion für die Vorlesung wohl abschreiben…« Der Professor brach plötzlich ab. Irgend etwas an dem, was er sah, schien ihn geistig gefangenzunehmen.

Kurt Buck stellte sich inzwischen vor. Der Professor unterbrach ihn abrupt. »Sagen Sie, beschäftigen Sie sich mit Mysterious-Mathematik?«

»Ja, ich habe sie auf den ›Time‹-Effekt anzuwenden versucht und bin zu überraschenden Ergebnissen gekommen!«

»Das sehe ich«, murmelte Ravanelli. »Zeigen Sie mir mehr davon!«

Bingo! dachte Kurt. Genau das hatte er erreichen wollen.

»Nichts leichter als das!« verkündete er.

Teresita schaltete sich jetzt in das Gespräch ein. »Professor, Sie haben gleich Ihre Sprechstunde!« erinnerte sie ihn. »Und in Ihrer Vorlesung werden Sie wahrscheinlich ohne Projektion dastehen…«

Der Professor schwieg.

Er sah sich Kurts Arbeitsergebnisse an und murmelte dabei leise vor sich hin. Zwischendurch verlangte er von dem jungen Gardisten, weitere Daten zu sehen.

Teresita hielt es zunächst für das Beste, gar nichts zu sagen. Schließlich wandte sich Ravanelli ihr zu. »Sagen Sie alle Termine für die Sprechstunde und meine heutige Vorlesung ab!« verlangte er.

Die Assistentin stand konsterniert da. »Wie bitte?«

»Haben Sie mich nicht verstanden? Machen Sie schon! Außerdem brauche ich jetzt eine Viphoverbindung zu Generalmajor Farnham...«

Generalmajor Christopher Farnham, seines Zeichens Kommandant der Schwarzen Garde, war über Vipho nicht erreichbar. Laut Auskunft seines Adjutanten Jeffrey Kantos befand sich Farnham in einer wichtigen Besprechung, bei der er unmöglich gestört werden konnte.

Ravanelli war außer sich. »Alles nur Vorwände!« schimpfte der gegenwärtige Dekan der Gardeuniversität. »Davon sollten wir uns nicht abwimmeln lassen!«

»Was schlagen Sie vor, Professor?« fragte Kurt.

»Wir gehen zu Ihrem obersten Kommandeur und stellen ihn einfach zur Rede. Ganz gleich, über welche taktischen Feinheiten er jetzt gerade auch in irgendeinem erlesenen Zirkel herumschwadronieren mag – Sie haben letzte Nacht eine Entdeckung gemacht, die es wert ist, daß er Ihnen wenigstens fünf Minuten Gehör schenkt!«

Dieser Satz ging Kurt natürlich wie Öl herunter. Schließlich kam er nicht von irgendwem, sondern von *der* Autorität auf dem Gebiet der Hochenergietechnik schlechthin.

»Danke!«

»Nichts zu danken. Ich verteile keine Komplimente, sondern drücke nur meine Anerkennung für Ihre Leistung aus!« Ravanelli schüttelte den Kopf. Er kratzte sich nachdenklich am Hinterkopf und meinte anschließend: »Irgendwoher kenne ich Sie doch, Buck. Habe ich Sie vielleicht schon einmal in einem Doktorandenkollegium gesehen? Ich kann mir Gesichter so schlecht merken...«

»Nein.«

»Hätte ja sein können...«

»Aber ich habe schon Vorlesungen von Ihnen besucht«, sagte Kurt, wobei er Teresita einen kurzen Blick zuwarf.

Sie errötete leicht und wich seinem Blick aus.

»Ich werde Sie zu Generalmajor Farnham begleiten, Buck.«

»Danke, Professor!«

»Er muß Ihnen einfach zuhören...«

Bevor der Professor und Kurt das Büro verließen, wandte sich Teresita noch einmal an den Gardisten: »Scheint so, als wären Sie doch ein Genie«, sagte sie anerkennend und zwinkerte ihm zu.

Etwa eine Viertelstunde später trafen Kurt Buck und Professor Ravanelli beim Kommandanten ein.

Ravanelli wollte geradewegs in dessen Büro marschieren, aber Farnhams Adjutant trat ihm gerade noch rechtzeitig in den Weg.

»Einen Moment, Sie können da jetzt nicht herein.«

»Wir können sehr wohl«, sagte Ravanelli.

»Ich habe Ihnen bereits bei unserem Viphogespräch gesagt, daß Generalmajor Farnham im Moment nicht zu sprechen ist. Er nimmt an einer wichtigen Sitzung teil und darf nicht gestört werden. Was immer Sie ihm auch unterbreiten möchten, ich bin überzeugt davon, daß es warten kann.«

Ravanelli deutete auf Kurt. »Dieser junge Mann hat vielleicht eine Entdeckung gemacht, die gerade für die Schwarze Garde ganz neue Möglichkeiten im operativen Bereich ermöglichen könnte! Und Sie wollen ihn seine Ideen nicht einmal vortragen lassen?«

»Tut mir leid!«

»Das darf doch nicht wahr sein!«

»Ich habe meine Anweisungen, Professor!«

»So viel Ignoranz in einer Amtsstube habe ich lange nicht gesehen!« ereiferte sich der Professor.

»Fünf Minuten!« verlangte Kurt, bevor der Adjutant etwas erwidern und sich die Lage noch weiter zuspitzen konnte. »Fünf Minuten und keine Sekunde länger! Mehr will ich gar nicht!«

»Nicht heute. Lassen Sie sich einen Termin geben. Im übrigen...« Der Adjutant blickte auf die Gardeuniform, die Kurt trug. »Müßten Sie nicht im Dienst sein?«

»Ich habe Urlaub genommen, Sir«, erklärte Kurt.

Jeffrey Kantos atmete tief durch. »Ich bin gerne bereit, Ihr Anliegen entgegenzunehmen. Ich werde Sie dann zu gegebener Zeit an Generalmajor Farnham weiterleiten.«

Weder Kurt noch der Professor waren allerdings bereit, sich auf dieses durchsichtige Manöver einzulassen.

»Ich bin eher dafür, daß wir hier warten, bis der Kommandant aus seiner Sitzung zurückkehrt«, sagte Kurt.

In diesem Augenblick öffnete sich die Tür von Farnhams Büro.

Der Kommandant der Schwarzen Garde blickte angestrengt auf sein Chronometer und trat hinaus.

Kurt Buck grüßte militärisch.

Der Kommandant blieb abrupt stehen, warf seinem Adjutanten einen fragenden Blick zu.

»Tut mir leid, Sir, aber ich habe nicht verhindern können, daß diese beiden Männer...«

»Schon gut, Kantos«, unterbrach ihn Farnham. Er wandte sich an Ravanelli. »Was immer Sie auch mit mir besprechen wollen, Sie kommen in einem äußerst ungünstigen Augenblick. Ich müßte eigentlich schon im Schweber sitzen...«

»Fünf Minuten, Sir!« forderte Kurt Buck abermals, ehe Ravanelli etwas sagen konnte. »Ich habe eine Entdeckung gemacht, deren militärische Bedeutung noch gar nicht abzuschätzen ist...«

»Schütze Buck, ich weiß Ihr Engagement zu schätzen. Ich weiß, daß Sie in einigen Einsätzen in der jüngsten Vergangenheit Hervorragendes geleistet haben, aber das gibt Ihnen nicht das Recht, hier einfach aufzukreuzen und...«

»Sir, es geht um einen Überlichtantrieb, der Raumsprünge ohne Transitionsschock ermöglicht! Das bedeutet, daß man ein Raumschiff mit einem derartigen Antrieb nicht anmessen könnte, wenn es ins Normalkontinuum zurückkehrt!«

Farnham stutzte.

Er öffnete halb den Mund, wollte zunächst etwas erwidern, schwieg dann aber. Ein erneuter Blick auf das Chronometer folgte.

»Fünf Minuten?«

Kurt nickte. »Fünf Minuten.«

Eine Sekunde noch rang Farnham mit sich selbst, dann gab er sich einen Ruck.

»Okay«, stimmte er zu.

»Danke, Sir.«

»Gehen wir in mein Büro.« Farnham wandte sich an Jeffrey Kantos. »Sagen Sie Bescheid, daß ich etwas später zur Kommandeurstagung in Alamo Gordo kommen werde.«

»Ihre Zeit läuft, Buck!« stellte Farnham klar.

Kurt nickte. »Ich habe mir die letzte Nacht um die Ohren geschlagen, um die Mysterious-Mathematik auf den ›Time‹-Effekt anzuwenden. Eine Bemerkung aus Chris Shantons Vortrag hat mich dazu angeregt...«

»Und das hat Sie zu Ihrer angeblichen Entdeckung geführt?« fragte Farnham sichtlich ungeduldig.

»Heute morgen habe ich meine Arbeitsergebnisse mit Professor Ravanelli besprochen, der sich dafür dankenswerter Weise ein paar Stunden Zeit genommen hat...«

»Die Ergebnisse, die dieser junge Mann herausgefunden hat, sind absolut korrekt«, warf Ravanelli ein.

Kurt fuhr fort: »Es ist tatsächlich möglich, einen zuverlässig funktionierenden Antrieb zu konstruieren, der auf dem ›Time‹-Effekt basiert...«

»Buck! Das ist etwas für Nostalgiker!« warf Farnham dabei mit Blick auf Ravanelli ein.

Er machte eine wegwerfende Handbewegung.

Aber Kurt ließ sich nicht beirren. Er fuhr einfach fort. Fünf Minuten hatte Farnham ihm zugestanden. Und diese Zeit wollte Kurt nutzen. »Die Distanz, die auf diese Weise risikolos überwunden werden kann, beträgt 1,7 Lichtjahre. Nicht besonders viel, aber dafür ist keinerlei Transitionsschock meßbar. Eine perfekte Tarnung, wenn Sie mich fragen.«

Zum ersten Mal, seit Kurt mit seinen Ausführungen begonnen hatte, sah Farnham den jungen Mann an.

»Reden Sie weiter!« forderte er zu Kurts Erstaunen.

Kurt spürte, daß er sein Gegenüber jetzt an der Angel hatte. Das Thema hatte auch Farnham gepackt. Die damit verbundenen Implikationen waren einfach zu verlockend. Ein nicht anmeßbarer Überlichtantrieb... davon träumte die Terranische Flotte ebenso wie die Schwarze Garde oder die Regierung auf Cromar, dem Zentrum des Telin-Imperiums. *Scheint so, als hätte ich das Eis ein Stück weit aufbrechen können,* durchzuckte es Kurt. »Durch eine gezielte Verunreinigung des verwendeten Laban-Metalls könnte man die Reichweite erhöhen. Aber die Verlustrate läge bei über 20 Prozent. Zu hoch, um es auch nur in Erwägung zu ziehen.«

»Leider wahr«, stellte Generalmajor Farnham fest. In der Mitte seiner Stirn bildete sich eine deutlich sichtbare Falte. Er wirkte jetzt etwas gereizt. »Ich hoffe, Sie haben etwas mehr vorzuweisen, als diese Uralt-Erkenntnis!«

»Natürlich, Sir. Der Punkt ist folgender: Die hohe Versagerquote bei den seinerzeit mit dem ›Time‹-Effekt betriebenen Schiffen lag nicht nur daran, daß man damals noch nicht in der Lage war, Laban-Metall mit ausreichendem Reinheitsgrad herzustellen.«

»Sondern?«

»Nach meinen Berechnungen lag es auch an der Größe der Schiffe. Professor Ravanelli hat meine Berechnungen überprüft. Das Ergebnis ist eindeutig: Je größer die Masse eines mit ›Time‹-Effekt bewegten Objekts, desto höher die Versagerquote. Für große Kolonistenraumer wie damals die GALAXIS ist dieser Antrieb ungeeignet. Aber mit den verhältnismäßig kleinen Absetzern der Schwarzen Garde verhält es sich anders.«

Farnham wollte etwas erwidern. Aber noch bevor er auch nur ein Wort herausbringen konnte, griff Professor Ravanelli ein.

»Kurt Buck und ich haben alles noch einmal genau durchgerechnet. Wir sind zu dem Schluß gekommen, daß ein modifizierter ›Time‹-Effekt-Antrieb für die Absetzer ideal wäre. Die Absetzer verfügen ohnehin schon über die modernste Stealth-Tarntechnik und sind außer über optische Systeme kaim zu orten. Wenn jetzt ein Antrieb auf Basis des ›Time‹-Effekts konstruiert werden könnte, würde es auch keinen anmeßbaren Transitionsschock mehr geben.«

»Das heißt, die Absetzer wären fast gar nicht mehr aufzuspüren.«

Die Falte auf Farnhams Stirn verschwand. Er verschränkte die Arme, lehnte sich dabei gegen die Kante seines Schreibtischs. »Klingt interessant«, murmelte er. »Vorausgesetzt, das Versagensrisiko ließe sich wirklich minimieren!«

»Das steht meiner Ansicht nach fest!« warf Ravanelli ein.

Farnham nickte Kurt zu.

»Fahren Sie fort, Buck!«

»Ich habe das Datenmaterial mitgebracht und könnte es Ihnen vorführen, wenn Sie mich an Ihren Suprasensor lassen.«

»Nicht ganz so schnell«, wehrte Farnham ab. »Vorher hätte gerne noch ein paar Dinge genauer gewußt. Beispielsweise ist es doch so, daß der ›Time‹-Effekt nicht im Einflußbereich solarer Magnetfelder ausgelöst werden darf. Führt das Ihre Idee nicht ad absurdum?«

Ravanelli antwortete, bevor Kurt etwas sagen konnte. »Keineswegs!« widersprach der Professor. »Unseren Berechnungen nach gibt es mit Magnetfeldern nur bei sehr hoher Felddichte Probleme. Schließlich ist ja das gesamte Universum mehr oder weniger stark von Magnetfeldern erfüllt. Ich bin mir sicher, daß Felder von geringer Stärke nicht zu Schwierigkeiten führen. Probleme dürfte es nur im unmittelbaren Nahbereich einer Sonne geben, aber unsere Gardisten sollen ja dort in der Regel auch nicht abgesetzt werden.«

Farnham quittierte Ravanellis witzig gemeinte Bemerkung nicht einmal mit einem Zucken der Mundwinkel.

Entweder teilte er Ravanellis Sinn für Humor einfach nicht oder er war zu sehr auf das konzentriert, was Kurt und der Professor ihm vorgetragen hatten.

Möglichkeiten, die fast schon zu verlockend erschienen, um wahr zu sein.

Irgendwo mußte doch ein Haken zu finden sein. Oder war es wirklich möglich, daß man die in der Nutzung des »Time«-Effekts liegenden Möglichkeiten bisher deshalb nicht hatte sehen können, weil die Forschung schlicht und ergreifend in eine andere Richtung geblickt hatte?

So etwas nannte man einen Paradigmenwechsel. Den Blick der

Forschung in eine andere, bis dahin ungewohnte Richtung lenken. Einem verdienten Wissenschaftler wie George Ravanelli war so etwas zweifellos zuzutrauen – doch einem kaum zwanzigjährigen Gardisten wie Kurt Buck?

Die Zweifel standen Farnham geradezu ins Gesicht geschrieben.

Aber er spürte auch, daß die Überlegungen seines Gegenübers weitaus ernsthafter waren, als es auf den ersten Anschein gewirkt hatte.

Schließlich war nicht davon auszugehen, daß jemand mit dem Renommee eines George Ravanelli leichtfertig einer Idee seinen guten Namen und seinen Einfluß lieh.

Ravanelli fuhr fort: »Magnetfeldern kann man außerdem bis zu einem gewissen Grad mit Abschirmungen begegnen. Auf diesem Gebiet gibt es Neuentwicklungen, die man beim Bau eines ›Time‹-Effekt-angetriebenen Absetzers vielleicht berücksichtigen müßte.«

»So weit sind Sie in Ihren Gedanken also schon«, sagte Farnham. Ein verhaltenes Lächeln bildete sich um seine dünnen Lippen. »Wissen Sie auch, was das kosten würde?«

»Nicht so viel, wie Sie vielleicht glauben, schließlich...«

Farnham hob die Hand und unterbrach den Professor. »Moment!« sagte er. »Bevor wir uns über die Kostenfrage auch nur einen einzigen Gedanken gestatten, möchte ich erst einmal wissen, wie Sie beide es sich denn gedacht haben, an einen Planeten heranzukommen, wenn Sie nicht in den Nahbereich einer Sonne springen können. Immerhin sind solare Magnetfelder zumeist bis weit über die Lebenszone eines Systems hinaus von einer Feldstärke, die trotz aller Abschirmungstechnik relevant sein dürfte.«

»Auch dafür haben wir eine Lösung«, verkündete der Professor. Er nickte Kurt aufmunternd zu.

»Man könnte die aus Laban-Metall bestehenden Silos des Antriebs so miteinander verschalten, daß sie mit dem Magnetfeld der Sonne interagieren. Auf diese Weise hätten wir einen Magnetantrieb...«

»... der ebenfalls nicht anmeßbar wäre!« warf der Professor ein.

»... und recht hohe Geschwindigkeiten erlaubt«, vollendete Kurt seinen Satz.

»*Wie* hohe Geschwindigkeiten?« hakte Farnham nach.

»Natürlich differieren die Werte je nach Ausdehnung und Feldstärke des jeweiligen Magnetfeldes. Aber beim Eindringen eines Absetzers ins Sol-System könnte er unseren Berechnungen nach die Strecke Pluto-Erde in zwölf Stunden schaffen.«

Farnham hob die Augenbrauen. »Das wäre in der Tat praktikabel!«

»Angesichts der Tatsache, daß der Absetzer dann wirklich nicht von der Ortungstechnik erfaßt werden kann, läßt sich eine solche Zeitverzögerung vertreten, finde ich.«

Farnham nickte.

Verstohlen blickte Kurt auf die Uhr an der Wand.

Die vom Kommandanten der Schwarzen Garde zugesagten »fünf Minuten« waren längst vorüber. Kurt hielt das für ein gutes Zeichen. Auch wenn Farnham noch den einen oder anderen Einwand vorbrachte, so war sein Interesse offensichtlich geweckt.

»Angenommen, ich würde mir Ihre Arbeitsergebnisse noch einmal genau ansehen und käme nach eingehender Prüfung zu dem Ergebnis, daß wir Ihre Idee unbedingt in die Tat umsetzen sollten, Buck – warum sollte man Ihrer Meinung nach an einem bewährten System etwas ändern? Wie ich meine Vorgesetzten kenne, wäre das die erste Frage, die ich gestellt bekäme. Und wenn ich darauf keine überzeugende Antwort parat habe, brauche ich gar nicht erst anzutreten.« Farnham umrundete den Schreibtisch, blieb schließlich stehen und tickte nervös mit den Fingerkuppen auf der Tischplatte herum. »Die bisher benutzten Einweggleiter funktionieren perfekt.«

»Aber es sind eben Einwegfahrzeuge, die nach der Landung nicht mehr benutzt werden können. Die Absetzer, die mir vorschweben, sind zwar teurer in der Anschaffung, man braucht aber eine wesentlich geringere Anzahl und kann sie immer wieder verwenden, wenn sie nicht im Kampfgeschehen beschädigt werden. Außerdem entfällt eine ebenfalls aufwendige und kostspielige Rückholung der Soldaten durch Raumtransporter. Abgesehen davon könnten die Absetzer der neuen Generationen den Einsatzort nicht nur völlig unbemerkt erreichen, sondern ihn auf dieselbe Weise auch wieder verlassen. Das erhöht die operative Beweglichkeit unserer Einheit um ein Vielfaches. Bisher blieben von jedem unserer Kommandoeinsätze zwangsläufig Spuren zurück, die auf unsere Anwesenheit schließen ließen. Das Wrack des Absetzers zum Beispiel. Aber man braucht nicht viel Phantasie, um sich Situationen auszumalen, in denen unter keinen Umständen bekannt werden darf, daß ein Einsatz überhaupt stattgefunden hat, weil es sonst zu diplomatischen Verwicklungen führen könnte.«

Farnham preßte die Lippen aufeinander. Er nickte. Einen Augenblick stand er nachdenklich da, dann aktivierte er ein Sprechgerät und stellte eine Verbindung zu seinem Adjutanten her.

»Sagen Sie meine Teilnahme an der Kommandeurstagung ab...«

»Aber, Sir!«

»Lassen Sie sich irgendeinen Vorwand einfallen. Ich bin hier jedenfalls noch voraussichtlich ein paar Stunden beschäftigt.«

»Jawohl, Sir.«

»Und sorgen Sie dafür, daß wir hier ausreichend mit Kaffee versorgt werden.«

Farnham unterbrach die Verbindung. Er wartete die Bestätigung seines Adjutanten gar nicht erst ab. Kurt vermutete, daß der Kommandant der Schwarzen Garde einfach keine Lust hatte, sich weitere Einwände anhören zu müssen.

Farnham wandte sich direkt an Kurt. »Sie sind schon sehr weit für Ihr Alter, Schütze Buck«, stellte der Kommandant fest.

»Danke, Sir.«

»Ich möchte mir Ihre Arbeitsergebnisse jetzt gerne genauer ansehen.«

»Kein Problem, Sir, ich habe alles dabei!«

»Da Professor Ravanelli Sie so vehement unterstützt, gehe ich davon aus, daß Ihre Arbeit Hand und Fuß hat. Wie Sie wissen, ist eine Promotion Voraussetzung für eine Offizierslaufbahn bei der Garde.«

»Ja«, nickte Kurt.

»Wenn es Ihnen tatsächlich gelingt, ein Raumfahrzeug für verdeckte Operationen zu entwickeln, könnten Sie die Konstruktion als Doktorarbeit vorlegen. Jemand mit Ihren Fähigkeiten sollte nicht zu lange als einfacher Schütze dienen, Buck!«

2. Teil: Sommer 2059, Terra

Wladimir Jaschin klopfte mit den Fingerknöcheln auf die glatte, metallische Oberfläche der TIME JUMPER ZERO, des Prototypen des neuen, mit »Time«-Effekt-Antrieb ausgestatteten Absetzers für verdeckte Operationen der Schwarzen Garde. Das Raumfahrzeug stand auf einem Landefeld am Rand von Star City, auf dem sich ansonsten vor allem schnelle Transportjetts und andere Schweber befanden. Die meisten davon mit den Emblemen der Garde.

Einige Kampfgleiter waren auch darunter.

»Du kannst stolz auf das sein, was du geleistet hast, Kurt«, stellte Wladimir fest.

Kurt Buck befand sich ein paar Meter entfernt. Mit Hilfe eines handgroßen Kontrollmoduls überprüfte er die Tragflächen des pfeilförmigen, einem Stealthbomber des frühen einundzwanzigsten Jahrhunderts ähnelnden Absetzers.

Kurt beendete seine Kontrolle mit einem Tastendruck auf dem kleinen Anzeigenfeld des Moduls und wandte sich zu Wladimir um. Es gab keine verräterischen Energieabstrahlungen oder -reflexionen. Außerdem keine Unregelmäßigkeiten in der Außenhaut, die in der Lage sein mußte, ungeheuer großen Belastungen standzuhalten.

»Allein hätte ich gar nichts geschafft«, sagte Kurt. »Es war eine Leistung des gesamten Teams. Und dazu gehört Professor Ravanelli ebenso wie du!«

»Nur nicht zu bescheiden, Kurt. Fest steht, daß es ohne dich und deine Initiative die TIME JUMPER nicht gäbe. Ich nehme an, du wirst es bald zum Fähnrich schaffen.«

Kurt winkte ab.

»Ganz so schnell geht das auch nicht.«

Er näherte sich ein paar Schritte, blieb dann vor Wladimir stehen und sagte: »Es ist alles bereit für den Testflug morgen.«

»Es wird schon alles glattgehen!« meinte Wladimir.

Kurt lachte auf.

»Das dachten die Siedler der GALAXIS damals auch, als sie in die Tiefen des Alls vordrangen. Du weißt ja, wo sie gelandet sind. Tausende von Lichtjahren entfernt von ihrem eigentlichen Ziel.«

»Die hatten eben keine Ahnung von Mysterious-Mathematik!« wandte Wladimir ein.

Kurt grinste.

»Daran wird es wohl gelegen haben.«

»Na, dann kann der TIME JUMPER ja nichts passieren.«

»Schon deswegen nicht, weil morgen nur der Magnetantrieb für den Start von der Oberfläche aus auf Herz und Nieren geprüft wird.«

»Dann steht uns die richtige Bewährungsprobe also noch bevor!«

Kurt lachte. »Formsache!« meinte er. In Wahrheit war er sich seiner Sache natürlich längst nicht so sicher. Auch etwas, das der Theorie nach eigentlich reibungslos klappen mußte, konnte in der Praxis an irgendeiner übersehenen Kleinigkeit jämmerlich scheitern.

»Hör zu, Wladimir. Ich dachte, daß du mich auf diesem ersten Testflug begleitest.«

»Nichts dagegen, Kurt! Ich kann's kaum erwarten, diesen Vogel mal unter annähernd realistischen Bedingungen zu testen.«

»Naja, ein Kampfeinsatz wird das nicht gerade. Wir fliegen ein bißchen in der Gegend herum und kehren dann zurück.«

Wladimir lachte.

»Wir könnten bei der Gelegenheit doch die terranische Raum- und Flugüberwachung ein bißchen testen.«

»Du meinst, wenn wir hier unbemerkt durchkommen, dann gelingt uns das auch auf irgendwelchen Hinterwäldlerplaneten, auf die man uns vielleicht in den Einsatz schickt?«

Wladimir nickte.

»Das wollte ich damit sagen«, bestätigte er.

»Klingt verlockend, aber laß das weder Farnham noch Ravanelli hören. Wir würden nämlich gegen ein Dutzend Vorschriften verstoßen!«

Wladimir deutete zum Rand des Landefeldes.

Hinter einem abgestellten Jett tauchte dort die Gestalt einer jungen Frau auf. Das lange, dunkle Haar wehte in dem leichten Wind, der über das Landefeld strich.

Teresita!

Kurt Buck atmete tief durch.
»Ich glaube, die Lady ist deinetwegen hier, Kurt. Auch wenn ich nichts dagegen hätte, wenn es anders wäre!«
Wladimir grinste schief.
Kurt ging Teresita entgegen.
»Hallo«, sagte sie. »Unser Projekt steht so gut wie vor dem Abschluß, oder?«
»Das würde ich nicht sagen«, meinte Kurt. »Was wir haben, ist ein Prototyp, der erst noch eingehend getestet werden muß. Zufrieden bin ich, wenn die Schwarze Garde eine ihrem Bedarf entsprechende TIME JUMPER-Flotte ihr eigen nennt und wir die Dinger auch einsetzen können.«
Sie lächelte.
»Kurt, du weißt genau, was ich meine. Der Hauptteil der Arbeit ist getan. Wenn du die Tests nicht vermasselst, liegt der ganze Rest in den Händen von hohen Offizieren und Politikern, die darüber entscheiden, wohin die Geldströme fließen.« Sie schwieg. Ihrer beider Blicke begegneten sich, verschmolzen für einen kurzen Moment miteinander.
Sie hatten in den letzten Monaten gemeinsam an dem Projekt TIME JUMPER gearbeitet und waren sogar ein paarmal miteinander ausgegangen.
»Kurt, ich bin hier, weil ich dir etwas sagen möchte.«
Der Soldat hob das Kinn.
»Ja?«
»Ich möchte mich verabschieden. Morgen früh fliege ich mit einem Jett nach Neu-Delhi.«
Kurt war überrascht.
»Ich verstehe nicht... Was willst du in Neu-Delhi?«
»An der Universität von Neu-Delhi gibt es neuerdings ein Institut für Hochenergie- und Triebwerkstechnik. Die wollten mich als Dozentin...«
»Hättest du nicht auch hier bei Professor Ravanelli alle Möglichkeiten?«
»Professor Ravanelli selbst hat mich nach Neu-Delhi an seinen Kollegen Professor Sindramaran empfohlen. Ravanelli plant nämlich ein Forschungssemester einzulegen...«

Kurt Buck war überrascht.

»Er hast mir ebenso wenig von seinen Plänen erzählt wie du!«

Sie drückte ihm einen Kuß auf die Wange.

»Ich bin überzeugt davon, daß wir uns irgendwann mal wiedersehen, Kurt.«

Damit drehte sie sich um und ging.

Kurt sah ihr nach.

Warum läßt du sie jetzt gehen? fragte er sich. Kurt kannte die Antwort. Er war einfach noch nicht bereit dazu, eine Frau die erste Stelle in seinem Herzen einnehmen zu lassen. Das hatte Teresita instinktiv gespürt. Und vielleicht war eine ähnliche Erkenntnis auch der Grund dafür gewesen, daß Laura Domrath ihn seinerzeit verlassen hatte.

Am nächsten Morgen fand der Testflug statt. Kurt überließ Wladimir die Position des Piloten, während er selbst als Kopilot fungierte. Auf diese Weise konnte Kurt die Triebwerksanzeigen besser verfolgen. 35 Silos aus Laban-Metall bildeten das Herz des Antriebs. Sie waren wesentlich kleiner als bei den bisher gebauten »Time«-Effekt-Antriebssystemen. Aber das Laban-Metall, aus dem diese Mikrosilos gefertigt waren, hatte dafür einen besonders hohen Reinheitsgrad, so daß es keine Leistungseinbußen gab und eine Fehltransition zumindest theoretisch so gut wie ausgeschlossen war.

Die Mikrosilos waren gleichzeitig auch der Kern des Magnetfeldantriebs.

Zusätzlich gab es noch einen Hochleistungsreaktor, dessen Energie in den Silos gespeichert werden konnte. Beim Eindringen in ein Sonnensystem konnte man den Reaktor abschalten, wodurch es keinerlei verräterische Emissionen gab, die hätten angemessen werden können.

Wenn alles funktionierte, existierte die TIME JUMPER ZERO für die Ortungssysteme anderer Schiffe oder Bodenstationen nicht.

Ein dumpfes, brummendes Geräusch ging durch den neuen Absetzer, als Wladimir Jaschin den Magnetantrieb aktivierte.

Der Start ging reibungslos vonstatten.

Wladimir ließ die TIME JUMPER eine Runde über Star City drehen.

»Läßt sich wunderbar handhaben, dieser neue Magnetantrieb«, meinte Wladimir.

»Die angezeigten Werte sind auch alle in Ordnung. Läuft wie geschmiert!«

Wladimir steuerte den Absetzer im Tiefflug auf die nahen Berge zu. Es machte ihm sichtlich Freude, die TIME JUMPER nur wenige Meter über der Erdoberfläche dahinschnellen zu lassen.

»Die einzige Möglichkeit, uns jetzt noch aufzuspüren, ist die Sicht«, stellte Kurt zufrieden fest.

»Diese Möglichkeit versuche ich gerade durch meinen Kurs zu minimieren.«

»Wenn du so dicht über der Erde fliegst, dürfte es für einen eventuellen Gegner ohnehin zu spät sein, wenn er uns sieht.«

Wladimir lachte.

Er zog den Absetzer mit der Spitze nach oben.

»Ich werde auf maximale Beschleunigung schalten«, kündigte er an.

»Tu das. Aber bedenke bitte dabei, daß die gesamte Erdatmosphäre sowie der erdnahe Weltraum dicht befahrene Gebiete sind. Und darüber spannt sich der Nogk-Schirm.«

»Für wen hältst du mich?«

»Ich meine es ernst, Wlad. Ein Zusammenstoß wäre jetzt wirklich das letzte, was wir gebrauchen könnten.«

Wladimir schüttelte den Kopf. »Du redest schon, als wärst du bereits Fähnrich.«

»Was?«

»Hör zu, noch bist du kein Offizier, der etwas von der Verantwortung für das große Ganze daherreden muß!«

»Das sehe ich anders«, erwiderte Kurt.

Wladimir lachte.

»So?«

»Wozu sind wir denn in der Garde, Wlad? Wozu, wenn nicht deshalb, weil wir etwas für die Menschheit tun wollen?«

Wladimir zuckte die Achseln. Der ernste Tonfall, den Kurt jetzt angeschlagen hatte, schien ihm zu mißfallen. »Von der Seite betrachtet hast du natürlich recht«, lenkte der Russe ein.

Innerhalb weniger Augenblicke hatte der Absetzer die untere Erdatmosphäre verlassen und tauchte in die Schwärze des Alls ein.

»Die Beschleunigungswerte sind optimal«, sagte Kurt. »Besser könnte es gar nicht laufen!«

»Sag, wohin ich den Vogel fliegen soll, Kurt!«

»Bis dicht unter den Nogk-Schirm, dann geht es heimwärts. Für einen ersten Test reicht das vollkommen.«

»Wie du meinst.«

Sie schwiegen eine Weile. Kurt überprüfte immer wieder die Meßwerte am Magnettriebwerk. Er konnte es kaum glauben, wie perfekt dieser Antrieb funktionierte. Wichtig waren ihm vor allem die Werte der eigens für diesen Flug an der Außenhaut angebrachten Sensoren, deren Aufgabe es war, eventuelle verräterische Emissionen anzuzeigen. Energiesignaturen, Strahlung – alles, was ein feindliches Ortungssystem im Ernstfall vielleicht anmessen konnte.

Auch an diesen Werten gab es nicht das Geringste auszusetzen.

Das Raumschiff flog in einer Parabelkurve fast bis an den planetenumspannenden Schutzschirm heran und kehrte dann Richtung Erdoberfläche zurück.

»Soll das wirklich schon alles gewesen sein?« fragte Wladimir leicht enttäuscht.

»Unsere heutigen Tests sind erfolgreich abgeschlossen«, erklärte Kurt. »Zumindest der Teil, der für uns derzeit relevant ist.«

»Das Wichtigste ist jedoch nicht geschehen!«

Kurt sah Wladimir überrascht an. »Wovon sprichst du eigentlich?«

»Na, wir könnten doch mal die Ortungssysteme der terranischen Flug- und Raumkontrolle auf die Probe stellen. Wenn wir da durchkommen, dann haben wir die Gewißheit, daß die Tarnung der TIME JUMPER auch dann funktioniert, wenn man uns auf irgendeinem Hinterwäldlerplaneten für eine verdeckte Operation absetzt.«

»Was schlägst du vor, Wlad?« fragte Kurt. »Raus damit, dir schwirrt doch irgend etwas im Kopf herum!«

»Wie wäre es mit ein paar Extrarunden über dem Raumhafen

von Alamo Gordo?« grinste Wladimir.

Kurt zögerte erst. Dann grinste er ebenfalls.

»Ich bin dabei!«

Die TIME JUMPER ZERO näherte sich wieder der Erdoberfläche, tauchte schließlich in die dichten Schichten der Atmosphäre ein, die aus dem Weltraum nur wie eine hauchdünne, bläuliche Aura wirkte.

Wladimir lenkte den Absetzer auf den nordamerikanischen Kontinent zu.

Alamo Gordo, der Kommunikations- und Wirtschaftsknotenpunkt des Planeten Erde mit seinem Raumhafen Cent Field, war überhaupt nicht zu verfehlen. Man brauchte nur den zahllosen Peilsignalen zu folgen, die von dort ausgingen.

Allerdings mußte der Pilot immer mehr auf der Hut sein, je weiter er sich dem Raumhafen näherte. Der Verkehr an Luft- und Raumfahrzeugen wurde immer dichter. Die jeweiligen Besatzungen vermochten die TIME JUMPER erst auszumachen, wenn sie sie *sahen*.

Aber Wladimir war ein geschickter Pilot.

Das große Landefeld von Cent Field tauchte vor den Gardisten auf. Zahllose Raumschiffe befanden sich dort. Es gab rund um die Uhr Starts und Landungen.

»Ich möchte die langen Gesichter der Jungs im Tower sehen, wenn wir plötzlich auftauchen, ohne daß sie uns je auf dem Ortungsschirm hatten!« lachte Wladimir.

Plötzlich zeichnete sich ein gewaltiger Schatten über der TIME JUMPER ab. Wie bei einer Sonnenfinsternis.

Nur war es nicht der Mond, der das Licht der Sonne verdeckte, sondern ein Ringraumer der Terranischen Flotte.

Der S-Kreuzer befand sich offenbar im Landeanflug.

»Verdammt!« entfuhr es Wladimir.

Geistesgegenwärtig zog er die Schnauze der TIME JUMPER hoch und ließ sie durch das offene Innere des Rings hindurchschnellen. Dicht zischte der Absetzer dabei an der Außenhaut des Ringraumers vorbei, ehe er sich im nächsten Moment in einer Höhe von fast hundert Metern über dem Raumhafen befand.

»Das war knapp!« stieß Kurt hervor. »Wir können froh sein, daß der mit Antigrav gelandet ist und wir nicht mitten durch einen aktivierten Brennkreis geflogen sind. Dann wären wir jetzt Geschichte!«

Wladimir dachte offenbar tatsächlich erst jetzt an diese durchaus reale Gefahr, fing sich jedoch sofort: »Es beweist aber, wie gut sich das Ding hier manövrieren läßt! Der Magnetantrieb ist ein voller Erfolg. Und das ist doch die Hauptsache.«

»Ich hoffe, Farnham sieht das auch so locker!«

»Wir werden angefunkt.«

»Dann öffne mal die Phase, Wlad!«

»Okay!«

Während Wladimir den Absetzer in einem weiten Bogen erst über den Raumhafen Cent Field und anschließend über Alamo Gordo zog, um damit die Flugbahn wieder zu stabilisieren, ertönte die Stimme eines Mitarbeiters der Raumhafenkontrolle.

»Unbekanntes Flugobjekt! Sie fliegen ohne die übliche ID-Kennung und hätten beinahe eine Kollision verursacht. Bitte identifizieren Sie sich umgehend. Andernfalls müssen im Interesse der Sicherheit Abwehrmaßnahmen ergriffen werden. Ich wiederhole: Andernfalls werden Abwehrmaßnahmen ergriffen, die Ihre Zerstörung zur Folge haben!«

»Schick denen schon unser ID-Signal«, meinte Kurt. »Und dann nichts wie zurück nach Star City.«

Wladimir war ziemlich blaß geworden.

»Ich schätze, das gibt noch Ärger«, meinte er.

»Wenn dadurch nicht das ganze Projekt gefährdet wird, soll mir das gleichgültig sein«, erwiderte Kurt.

»Das Projekt gefährdet?« fragte Wladimir. »Wieso das denn? Wir haben doch gerade die Leistungsfähigkeit des neuen Absetzers bewiesen.«

Kurt lachte.

»Ja, wenn wir das nächste Mal eine Gruppe Gardisten mitten auf dem Landefeld eines stark frequentierten Raumhafens absetzen sollen, brauchen wir einfach nur einen besseren Piloten – oder wie soll ich das jetzt verstehen?«

»Sehr witzig!«

»Nein, im Ernst, Wlad: Du warst großartig. Um ein Haar wäre

die ganze Sache nämlich ins Auge gegangen!«

»Du sagst es!«

Kurt blickte auf die Anzeigen. »Scheint so, als bekämen wir von der Raumkontrolle noch etwas zu hören«, stellte er fest und öffnete eine Funkphase.

»Hier Damien Nergal von der Ortungs-Z des Raumhafens Cent Field. Wir haben Ihr ID-Signal erhalten.«

»Hier Schütze Kurt Buck vom 14. Zug der Schwarzen Garde. Tut mir leid, Sir, wir befinden uns auf einem Übungs-Testflug«, erklärte Kurt. »Was geschehen ist, konnten wir nicht vorhersehen.«

»Ich will Ihnen meine persönliche Meinung zu diesem Vorfall nicht vorenthalten, Buck!« erwiderte Damien Nergal mit gereizt klingendem Unterton. »Die Privilegien, die Ihre Einheit genießt, gehen hier schon lange allen auf die Nerven. Wir haben Ihren Absetzer erst gesehen, als einer unserer Leute aus dem Fenster sah! Keine Ahnung, welche Art von Tarnung Sie da verwendet haben – aber es hätten nur Zentimeter gefehlt und ein Kreuzer der TF wäre mit Ihnen kollidiert. Können Sie sich die Katastrophe überhaupt vorstellen, an der Sie gerade buchstäblich vorbeigeschrammt sind?«

»Ja, Sir, das kann ich!« bestätigte Kurt Buck kleinlaut. Er war nicht auf Streit aus – und außerdem eindeutig im Unrecht. Das wußte er selbst nur zu gut.

»Ich werde diesen Vorfall nicht auf sich beruhen lassen, Buck«, fuhr Damien Nergal fort. »Es muß endlich Schluß damit sein, daß Ihr Elitekrieger glaubt, euch hier alles herausnehmen zu können! Es wird eine offizielle Meldung geben und ich hoffe sehr, daß man Sie nie wieder an die Pilotenkonsolen einer solchen Maschine läßt!«

Weder Kurt noch Wladimir bekamen die Gelegenheit dazu, noch etwas zu erwidern.

Die Verbindung wurde unterbrochen.

»Einen Freund haben wir heute nicht gewonnen«, stellte Wladimir trocken fest.

Kurt Buck seufzte. »Ich höre im Geiste schon die Gardinenpredigt Farnhams!«

»Wie heißt es so schön: Augen zu und durch, Kurt!«
»Klingt nicht gerade optimistisch!«
»Wir werden es überleben.«
»*Wir* schon. Ich hoffe nur, daß dieser Vorfall keine negativen Auswirkungen auf unser Projekt hat!«

»Sind Sie beide eigentlich völlig von Sinnen?« fragte Farnham mit noch immer hochrotem Kopf. Seit geschlagenen zehn Minuten standen Kurt Buck und Wladimir Jaschin nun bereits vor dem Kommandanten der Schwarzen Garde stramm und mußten sich dessen gepfefferte Strafpredigt anhören. Professor Ravanelli war ebenfalls anwesend und genauso verärgert über den Beinahezusammenstoß mit einem S-Kreuzer der TF.

»Leutnant Damien Nergal von der Raumkontrolle in Cent Field ist jemand, dem die Schwarze Garde schon lange ein Dorn im Auge ist«, fuhr Farnham in etwas gedämpfteren Tonfall fort. »Was ich Ihnen jetzt sage, unterliegt eigentlich der Verschwiegenheit. Ich sage es Ihnen aber trotzdem, um Ihnen klarzumachen, was für Mühen es mich kosten wird, Sie beide aus der Schußlinie herauszuhalten!« Der Generalmajor atmete tief durch. Er mußte seinem Ärger im wahrsten Sinn des Wortes erst einmal Luft machen. »Leutnant Nergal hat sich für eine Versetzung zur Schwarzen Garde beworben, ist aber auf Grund seiner eher durchschnittlichen Qualifikationen nicht genommen worden. Klar, daß er jetzt bei jeder Gelegenheit versucht, uns in die Suppe zu spucken. Von wegen unserer angeblichen Privilegien. Uns würde man alles durchgehen lassen und so weiter. Sie kennen das ja alles. Und diesmal ist er sogar noch im Recht! Das ist es, was mich am meisten daran ärgert.«

Sowohl Wladimir Jaschin als auch Kurt Buck hatten schon mehrfach und sehr zerknirscht geäußert, wie leid ihnen die ganze Angelegenheit tat.

In der jetzigen Situation hielt Kurt es für das Beste, einfach zu schweigen und abzuwarten, bis das verbale Gewitter seines Vorgesetzten vorübergezogen war.

»Es war wirklich unverantwortlich«, nutzte nun Professor Ravanelli eine Pause in der Standpauke des Gardekommandanten aus, um sich einzumischen. »Wenn Sie tatsächlich mit dem Ringraumer kollidiert wären, hätte das Schlagzeilen gemacht, die keinem von uns hätten lieb sein können. Mal abgesehen davon, daß Sie Ihr eigenes Leben und die Unversehrtheit unseres einzigen Prototyps fahrlässig gefährdet haben!«

Es folgten einige Augenblicke betretenen Schweigens.

Schließlich ergriff Farnham das Wort.

»Sie können sich rühren. Stehen Sie bequem. Ich möchte es damit bewenden lassen. Nehmen Sie sich das, was Ihnen gesagt wurde, zu Herzen, und ich werde alles tun, um die Sache auf kleiner Flamme zu halten.« Farnham hob den Zeigefinger. »Nicht um Ihrer beiden willen!« stellte er dann klar. »Sie hätten eine öffentliche Abreibung verdient – trotz Ihrer hervorragenden Leistungen, die Sie für die Schwarze Garde erbracht haben. Wer so verantwortungslos handelt, der muß es sich eigentlich schon gefallen lassen, dafür an den Pranger, vielleicht sogar vor ein Gericht gestellt zu werden. Aber hier geht es auch um die TIME JUMPER. Wenn es eine offizielle Untersuchung gibt, wird zwangsläufig bekannt, woran wir arbeiten. Und das kann in niemandes Interesse sein. Ich denke, so viel Verständnis werden die Kameraden von der TF für uns wohl noch haben...« Farnham machte eine Pause und fügte schließlich noch hinzu: »Sie fliegen den Prototyp in Zukunft nie wieder ohne offizielles ID-Kennsignal. Jedenfalls nicht, solange Sie innerhalb des Sol-Systems operieren. Ist das klar?«

»Ja, Sir«, erwiderten Wladimir und Kurt wie aus einem Mund.

Farnhams Gesichtsausdruck wurde etwas entspannter.

»Andererseits ist es ja gut zu wissen, daß die Tarnung des neuen Absetzers offenbar wirklich perfekt ist.«

»Es werden noch eine Reihe weiterer Tests nötig sein«, erklärte Professor Ravanelli. »Insbesondere, was den Mikro-›Time‹-Effektantrieb angeht...«

»Sie werden sich in dieser Hinsicht auf ein Minimum beschränken müssen«, erklärte Farnham.

Wladimir, Kurt und der Professor sahen den Kommandanten der Schwarzen Garde überrascht an.

»Wie soll ich das verstehen?« fragte Ravanelli.

»Die Zeit drängt. Wie Sie wissen, haben wir am 30. November dieses Jahres Wahl. Bis dahin möchte ich gerne sämtliche Produktionsaufträge vergeben haben, die mit diesem Projekt in Zusammenhang stehen. Kein Mensch weiß nämlich, wie es mit der Finanzierung einer Absetzerserie nach der Wahl aussehen würde. Wenn wir Pech haben, wird das ganze Projekt erst einmal für Jahre auf Eis gelegt, und die gesamte bisherige Entwicklung wäre umsonst gewesen.«

»Um einen Test des Überlichttriebwerks kommen wir aber nicht herum«, stellte Kurt klar.

Farnham lächelte mild.

Die soeben erhaltene Standpauke hatte dem Selbstbewußtsein dieses jungen Mannes offenbar keinerlei bleibenden Schaden zugefügt.

»Sie sollen Ihren Test bekommen«, erklärte Farnham. »Unter den Bedingungen eines Manövergefechts. Wir müssen sicher sein, daß der Absetzer unter realistischen Bedingungen funktioniert, bevor wir ihn in Serie geben.« Er strich sich nachdenklich über das Kinn. »Die neuen Absetzer sind zwar um die Hälfte teurer als ihre alten Einwegvorgänger, dafür kann man sie allerdings wiederverwenden, so daß nur eine wesentlich geringere Zahl benötigt wird. Die gesperrten Mittel könnten in die Perfektionierung und Aufstockung unserer sonstigen Ausrüstung gesteckt werden. Ich habe da schon mit ein paar maßgeblichen Leuten Gespräche geführt. Aber es muß schnell gehen.«

»Was schwebt Ihnen denn für eine Art Manöverübung vor?« hakte Kurt Buck nach.

Farnham hob die Augenbrauen. »Auch was das angeht, habe ich mir erlaubt, erste Vorbereitungen zu treffen.«

Kurt war darüber schon nicht mehr wirklich überrascht.

Farnham fragte: »Der Planet Eldorado dürfte Ihnen nicht unbedingt bekannt sein, es sei denn, Sie sind während Ihrer Arbeit an der TIME JUMPER noch dazu gekommen, regelmäßig astronomische Fachartikel zu lesen.«

»Sie meinen doch nicht zufällig die Kolonie Dorado, den fünften Planeten des Deneb-Systems?« warf Professor Ravanelli ein.

Farnham schüttelte den Kopf. »Nein, die Namensähnlichkeit ist reiner Zufall. Eldorado ist erst vor kurzem entdeckt worden. Eine erdähnliche Welt, 1900 Lichtjahre entfernt und voller Bodenschätze. Zur Zeit gibt es dort nichts weiter als einen terranischen Vorposten. Da es dort aber jede Menge Bodenschätze gibt, wird eine Besiedlung wohl nicht mehr lange auf sich warten lassen. Vor einer Woche habe ich Feldwebel Kaunas mit einer Gruppe von frischen Rekruten dorthin geschickt, um dort ihren Kurs im Überlebenstraining zu absolvieren. Sie wurden von der Sternschnuppe SPECTRAL unter Kommandant Roy Vegas dort abgesetzt.«

»Ist mir auch noch lebhaft in Erinnerung«, meinte Wladimir.

»Ich habe Kaunas bereits die Manöverbefehle gefunkt. Die Aufgabe seiner Gruppe ist es, den Vorposten zu verteidigen. Sie wird dabei von Vegas' Leuten unterstützt.« Farnham wandte sich an Kurt. »Sie werden einen Zug befehligen, der versucht, den Hypersender des Vorpostens einzunehmen. Der Raumtransporter HAMBURG wird Sie in den entsprechenden Raumsektor bringen und Sie in det neuen TIME JUMPER ZERO aussetzen. Die Manöveraufgabe ist für Sie erledigt, wenn es Ihnen gelungen ist, mit dem Hypersender den Raumtransporter HAMBURG anzufunken. Gelingt Ihnen das nicht, hat die andere Seite gewonnen und die HAMBURG wird Sie nach einer Woche abholen.«

Kurt nickte. »Kann ich...«

»Sie können sich Ihre Truppe selbst zusammenstellen, Buck«, fiel der Kommandant ihm ins Wort. »Und daß alle Beteiligten auf beiden Seiten nur mit Paralysatoren ausgerüstet sein werden, brauche ich ja wohl eigentlich nicht extra zu erwähnen.«

Der Test des Mikro-»Time«-Effekt-Antriebs fand am nächsten Tag statt. Diesmal flog die TIME JUMPER ZERO mit ordnungsgemäßem Identifikationssignal und führte mehrere kleine Raumsprünge in der Umgebung des Sol-Systems durch. Die Triebwerke funktionierten einwandfrei. Es waren zwar noch ein paar Feinjustierungen vorzunehmen, aber ansonsten bestanden keinerlei Bedenken gegen den bevorstehenden Manövereinsatz des Absetzers.

»Ich nehme doch an, daß ich mit von der Partie bin, wenn wir nach Eldorado fliegen«, meinte Wladimir Jaschin auf dem Rückflug nach Star City.

»Natürlich«, sagte Kurt Buck. »Und ansonsten sind auch vorwiegend alte Bekannte dabei.«

Wladimir grinste breit.

»Laß mich raten, an wen du denkst. André Souan, Antoku Seiwa, Nick Gantzler... die üblichen Verdächtigen eben!«

»Genau.«

»Es ist immer gut, mit Leuten in einen Einsatz zu gehen, auf die man sich absolut verlassen kann.«

»Mit unserer neuen Technik wird das eine Spazierfahrt.«

»Unterschätze mir unseren Feldwebel nicht.«

»Kaunas?« Wladimir lachte. »Ein harter Hund, ein guter Mann – aber letztlich auch nur einer, der mit Wasser kocht, wie wir alle.«

»Kaunas und seine Leute wissen, daß wir kommen. Das ist eine Erschwernis gegenüber einem richtigen Einsatz.«

»Gibt's denn auch eine Erleichterung?« fragte Wladimir.

»Die Erleichterung besteht darin, daß wir nur mit Paralysatoren aufeinander losgehen und niemand getötet wird«, erwiderte Kurt.

Wladimir schwieg einige Augenblicke lang.

Sie erreichten gerade im Magnetflug die eigens für sie geschaltete Öffnung im Nogk-Schirm und die obersten Schichten der Erdatmosphäre.

»Ich wette, wir haben den Hypersender erobert, noch ehe Kaunas und seine Truppe sich richtig nach uns umgedreht haben«, meinte Wladimir schließlich voller Zuversicht.

»Als nächstes schlägst du wahrscheinlich vor, die Siegesfeier schon mal vorzuverlegen, was?« erwiderte Kurt.

»Gute Idee. Hätte ich jetzt gar nicht dran gedacht!«

Wenig später landete die TIME JUMPER ZERO in Star City.

Major Farnham ließ sowohl Kurt als auch Wladimir zu sich rufen.

Beiden Männern schwante nichts Gutes, was die Unterredung mit dem Kommandanten der Schwarzen Garde anging.

»Ich wette mit dir um was du willst, daß wir heute noch einmal eine Abreibung wegen des Vorfalls von gestern bekommen«, war Wladimir überzeugt.

»Es wird nicht so heiß gegessen, wie es gekocht wird«, erwiderte Kurt. »Außerdem steht Farnham hinter uns. Zumindest nach außen.« Kurt grinste. »Auch wenn er uns vielleicht am liebsten den Kopf abgerissen hätte, er ist in gewisser Weise auf uns angewiesen. Wer sonst könnte dieses Projekt zu Ende führen? Du hast doch gehört, wie sehr die Zeit drängt. Bis zur Wahl muß die Produktion auf dem Weg sein, sonst ist ungewiß, was aus der ganzen Sache wird.«

Als Kurt und Wladimir das Büro des Kommandanten betraten, saß dieser relativ entspannt hinter dem Schreibtisch.

Der Adjutant hatte die beiden Gardisten gleich durchgewinkt.

Kurt und Wladimir salutierten.

Farnham musterte sie einen Augenblick lang. »Stehen Sie bequem«, sagte er schließlich. Wenn Kurt Tonfall und Gesichtsausdruck des Kommandanten nicht vollkommen falsch interpretierte, war der Großteil seines Zorns wegen des Vorfalls in Cent Field inzwischen verraucht. »Wie war der Testflug?« fragte Farnham nach einer weiteren Pause.

»Alles bestens, Sir«, meldete Kurt.

»Keine Komplikationen?«

»Ein paar Feinarbeiten noch, aber das ist eine Sache von wenigen Stunden. Im Prinzip ist die TIME JUMPER ZERO klar zum Einsatz.«

»Gut«, sagte Farnham gedehnt. »Wie Sie beide sich wohl denken können, muß ich noch einmal auf die leidige Geschichte von gestern zurückkommen. Der gegenwärtige Stand der Dinge ist, daß es keine Untersuchung gibt. Dafür mußte ich einige Klinken putzen und der Raumkontrolle unserer Flotte versprechen, daß meine Leute in Zukunft bei Übungsflügen aller Art einen weiten Bogen um Cent Field machen.«

»Danke Sir«, sagte Kurt.

»Lassen Sie sich diese Sache eine Lehre sein. Aber ich will jetzt nicht meine Standpauke von gestern wiederholen. Im übrigen gibt es auch einen erfreulichen Anlaß dafür, Sie hierher zu bestellen, Buck.«

Farnham überreichte Kurt Buck ein Dokument.

»Das ist Ihre Beförderung zum Fähnrich, Gardist Buck«, erklärte Farnham. »Mit Wirkung vom gestrigen Datum. Ich fand es bei unserer letzten Zusammenkunft allerdings als unpassend, Ihnen die Urkunde in einem Moment zu überreichen, in dem ich die größte Dummheit rügen mußte, die Sie bisher in Ihrer Zeit bei der Truppe begangen haben. Ich hoffe, es wird auch die letzte bleiben.«

Kurt schluckte.

Er war sichtlich überrascht.

»Ja, Sir, aber... mein Promotionsverfahren ist noch nicht abgeschlossen!«

»Ich weiß«, sagte Farnham. »Aber so gut wie. Sie haben Ihre Arbeit eingereicht, auf deren Grundlage die TIME JUMPER ZERO basiert. Ich denke, für Sie geht es nur noch um die Note, nicht mehr um die Frage, ob Sie bestanden haben. Dem Rigorosum können Sie sich stellen, sobald Sie von Ihrem Einsatz zurück sind, Buck.« Farnham schüttelte Kurt die Hand. »Wir haben eine Ausnahme für Sie gemacht, weil es besser ist, wenn Ihr Zug bei dem bevorstehenden Manöver von einem Offiziersanwärter befehligt wird – und nicht von einem einfachen Schützen.« Farnham lächelte verhalten. »Ich gratuliere Ihnen, Fähnrich Buck.«

»Danke, Sir.«

Am nächsten Tag fand eine Stabsbesprechung der Führungsoffiziere der Schwarzen Garde statt. Unter anderem ging es um die Planungen zu dem bevorstehenden Manövereinsatz auf Eldorado.

Oberstleutnant Kenneth MacCormack übergab zum Schluß die Liste der teilnehmenden Soldaten an Farnham. MacCormack war ein im Jahr 2018 geborener Ire und Doktor der Geschichte. Seit seiner Beförderung zum Oberstleutnant war er der Einsatzleiter der Schwarzen Garde.

Er lehnte sich in seinem Schalensitz zurück und nippte an seinem Kaffee.

Währenddessen fixierte er Farnham mit seinem Blick. Der Kommandant sah sich die Liste eingehend an.

»Alles alte Bekannte und Weggefährten von Kurt Buck«, meinte

Farnham schließlich schulterzuckend. »Es ist keine wirkliche Überraschung dabei.«

»Schütze Wladimir Jaschin hat er zu seinem Stellvertreter bei dieser Mission gemacht«, stellte MacCormack fest.

»Auch das war zu erwarten«, meinte Farnham. »Die beiden sind wie Pech und Schwefel. Offenbar geht Buck auf Nummer sicher und nimmt nur Leute, von denen er hundertprozentig weiß, daß er sich auf sie verlassen kann. Gantzler, Souan, Seiwa...« Farnham lächelte mild. »An seiner Stelle würde ich genauso handeln.«

»Buck geht bei einer derart wichtigen Mission bei der Auswahl seines Personals auf Nummer sicher – sollten wir das nicht vielleicht besser auch tun?«

Farnham war etwas überrascht.

Falten bildeten sich in seiner Stirnmitte.

»Was meinen Sie damit, Oberstleutnant?«

MacCormack zuckte die breiten Schultern. Etwas verlegen kratzte er sich an seinem kurzgeschorenen roten Haarschopf. »Ich will wirklich nichts gegen Buck sagen! Er ist wahrscheinlich ein Glücksfall für die Garde, und ich erwarte noch sehr viel von ihm. Kaum einer ist in seinem Alter schon so weit wie er. Jedenfalls kann ich mich in all meinen Dienstjahren nicht an jemanden erinnern, der mit ihm vergleichbar gewesen wäre. Weder in meiner Zeit beim Raumkorps noch später in der Garde.«

»Das sehe ich genauso«, unterbrach Generalmajor Farnham den Einsatzleiter der Garde.

Eine Pause entstand, die Farnham als unangenehm empfand.

»Lassen Sie die Katze aus dem Sack, MacCormack. Was spukt Ihnen im Kopf herum?«

»Also gut, Sir. Dann werde ich offen sprechen.«

»Ich habe von Ihnen nie etwas anderes verlangt!« gab Farnham etwas ungehalten zurück.

»Wie gesagt, mir liegt es fern, den Musterschüler der Garde bei irgendwem madig zu machen. Aber ich frage mich, ob es nicht besser wäre, einen derart entscheidenden Test unter das Kommando eines Offiziers zu stellen«, vollendete MacCormack schließlich doch noch seinen angefangenen Satz.

In Farnhams Stirnmitte zeigte sich eine markante Stirnfalte.

Seine Augen wurden schmaler. »Buck war von Anfang an der Kopf dieses Projekts. Der *Spiritus Rector*. Ihm jetzt das Kommando zu versagen, würde einer Demütigung gleichkommen, das wissen Sie, MacCormack.«

»Ja, schon...«

»Und wenn Sie an Bucks Stelle wären, würden Sie das exakt so empfinden. Als maßlose Degradierung.«

»Maßlos?« sagte MacCormack. »Ich erinnere nur an den Vorfall mit dem S-Kreuzer! Wenn da etwas passiert wäre, würden wir uns hier und jetzt wahrscheinlich über eine Entlassung dieses Mannes aus der Garde unterhalten – nicht darüber, ob er für ein Kommando geeignet ist, das ein Höchstmaß an Verantwortung fordert.«

»Er ist jung, MacCormack!« gab Farnham zu bedenken. »Gerade mal zwanzig. Aber er bringt alle Fähigkeiten mit, die ein Kommandant für diesen Einsatz braucht. Also werde ich ihm das Kommando auch nicht entziehen. Ich denke gar nicht daran!«

»Sie kennen das Risiko!« gab MacCormack zu bedenken.

Farnham nickte heftig.

»Ja, das ist mir bewußt. Wenn jemand absolute Sicherheit und Vorhersehbarkeit sucht, dann ist er in der Schwarzen Garde wohl ohnehin fehl am Platz. Das gilt für die Soldaten genauso wie für den Kommandanten.« Farnham grinste. »Buck weiß, daß er keinen Fehler machen darf. Aber er wird auch keinen machen, davon bin ich überzeugt. Dazu liegt ihm das Projekt des wiederverwendbaren Absetzers viel zu sehr am Herzen. Glauben Sie mir.«

MacCormacks Gesicht blieb skeptisch.

»Sagen Sie später nicht, ich hätte Sie nicht gewarnt!«

»Für uns alle hängt viel von dieser Mission ab«, erklärte Farnham mit einem plötzlich sehr ernsten Unterton. »Und das ist niemandem bewußter als Kurt Buck. Glauben Sie mir.«

Die TIME JUMPER ZERO brachte die Truppe nach Cent Field, dem Raumhafen von Alamo Gordo, wo die HAMBURG bereits auf die Gardisten wartete.

Etwa vierzig Mann umfaßte der von Kurt Buck zusammengestellte Zug. Eine handverlesene Einheit. Kurt hatte ein gutes Gefühl dabei, mit diesen Männern in den Einsatz zu gehen. Bei jedem von ihnen wußte er, daß er sich im Ernstfall absolut auf ihn verlassen konnte.

Dieses Mal flog Wladimir Jaschin den Absetzer mit vorschriftsmäßig eingeschaltetem Identifikationssignal.

Als sich die TIME JUMPER ZERO im Landeanflug auf den Raumhafen befand, stellte Leutnant Damien Nergal von der Raum- und Flugkontrolle der TF eine Funkverbindung her.

»Wie ich sehe, sind Sie schon wieder hier. Diesmal mit offizieller Genehmigung und vorschriftsmäßiger Kennung. Wer führt bei Ihnen das Kommando?«

»Fähnrich Kurt Buck«, sagte Kurt.

Die neue Rangbezeichnung klang in Verbindung mit seinem Namen noch fremd in den Ohren des jungen Mannes.

Aber es gab nun wirklich Dinge, an die man sich schwerer zu gewöhnen vermochte.

Damien Nergal lachte rauh.

»Es wundert mich, daß man Sie überhaupt noch mit so einem Tarnvogel herumdüsen läßt, wo Sie doch beinahe eine Katastrophe verursacht haben.«

»Nichts für ungut, Leutnant Nergal. Mein Chef hat mir dafür fast die Ohren abgerissen...«

»Was heißt hier fast? Er hätte es tun sollen.«

»Ich weiß nicht, woher Ihre Animositäten gegen mich kommen, aber ich schlage einfach vor, das Kriegsbeil zu begraben, Leutnant. Es hat doch keinen Sinn, wenn wir...«

»Mir stinkt es einfach, daß ihr Brüder von der Garde glaubt, euch hier alles herausnehmen zu können. Nur, weil ihr Eierköpfe mit akademischen Titeln gespickt seid, heißt das noch lange nicht, daß ihr euch darauf etwas einbilden solltet!«

Kurt Buck atmete tief durch.

Die Tatsache, daß der Einsatz endlich begann, daß alle bisherigen Tests mit dem neuen Absetzer wunderbar geklappt hatten und er nach seiner Rückkehr ins Rigorosum gehen und seine Promotion damit abschließen konnte, hatte Kurt Buck in eine beinahe euphorische Stimmung versetzt. Es gab Tage, an denen konnte einen einfach niemand ärgern. Nicht einmal ein Mann wie Damien

Nergal. Also blieb Kurt ruhig und gedachte, den Angriff des Leutnants mit Gelassenheit zu begegnen.

»Hören Sie, Leutnant Nergal...«

»Die Verbindung ist bereits unterbrochen«, meldete Nick Gantzler, der die Funk-Z des Absetzers gegenwärtig besetzt hielt.

André Souan wandte sich mit einem spöttischen Lächeln an Kurt.

»Ich glaube nicht, daß ihr in diesem Leben noch Freunde werdet«, stellte er trocken fest.

Kurt zuckte die Achseln.

»Nergal hat nun einmal seine Ansichten«, meinte er.

»Ansichten wie ein Betonklotz«, ärgerte sich André.

Die HAMBURG war ein Beuteschiff der Vierhundertmeterklasse, das man den Giants abgenommen hatte. Seit Gründung der Schwarzen Garde diente es als deren Transporteinheit. Es nahm die Absetzer der Garde in seine Hangars auf und sorgte für den reibungslosen Langstreckentransport in den Zielsektor der jeweiligen Operation. Wo immer der liegen mochte...

Hector Elizondo kommandierte das Schiff. Er bekleidete den Rang eines Majors und war Angehöriger der Terranischen Flotte.

Elizondo hatte gerade die Zentrale der HAMBURG betreten. Auf dem Hauptbildschirm war ein herannahendes Objekt zu sehen.

Schwarz.

Pfeilförmig.

»TIME JUMPER ZERO nähert sich uns und sendet Identifikationspeilung«, meldete sich Jack Ornelas zu Wort.

Ornelas war Zweiter Offizier und für Funkverkehr und Ortung zuständig.

Hector Elizondo runzelte die Stirn.

»Das ist er also, der neue Wundervogel der Schwarzen Garde«, knurrte er. »Ergeben die Ortungen irgendwelche Besonderheiten?«

»Nichts, Sir. Wäre da kein Identifikationssignal oder das Bild unserer Überwachungskameras, dann würden wir den Absetzer gar nicht bemerken.«

Elizondo war darüber aufgeklärt worden, daß ein neuer Absetzerprototyp seinem entscheidenden Test unterzogen werden sollte. Aber dem Kommandanten der HAMBURG war ansonsten nur das Nötigste mitgeteilt worden.

Der Kommandant der HAMBURG kannte dieses Spiel schon zur Genüge.

Geheimhaltung wurde bei Operationen der Schwarzen Garde sehr häufig groß geschrieben. »So viele Informationen wie nötig und so wenig wie möglich«, hieß die Devise.

»Es paßt mir gar nicht, daß wir den Chauffeur für eine Horde Grünschnäbel spielen sollen, die auch noch von einem Grünschnabel kommandiert werden«, machte Elizondo schließlich seinem Ärger Luft.

»Glauben Sie vielleicht, ich bin davon begeistert?« erwiderte Ornelas.

Elizondo zuckte die breiten Schultern.

»Befehl ist Befehl«, meinte er. »Also machen wir das Beste daraus.« Er hoffte nur, daß der gerade zum Fähnrich ernannte Grünschnabel namens Kurt Buck ihm nicht dumm kam.

In dem Fall kann der sich auf was gefaßt machen, ging es dem Kommandanten der HAMBURG durch den Kopf. Aber da war noch eine andere Gedankenstimme im Bewußtsein des Majors der TF. Eine Stimme, die von ganz weit hinten kam. *Du wirst alles brav hinunterschlucken und deine Befehle ausführen, wie du es immer getan hast. Auch wenn es dir noch so sehr gegen den Strich ging.*

Wenig später war die TIME JUMPER ZERO im größten Hangar der HAMBURG sicher gelandet. Der Pilot verstand offenbar sein Handwerk.

»Alles klarmachen zum Start!« befahl der Kommandant. »Wir brechen auf. Stellen Sie eine Verbindung zu Buck her, Ornelas!«

»Sofort!«

Auf einem Nebenbildschirm erschien Augenblicke später das Gesicht des frischgebackenen Fähnrichs. *Eine Traumkarriere, die der Jungspund hingekriegt hat,* dachte Elizondo.

»Ich begrüße Sie an Bord der HAMBURG, Fähnrich Buck. Sie fliegen ja nicht zum ersten Mal mit uns...«

Kurt Buck grinste.

»Das ist allerdings wahr!«

»Haben Sie noch irgendwelche Ausrüstung an Bord zu nehmen, Fähnrich?«

»Nein, Sir. Alles, was wir brauchen, ist an Bord des Absetzers.«

»Dann ist wohl nichts dagegen einzuwenden, daß wir jetzt starten.«

»Tun Sie das. Wenn Sie nichts dagegenhaben, werde ich Sie zur weiteren Besprechung gleich in der Zentrale aufsuchen.«

Elizondos dünnes Lächeln wirkte verkrampft.

»Wenn es sein muß«, murmelte er kaum hörbar, als Kurt Buck die Verbindung bereits unterbrochen hatte. Ein weiterer Gedanke durchzuckte den Kommandanten der HAMBURG: *Grünschnabel!*

Ein dumpfes Rumoren durchlief das Schiff, als die Impulstriebwerke gestartet wurden und sich die HAMBURG von der Erdoberfläche erhob. Sie stieg rasch auf, verließ schließlich die Erdatmosphäre in Richtung Marsbahn.

Der Vierhundertmeterkreuzer beschleunigte.

1900 Lichtjahre in Richtung des galaktischen Zentrums würde die HAMBURG zurücklegen.

Eine Schiebetür öffnete sich selbsttätig, und Kurt Buck erschien in der Zentrale. Elizondo zwang sich zu einem müden Lächeln.

»Freut mich, Sie zu sehen, Fähnrich.«

»Danke, gleichfalls«, war Kurt Bucks zurückhaltende Erwiderung.

Elizondo wandte sich an Lawrence Faso, den Bordastronomen der HAMBURG. »Zeigen Sie dem Fähnrich mal, wohin wir fliegen«, befahl der Kommandant.

»Ja, Sir«, gehorchte Faso.

Er aktivierte eine Drei-D-Projektion, die den lokalen Sektor der Galaxis darstellte. Faso zoomte ein bestimmtes Gebiet heran.

Ein Ausschnitt, der offenbar die Zielregion zeigte.

»Eldorado ist der dritte Planet einer Sonne, die ein Zwilling von Sol sein könnte«, erläuterte der Astronom. »Da wir uns ein ganzes Stück weiter in Richtung des galaktischen Zentrums begeben, ist die Sternendichte hier um einiges höher. Wir steuern zunächst das Nachbarsystem an. Es ist ungefähr anderthalb Lichtjahre von Boulanger entfernt.«

Kurt hob die Augenbrauen.

»Boulanger?« echote er.

Faso lächelte überlegen. »Das ist der Name von Eldorados Sonne. Sie wurde nach ihrem Entdecker Albert Boulanger benannt. Der Name der Sonne dürfte noch unbekannter sein, als ihr Planet. Aber das könnte sich bald ändern.«

»Vorausgesetzt, die Hoffnungen auf einen wirtschaftlich ertragreichen Rohstoffabbau erfüllen sich«, mischte sich Hector Elizondo ein. »Aber da kann eigentlich nichts schiefgehen, es sei denn, auf politischer Ebene wird plötzlich quergeschossen. Frei nach dem Motto: Wir brauchen keine neuen Kolonien, solange es auf der guten alten Erde noch Probleme gibt, die bislang ungelöst blieben.«

»Ein Standpunkt, den ich nie verstehen konnte«, gestand Kurt Buck.

Elizondo zuckte die Achseln.

»Sie wissen ja auch, daß wir demnächst Wahl haben. Da kann alles mögliche geschehen.«

Inzwischen fuhr Faso mit seinen Erläuterungen fort. »Wir werden Sie in dem namenlosen Nachbarsystem absetzen und dort auf Ihren Hyperfunkspruch warten.«

»Vorausgesetzt, Sie schaffen es und wir müssen Sie nicht eine Woche später irgendwo auf der Oberfläche von Eldorado aufsammeln«, ergänzte Major Elizondo.

Kurt grinste. »Darauf können Sie Gift nehmen!« versprach er.

Gut 1900 Lichtjahre hatte die HAMBURG hinter sich, als sie aus dem Hyperraum ins Normaluniversum zurückkehrte. Die namenlose Sonne vom G-Typ war das berechnete Ziel der letzten Transition gewesen. Sie trug in den Einsatzplänen die Bezeichnung AX-4321 und besaß insgesamt fünf Planeten. Es handelte sich sämtlich um Gasriesen. Zwischen dem zweiten und dritten Planeten gab es einen breiten Asteroidengürtel. Einige größere Objekte aus diesem Gürtel waren vielleicht Trümmer eines sechsten Planeten, der durch die Gravitationskräfte seiner Nachbarn zerrissen worden war.

Kurt Buck begab sich mit seiner Gruppe an Bord des Absetzers.

Die TIME JUMPER ZERO startete und verließ den Hangar der HAMBURG.

Wladimir Jaschin hatte wieder die Pilotenfunktion inne.

Major Elizondo meldete sich über Funk.

»Ich wünsche Ihnen viel Glück, Buck«, meinte er.

»Danke, das werden wir brauchen!« erwiderte Kurt.

»Wir sehen uns auf Eldorado. So oder so.«

Kurt und Wladimir grinsten sich an.

»So oder so«, bestätigte Kurt.

Die Verbindung wurde unterbrochen. Auf den Ortungsanzeigen des Absetzers war zu sehen, daß die HAMBURG ihre Impulstriebwerke startete.

Elizondos Mannschaft war offenbar dabei, den Vierhundertmeterraumer in einen stabilen Orbit um AX-4321 zu bringen.

André Souan, der die Ortungsanzeigen bediente, meldete sich zu Wort. »Eine Woche um eine namenlose Sonne kreisen, deren Planeten nichts weiter als große Gasblasen sind. Unsere Kollegen von der HAMBURG sind um ihren Job wirklich nicht zu beneiden.«

Wladimir lachte.

»Du meinst, wir haben den interessanteren Teil erwischt!« meinte er.

»Na, würdest du vielleicht tauschen wollen, Wladimir?« fragte Kurt.

»Um keinen Preis!« gab der Russe zurück.

Wenige Augenblicke später gab Kurt den Befehl zu einer kompletten Überprüfung der Systeme.

»Alles in Ordnung mit unserem Vogel«, meldete Wladimir schließlich.

»Wir nehmen mit Magnetantrieb Kurs auf den Rand dieses Sonnensystems«, bestimmte Kurt. »Sobald die Feldstärke des solaren Magnetfeldes von AX-4321 bei 30 Porzent der mittleren Stärke liegt, werden wir den ›Time‹-Effekt benutzen.«

»Maximale Geschwindigkeit mit dem Magnetantrieb?« fragte Wladimir.

Kurt bestätigte: »Maximale Geschwindigkeit.«

Die Reise bis zum Rand des AX-4321-Systems dauerte mehrere

Stunden. Im Inneren der TIME JUMPER ZERO herrschten beengte Verhältnisse. Für die 40 Mann, die zu Kurt Bucks Zug gehörten, und ihre Ausrüstung war nur das Nötigste an Platz vorhanden. Aber die Gardisten waren daran gewöhnt. Schließlich war dies nicht ihr erster Einsatz. Der einzige Unterschied bestand darin, daß diesmal ein neuartiger Antrieb mit geradezu phantastischen Tarnungsmöglichkeiten benutzt wurde. Ansonsten glich der Absetzer seinen konventionellen Vorgängern bis ins Detail.

Die Stunde bis zum Erreichen jener Zone, in der das Magnetfeld von AX-4321 nicht mehr die Aktivierung des »Time«-Effekt-Antriebs verhinderte, nutzte Kurt Buck dazu, sich mit Hilfe des Bordsuprasensors noch einmal gründlich in das vorhandene Datenmaterial über Eldorado und das Boulanger-System zu vertiefen. Erst vor einem halben Jahr war das Boulanger-System von dem Erkundungsschiff GEMINI unter dem Kommando von Kapitän Albert Boulanger entdeckt worden. Boulanger und seiner Besatzung war gleich der Rohstoffreichtum auf dem dritten, erdähnlichen Planeten aufgefallen, der daraufhin Eldorado getauft worden war, nach dem legendären Goldland der Indios, das die spanischen Eroberer in der neuen Welt gesucht und nie wirklich gefunden hatten.

Gold hatte im Jahr 2059 seine ehemals überragende Bedeutung als wertbeständigstes Handelsgut längst eingebüßt.

Inzwischen waren es ganz andere Rohstoffe, die zur Triebfeder menschlichen Handelns geworden waren und in den nächsten Monaten und Jahren dafür sorgen würden, daß Tausende von wagemutigen Siedlern ins Boulanger-System aufbrachen.

Tofirit zum Beispiel, das für alle Raumschiffe, die auf Mysterioustechnik basierten, unerläßlich war.

Erste Untersuchungen legten den Schluß nahe, daß Eldorado große Vorkommen davon besaß, die darüber hinaus auch noch leicht abzubauen waren.

Aber noch war es nicht soweit.

Noch gab es nur einen einsamen terranischen Vorposten und ein paar Dutzend Rekruten der Schwarzen Garde, die in den ausgedehnten Waldgebieten des Planeten ihr Überlebenstraining absolvierten.

Verglichen mit der Erde hatte Eldorado ein etwas wärmeres

Klima. An den Polen herrschten gemäßigte Temperaturen. Es gab keine Eiskappen. Die Subtropen reichten dementsprechend in verhältnismäßig hohe Breitengrade hinein, während die Äquatorzone aus einem Gürtel heißer Wüstenregionen bestand.

Kurt Buck aktivierte eine Drei-D-Projektion der Planetenoberfläche.

Deutlich waren die blaugrün schimmernden Meere erkennbar. Auf Eldorado existierte kein wirklicher Ozean. Bei den Meeren handelte es sich um gewaltige Binnenseen, deren Salzgehalt sehr unterschiedlich war, wohingegen die gesamte planetare Landmasse einen einzigen, zusammenhängenden Kontinent bildete.

Die Position des terranischen Vorpostens, der die Erschließung der Bodenschätze vorbereiten sollte, war mit einer roten Marke gekennzeichnet. Er lag auf der Nordhalbkugel in einer subtropisch geprägten Zone. In der Nähe befand sich die Küste des sogenannten *Großen Meeres*, dem größten auf Eldorado existierenden Binnengewässer. Das *Große Meer* zog sich auf einer Breite von tausend Kilometern bis weit über den Äquator. Etwas weiter westlich lag das sogenannte *Mittlere Meer*, dessen Form einem Oval entsprach und das nur etwa halb so groß war wie das *Große Meer*. Die Wasserfärbung unterschied sich deutlich. Das *Mittlere Meer* wies einen wesentlich stärkeren Grünstich auf und teilte diese Eigenschaft mit dem *Kleinen Meer*, dem *Sichelmeer* und dem *Langen Meer*, das sich auf der Südhalbkugel wie ein Graben vom Äquator bis in die Polregion erstreckte.

»Glücklicherweise wird unser Einsatzgebiet durch die Lage des Vorpostens bestimmt«, meldete sich André Souan zu Wort. Er grinste. »Andernfalls hätte uns vielleicht ein Aufenthalt in einer dieser höllischen Wüsten blühen können!«

Kurt zuckte die Achseln.

»Das hätte noch eine weitere Schwierigkeit in dieser Übung bedeutet«, meinte er.

Wladimir lachte. »Wäre vielleicht gar nicht schlecht gewesen!« fand der Russe.

André Souan sah ihn erstaunt an.

»Wieso?«

Wladimir hob die Augenbrauen.

»Na, das wird jetzt eine Spazierfahrt für uns. Wir fliegen unsichtbar in das Boulanger-System ein, landen in der Nähe des Vorpostens und erobern den Hypersender. Unsere Gegner haben doch gegen uns gar keine Chance!«

»Unter Selbstüberschätzung leidest du wohl überhaupt nicht, was?« gab André kopfschüttelnd zurück.

Wladimir zuckte die Achseln.

»Was soll denn schon groß schiefgehen?«

André erwiderte: »Ich denke, Kaunas' Truppe...«

»Kaunas' Frischlingstruppe«, korrigierte Wladimir und schnitt André damit das Wort ab.

»Genau deshalb werden die ihren ganzen Ehrgeiz aufbieten, um uns zu schlagen!« sagte der Franzose daraufhin.

Kurt Buck hörte dem Gespräch seiner Kameraden nur mit halbem Ohr zu. Statt dessen schaute er sich weiterhin den Datensatz zu Eldorado an.

Diese Welt war nicht nur reich an Rohstoffen.

Sie war außerdem wie geschaffen für eine Besiedelung durch Menschen. Fauna und Flora waren erst ansatzweise erforscht. Trotz einer reichen Artenvielfalt gab es keinerlei Hinweise darauf, daß Eldorado jemals von einer intelligenten Spezies besiedelt worden war.

Eine Welt wie ein Juwel, dachte Kurt. *Eigentlich ein Wunder, daß diesen Edelstein bislang außer Terra noch niemand für sich beansprucht hat!*

Jack Ornelas ließ seine Ortungstechnik auf Hochtouren laufen. Das gesamte AX-4321-System wurde intensiv abgetastet. Bislang allerdings ohne Ergebnis.

»Kein Zweifel, wir haben die TIME JUMPER ZERO verloren«, meldete Ornelas ziemlich genervt und lehnte sich in seinem Schalensitz zurück.

Hector Elizondo trat neben ihn an die Konsole heran, über die Ornelas die Ortungssysteme überwachte. Tiefe Furchen zeigten sich auf der Stirn des Kommandanten der HAMBURG.

»Das gibt es doch nicht!« murmelte er.

»Sie können gerne selbst die Systeme überprüfen. Meines Erachtens laufen sie einwandfrei. Aber der Absetzer ist trotzdem verschwunden, seit er den Erfassungsbereich unserer Außenbordkameras verlassen hat.«

Elizondos Finger glitten über die Suprasensor-Eingaben der Konsole. Er versuchte, die Systemeinstellungen zu modifizieren. Aber im Hinblick auf die verlorene TIME JUMPER ZERO brachte das rein gar nichts.

Schließlich gab Elizondo auf.

Er atmete schwer.

»Ich würde zu gern genauer wissen, wie die den Absetzer genau umgebaut haben... ein verkleinerter ›Time‹-Effekt-Antrieb allein kann ja noch nicht alles erklären...«

Ornelas zuckte die Achseln.

»Was auch immer sich die Kameraden von der Garde da ausgedacht haben mögen – es scheint ausgezeichnet zu funktionieren. Ich nehme mal an, sie sind längst transitiert.«

Elizondo nickte leicht.

Auf rein rationaler Ebene konnte er verstehen, daß sich die Schwarze Garde in Bezug auf technische Einzelheiten des neuen Absetzers sehr bedeckt gehalten hatte. Schließlich waren die Details streng geheim. Aber auf der anderen Seite konnte es Elizondo nur schwer ertragen, nicht zu den Eingeweihten zu gehören.

»Buck und seine Leute haben meinen vollen Respekt«, drang Ornelas' Stimme in Elizondos Bewußtsein.

Elizondo schwieg.

Aber er dachte genauso.

3. Teil: Sommer 2059, Eldorado (Boulanger III)

Am Rande des AX-4321-Systems wurde an Bord der TIME JUMPER ZERO der »Time«-Effekt-Antrieb aktiviert. Der Absetzer legte in Nullzeit die 1,5 Lichtjahre zurück, die ihn noch von seinem Zielsystem trennten.

»Hier sind wir richtig«, stellte Kurt Buck fest, als auf dem Panoramaschirm die gelbe Sonne Boulanger erschien, die beinahe ein

Zwilling Sols hätte sein können. Kurt wandte sich an André. »Immer vorausgesetzt, die Ortungssysteme sagen uns nicht irgend etwas Abweichendes!«

»Nein, alles ist glattgegangen«, bestätigte André. »Wir sind exakt an der angemessenen Zielposition aus dem Hyperraum getreten.«

Kurt konnte keinerlei Nebenwirkungen spüren.

Von einem je nach Sprungweite mehr oder minder stark ausgeprägten Übelkeitsgefühl, wie es bei gewöhnlichen Transitionen gang und gäbe war, konnte keine Rede sein.

Der Absetzer befand sich noch am Rand des Boulanger-Systems. Auf einer schematischen Drei-D-Darstellung war die gegenwärtige Position markiert. Eldorado war derzeit von der TIME JUMPER ZERO aus nicht sichtbar. Der Planet befand sich auf der anderen Seite seiner Sonne.

»Mit Magnetantrieb unserem Ziel entgegen«, befahl Kurt an Wladimir gewandt.

»Nichts lieber als das!« gab dieser zurück und aktivierte den Unterlichtantrieb. Ein sonores Brummen ließ den Absetzer einige Augenblicke lang vibrieren. »Alle Antriebssysteme arbeiten einwandfrei«, meldete Wladimir nach kurzer Pause.

André Souan zoomte das Zentralgestirn des Systems näher heran.

Ein gewaltiges Naturschauspiel bot sich dort.

Der Gasriese Boulanger VI, etwa viermal so groß wie Jupiter, wenn auch nur mit der zweieinhalbfachen Masse ausgestattet, hob sich als dunkle Scheibe vor dem Hintergrund seines Zentralgestirns ab.

»So etwas sieht man auch nicht alle Tage!« kommentierte Wladimir diesen Anblick.

Das Raumschiff beschleunigte auf die mit dem Magnetantrieb erreichbare Maximalgeschwindigkeit. Die Energiespeicher der TIME JUMPER ZERO waren prallgefüllt. Der interne Reaktor konnte daher abgeschaltet bleiben.

»Wir sind jetzt unsichtbar«, stellte Kurt fest. »Schon irgend etwas von der Sternschnuppe SPECTRAL unter Kommandant Roy Vegas zu sehen?«

»Ich nehme an, sie befindet sich im Orbit um Eldorado«, vermutete André Souan. »Ich empfange allerdings bislang keine für die Sternschnuppen der Panther-Klasse typischen Energiesignaturen.«

Wladimir flog den Absetzer an der Sonne Boulanger vorbei. Sie flogen an Boulanger I vorbei, einem atmosphärelosen Steinbrokken von anderthalbfacher Erdgröße, dessen sonnenzugewandte Seite eine Oberflächentemperatur von über 600 Grad Celsius aufwies.

Schließlich tauchte Eldorado auf dem Panoramaschirm auf.

Eine blaugrünbraune Scheibe mit gut erkennbaren Wolkenwirbeln, die vor allem über dem *Großen Meer* zu sehen waren, während die glühendheiße Äquatorregion so gut wie wolkenlos war. Temperaturen bis zu 80 Grad Celsius zur Mittagszeit waren in den Wüstenregionen der Äquatorialzone von Eldorado keine Seltenheit.

Die Sternschnuppe SPECTRAL war allerdings nirgends zu orten. Sie umkreiste keineswegs wie erwartet den Planeten in einem Orbit.

»Die wissen, daß wir kommen«, stellte Kurt fest. »Ich verstehe das nicht...«

»Das heißt, sie suchen jetzt wie die Verrückten nach uns«, glaubte Wladimir.

»Ja, und die SPECTRAL hätte es aus dem Orbit doch viel leichter, uns optisch zu erfassen!«

»Die Chance ist gering«, gab Wladimir zu bedenken.

»Aber vorhanden.«

»Soll ich dir sagen, was ich denke, Kurt?«

»Nur zu!«

»Daß die SPECTRAL bewußt im Hintergrund gehalten wird, kann ich mir nicht denken. Das würde bei diesem Einsatz keinerlei Sinn machen.«

»Und wo denkst du, ist sie dann?«

»Auf der Oberfläche. An einer strategisch günstigen Stelle.«

»Du meinst auf einer Anhöhe oder dergleichen?«

»Ja.«

Kurt zuckte die Achseln. »Wir werden sehen. Das einzige, was uns gefährlich werden kann, sind jedenfalls Hochleistungsoptiken.

Wir dürfen nie so nahe an unsere Gegner heran, daß man uns sehen kann.«

»Dann müßten wir Vegas und seiner Mannschaft direkt vor der Nase herfliegen«, lachte Wladimir.

»Ich möchte, daß weiterhin intensiv nach der SPECTRAL gesucht wird. Gleichgültig, wo sie nun auch sein mag.«

Wladimir grinste.

»Sonst fliegen wir ihr am Ende doch noch vor der Nase her.«

Kurts Finger glitten über seine Suprasensor-Eingaben. Im Zielgebiet um den Vorposten herum herrschte noch Nacht. Die Eigenrotation von Eldorado dauerte 22 Stunden und zwölf Minuten.

»Ich möchte, daß du in eine Umlaufbahn einschwenkst, die uns genau in Opposition zum Vorposten bringt«, befahl Kurt an Wladimir gewandt.

»Klar, wenn die im Vorposten ein gutes Teleskop haben, tauchen wir darin sonst plötzlich als kleine grüne Männchen auf!« mischte sich André Souan ein.

Wladimir hingegen war irritiert.

»Umlaufbahn?« fragte der Russe. »Ich dachte, wir landen gleich.«

»Erst in vier Stunden. Dann geht im Zielgebiet die Sonne auf. Wir können darauf wetten, daß Kaunas seine Frischlinge rings um den Vorposten verteilt hat und den Himmel mit Infrarotspürern nach uns absuchen läßt. Aber im Sonnenlicht bringen die nicht so viel Kontrast.«

»Das heißt, die Chance ist größer, daß sie uns übersehen«, schloß Wladimir.

Kurt nickte.

»So ist es. Außerdem bleibst du bitte während des Landeanflugs immer unterhalb des Horizonts.«

»Kein Problem.«

»Wir werden in einem Abstand von zirka 100 Kilometern zum Vorposten landen.«

»Würden nicht auch 50 Kilometer Abstand ausreichen?« fragte André. »Du weißt, wie ich diesen Vogel fliegen kann. Wenn ich sehr dicht an der Oberfläche bleibe, wäre das Risiko, entdeckt zu werden...«

»… immer noch zu hoch!« schnitt Kurt seinem Freund das Wort ab. Er schüttelte entschieden den Kopf. »Nein, ich bestehe auf hundert Kilometern Mindestabstand für die Landung. Wir dürfen in dieser Phase einfach nicht riskieren, daß die andere Seite auf uns aufmerksam wird.«

»Das Risiko ist gering.«

»Du vergißt, daß die andere Seite weiß, daß wir kommen. Kaunas und seine Leute haben keine Ahnung, wann und wo wir auftauchen werden, aber an der Tatsache an sich kann es für sie keinen Zweifel geben.«

»Sicher, aber…«

»Wlad, das bedeutet, daß sie wissen, wonach sie suchen müssen. Zum Beispiel nach der Streustrahlung unseres Reaktors oder Auswirkungen auf das Magnetfeld, die noch in einer Entfernung von zehn Kilometern anzumessen wären. Ein normaler Gegner würde darauf gar nicht achten – Kaunas aber mit Sicherheit! Aus diesem Grund werden wir auch soweit es irgend möglich ist auf die Nutzung von technischem Gerät verzichten.«

Wladimir zuckte die Achseln.

»Du bist der Kommandant!«

Die TIME JUMPER ZERO drang in die Atmosphäre von Eldorado ein, die sich von der Erdatmosphäre durch den um jeweils etwa fünf Prozent höheren Anteil an Sauerstoff unterschied, während der Stickstoffgehalt etwas geringer war.

Die dichte Vegetation, die vor allem die gemäßigten und subtropischen Zonen bedeckte, spiegelte sich in der Zusammensetzung der Atmosphäre wieder. Da das Verhältnis von Land zu Wasser etwa vier zu eins betrug, waren die zusammenhängenden Regenwaldgebiete in den tropischen Zonen von einer geradezu gigantischen Größe. Zumindest verglichen mit irdischen Verhältnissen. Nicht einmal im Zeitalter des Karbon hatte es auf der Erde vergleichbar große Wälder gegeben. Etwa ein Drittel der gesamten Planetenoberfläche war bewaldet. Neben den Wüsten in der Äquatorialzone gab es noch niederschlagsärmere Gebiete in den subtropischen und gemäßigten Zonen, die weniger stark bewachsen waren. Hügelige Grasländer und Hochebenen dominierten in diesen Gebieten.

Wladimir ließ den Absetzer schnell hinab zur Oberfläche sinken. Dem vorgesehenen Landepunkt näherte er sich im Tiefflug. Er richtete sich exakt nach Kurts Vorgaben und blieb stets unterhalb des Horizonts.

Die Planetenkrümmung mußte immer zwischen dem Raumer und dem terranischen Vorposten liegen. Nur so konnte der Absetzer mit Sicherheit den Infrarotspürern von Kaunas' Leuten entgehen.

Das Raumschiff flog dicht über die Baumkronen des immer wieder von größeren Lichtungen unterbrochenen Waldgebietes hinweg.

In der Ferne tauchte plötzlich eine schwarze Rauchsäule auf, die sich weit hinauf in den blauen Himmel von Eldorado schraubte.

»Das kommt genau aus der Richtung, wo der Vorposten liegt«, stellte André Souan nach einem kurzen Blick auf die Ortungsanzeigen fest.

»Dieser Fuchs!« stieß Kurt hervor.

»Von wem sprichst du?« fragte André.

»Von Kaunas natürlich!« erwiderte Kurt.

»Wieso?«

»Er versucht, uns hereinzulegen. Diese Rauchsäule soll uns dazu verleiten, anzunehmen, daß irgend etwas Unvorhergesehenes passiert ist. Er will uns dazu bringen, unseren Landepunkt näher am Vorposten zu wählen, weil er ganz genau weiß, daß seine Leute nur dann eine Chance haben, uns zu entdecken!«

»Scheint, als könnten wir von unserem alten Lehrmeister immer noch etwas lernen«, war Wladimirs Kommentar.

»Wir landen am vorgesehenen Zielpunkt«, befahl Kurt. Er hatte nicht die Absicht, auf die List des Feldwebels hereinzufallen.

Schließlich erreichte die TIME JUMPER ZERO den Landepunkt.

Er lag auf einer Lichtung in einem mäßig bewaldeten Gebiet.

Wladimir steuerte den Absetzer in die Lichtung hinein, senkte dabei die Flugbahn und schaltete den Magnetantrieb ab. Im Schwebeflug dirigierte der Pilot das Raumschiff unter das Blätterdach des nahen Waldes.

»Perfekt!« lobte Kurt. Er grinste. »Hat sich jetzt schon gelohnt, dich auf diese Mission mitzunehmen, Wlad!«

»Schön, daß ich unter einem Kommandanten dienen darf, der meine Fähigkeiten zu schätzen weiß!« erwiderte Wladimir ebenfalls grinsend.

Kurt erhob sich aus seinem Schalensessel.

Er ging in den hinteren Teil des Absetzers und wandte sich an die Männer seines Zugs, um ihnen noch einmal deutlich zu machen, worauf es jetzt ankam. Die Gardisten trugen nur ihre leichten Kampfanzüge, ohne die sonst in einem scharfen Einsatz üblichen Panzerungen. Schließlich waren beide Seiten nur mit Paralysatoren bewaffnet.

Es wurde nur leichtes Gepäck mitgenommen. Das Nötigste an Vorräten. Jeder unnütze Ballast mußte vermieden werden.

»Vor allen Dingen müssen wir darauf achten, soweit es irgend machbar ist, auf den Gebrauch von technischem Gerät zu verzichten, weil wir sonst verräterische elektromagnetische Emissionen, Energiesignaturen oder sonstwas abstrahlen könnten, was unsere Gegner auf unsere Position aufmerksam machen könnte. Als erstes werden wir den Absetzer so tarnen, daß ihn Kaunas' Leute nicht einmal dann finden würden, wenn sie direkt daran vorbeimarschierten...« Kurt blickte von einem zum anderen. Nick Gantzler, Antoku Seiwa, Sam Uitveeren, Rauno Aaltonen, Jake Calhoun...

Alles alte Bekannte.

Bis auf wenige Ausnahmen.

Dazu gehörte ein Mann namens Tom White Feather, ein Schwarzfußindianer aus Alberta, der ein hervorragender Spurenleser war.

Bei verschiedenen Übungseinsätzen hatte Kurt erlebt, wie dieser Mann aus winzigen Beobachtungen sofort Rückschlüsse zu ziehen vermochte. Der Schwarzfuß hatte sich intensiv mit den Traditionen seiner Vorfahren beschäftigt und versucht, sich so viel wie möglich von dem zum Großteil schon verschütteten Wissen der Prärieindianer Nordamerikas anzueignen. Kurt mochte den schweigsamen, bronzehäutigen Zweimetermann, der sich mit katzenhafter Geschmeidigkeit anzuschleichen vermochte und von allen Gardisten die besten Ausdauerwerte vorzuweisen hatte.

Auf diese Männer werde ich mich verlassen können, dachte der frischgebackene Fähnrich zufrieden. Er spürte eine gewisse Anspannung angesichts der Wichtigkeit dieses Einsatzes. Es hing einfach so viel davon ab. Aber auf der anderen Seite hatte er Vertrauen zu seinen Leuten. *Es sind die besten*, überlegte Kurt. *Wer wenn nicht sie könnte den Einsatz erfolgreich zu Ende führen?*

»Ich denke, daß wir den Marsch zum Vorposten in zwei Tagen hinter uns bringen können«, erklärte Kurt. »Es ist Frühling hier, und weder Fauna noch Flora dieses Planeten dürften uns vor größere Probleme stellen. Ich gehe davon aus, daß ihr alle das Datenmaterial über Eldorado eingehend studiert habt und wißt, worauf ihr achten müßt.«

Zustimmendes Gemurmel kam auf.

»Also los!« befahl Kurt. »Wir haben keine Zeit zu verlieren.«

Die Gardisten verließen den Absetzer.

Kurt ließ etwa ein Dutzend von ihnen in der Umgebung ausschwärmen und in Stellung gehen. Der Rest begann damit, die TIME JUMPER ZERO mit dem reichlich vorhandenen Blätterwerk zu tarnen.

Zum Schluß deaktivierte Kurt mit Hilfe einer Fernbedienung sämtliche Bordsysteme. Nicht die geringste Abstrahlung von Energie durfte noch meßbar sein.

Dann begannen die Gardisten ihren Marsch.

Der Wald bestand aus Bäumen, deren Kronen sich meist dreißig, vierzig Meter über dem Boden befanden. Falterartige Wesen mit Flügelspannweiten von bis zu einem Meter flogen zwischen ihnen hin und her. Die Männer konnten beobachten, wie sie aus Kokons ausschlüpften, die von den Ästen herabhingen. Es waren Zehntausende.

Die Riesenfalter waren ebenso harmlos wie die meisten anderen auf Eldorado beheimateten Tiere. Es gab einige Arten von Großraubtieren, in deren Beuteschema der Mensch aber nicht hineinzupassen schien. Jedenfalls waren von keiner der bisherigen Expeditionen auf Eldorado irgendwelche Angriffe bekannt geworden. Im Zweifelsfall zogen sich die einheimischen Räuber angesichts der fremden Eindringlinge in ihre Welt eher zurück.

Es gab ein paar Vorsichtsmaßnahmen, die verhinderten, daß

man diese Räuber ungewollt anlockte. Insbesondere betraf das den Umgang mit Nahrungsmitteln. Die Männer wußten darüber Bescheid.

Sie gingen schweigend durch den subtropischen Wald, lauschten dabei dem vielstimmigen Konzert von Tierstimmen. Hier und da erhoben sich die dunklen Schwingen gewaltiger Vögel aus den Baumkronen, die offenbar Jagd auf die Riesenfalter machten.

Doch letztere waren ihren Verfolgern überlegen.

Wiederholt registrierte Kurt, wie die Falter mit einem äußerst geschickten Flugmanöver ihre Jäger zur Verzweiflung brachten, die Falter ließen sich einfach fallen, sanken mehrere Meter unkontrolliert in die Tiefe und fingen den freien Fall dann erst wieder ab.

Die Raubvögel stießen ins Leere.

»Sieht hier fast aus wie in einem Garten Eden«, meinte Nick Gantzler sichtlich beeindruckt. »Ich frage mich, wie viele Jahre vergehen werden, ehe diese Wälder abgeholzt sind.«

»Warum sollte sie jemand abholzen wollen?« fragte André Souan. »Eine Handvoll Siedler…«

»Vergiß nicht den beabsichtigten Rohstoffabbau«, gab Nick zu bedenken. »Ich prophezeie dir, das geht schneller, als du denkst. Warte es ab!«

André machte eine wegwerfende Handbewegung. »Einstweilen haben wir ein paar näherliegende Probleme, würde ich sagen«, meinte er.

Kurt Bucks Zug legte nur wenige Pausen ein. Überwiegend schweigend gingen sie durch den Wald. Mit Hilfe eines einfachen Kompasses orientierten sie sich. Module zur Ortung führten sie zwar mit, hatten sie jedoch deaktiviert, um den Gegner nicht auf sich aufmerksam zu machen.

Von Kaunas' Leuten gab es bislang keinerlei Spuren.

Aber je näher sie dem Vorposten kamen, desto größer wurde die Wahrscheinlichkeit, auf Angehörige der Frischlingseinheit zu stoßen.

Im Verlauf des Nachmittags gelangte die Truppe in ein Gebiet, in dem der Wald zunehmend in hügeliges Gras- und Buschland überging. Von Nordwesten her wehte ein leichter, erfrischender Wind, der die Baumkronen hin- und herbewegte.

Eine Herde von etwa drei Dutzend friedlich grasenden, fast zweieinhalb Meter großen sauroiden Zweibeinern stob davon.

Kurt ärgerte sich.

»So etwas müssen wir in Zukunft vermeiden«, sagte er an die Männer gewandt. »Ich wette, Kaunas und seine Leute werden auf solche Dinge achten!«

Weitere Stunden gingen dahin.

Die Gardisten hielten die Augen offen, beobachteten das Umland auf der Suche nach Zeichen für Aktivitäten ihrer Gegner.

Der Waldbewuchs wurde immer spärlicher.

Schließlich breitete sich offenes Land vor den Männern aus. Die Sonne wurde milchig und sank in Richtung Horizont.

Die Gruppe erreichte eine Anhöhe, von der man eine relativ gute Sicht hatte.

In der Talsenke war das Wrack eines Gleiters erkennbar.

Offenbar war er abgestürzt.

Die Spitze hatte sich mindestens einen Meter tief in den weichen Boden hineingegraben. Das Gefährt war in der Mitte zerbrochen, Trümmerteile lagen verstreut in der Umgebung herum.

»Sieht aus wie ein Zivilgleiter«, stellte Nick Gantzler fest. »Jedenfalls kann ich keinerlei Kennungen der terranischen Flotte ausmachen.«

»Sehen wir uns näher an, was da passiert ist«, entschied Kurt.

»Ich weiß, es klingt absurd, aber für mich sieht das so aus, als wäre der Gleiter abgeschossen worden«, stellte Wladimir fest.

Kurt dachte an die Rauchsäule, die sie beim Anflug ihres Zielpunktes am Horizont gesehen hatten.

Was, wenn tatsächlich etwas mit dem Vorposten geschehen ist? fragte er sich. Diese Gedanke beunruhigte ihn. *Dies ist verdammt noch mal eine Übung!* versuchte er sich zu beruhigen.

Aber das flaue Gefühl in der Magengegend ließ sich einfach nicht vertreiben. Und bisher war Kurt Buck immer sehr gut damit gefahren, sich zumindest zu einem gewissen Maß von seinen Instinkten leiten zu lassen.

Etwa eine halbe Stunde später erreichte die Truppe das Wrack.

Kurt ließ die Hälfte der Männer ausschwärmen und vor allem die umliegenden Hügel besetzen.

Schließlich mußte er sicher sein, daß sie nicht beobachtet wurden.

Die Gardisten Nick Gantzler und Antoku Seiwa begannen damit, den havarierten Gleiter näher zu untersuchen.

Die Einstiegstür zum Cockpit ließ sich öffnen.

Das Innere des Gleiters war leer.

Kurt wandte sich an Tom White Feather, den Schwarzfußindianer aus Alberta. »Sieh dich hier mal ein bißchen um, Tom. Vielleicht findest du irgendwelche Spuren, die auf den Verbleib der Besatzung schließen lassen.«

Der Indianer nickte.

»Okay.«

Wladimir meldete sich zu Wort. Er hatte das ziemlich zerstörte Heck des Gleiters untersucht. »Kurt, ich will dich nicht beunruhigen, aber für mich sieht das nach einem Treffer durch Strahlbeschuß aus. Sieh nur, die Außenhülle ist völlig aufgeschmolzen... der Antrieb und die Antigravaggregate sind nur noch ein Klumpen Materie...«

»Könnte das nicht auch durch eine Hitzeentwicklung verursacht worden ein, die im Inneren des Antriebs stattgefunden hat?« fragte Kurt zurück.

Wladimirs Gesicht wirkte nachdenklich.

Aber Kurt kannte den Russen inzwischen gut genug, um zu erkennen, daß er sich wirklich Sorgen machte.

»Wenn einer von uns sich darüber ein Urteil erlauben darf, dann bist du das doch, Kurt! Schließlich hast du dich in den letzten Monaten vorwiegend mit Hochenergietechnik befaßt...«

Kurt stieg auf das Wrack, sah sich den Schaden an. Zumindest, soweit das möglich war. Die Gardisten hatten keinen Strahler dabei, den man zu einem Schneidbrenner hätte umfunktionieren können. Aber ohne Werkzeug ließ sich das zerstörte Heck des havarierten Gleiters nicht auseinandernehmen und genauer untersuchen. Den Gedanken, aus den Energiepatronen mehrerer Paralysatoren etwas zu bauen, das sich wie ein Thermostrahler verwenden ließ, verwarf Kurt sofort wieder.

Die Energiesignatur wäre mindestens genauso deutlich anmeßbar, wie es bei der selbstgefertigten Bombe der Fall war, mit der wir vor einem halben Jahr ein paar Billigroboter in die Luft jagen wollten, ging es Kurt durch den Kopf. Er hatte zwar keine Ahnung, wie weit Feldwebel Jannis Kaunas damals mit seinem Schweber entfernt gewesen war, aber fest stand, daß es ihm und seinen Begleitern wohl gelungen war, die von der Bombe ausgehenden elektromagnetischen Emissionen zu messen.

Und diesmal haben wir es wieder mit Kaunas zu tun… dachte Kurt. *Wenn auch in einer völlig anders gearteten Übung…*

Kurt sprang wieder vom zerstörten Gleiterheck hinunter und federte geschickt ab.

Übung? überlegte er. *Ist das hier eigentlich noch eine Übung – oder schon der Ernstfall und wir sind die letzten, die davon erfahren?*

Die Dämmerung legte sich wie graue Spinnweben über Eldorado. Es wurde rasch dunkel, und am Horizont wurde der erste von insgesamt drei kleinen Monden sichtbar, die den Planeten umkreisten. Die Mitglieder der Boulanger-Mannschaft, die Eldorado zuerst betreten hatten, hatten die Monde nach dem Zeitpunkt ihres Erscheinens am Nachthimmel benannt. Es gab dementsprechend den Abendmond, den Mitternachtsmond und den Morgenmond. Das klang poetischer als es war. Der Abendmond war ein kartoffelförmiges Gebilde. Ein Gesteinsbrocken, der sich irgendwann aus dem Asteroidengürtel jenseits von Boulanger VI gelöst und auf die Reise begeben haben mußte. Der Mitternachtsmond, der im übrigen bereits zwei Stunden vor Mitternacht auftauchte, war ebenfalls ein kalter Gesteinsbrocken, während es sich bei dem Morgenmond um ein Objekt handelte, dessen Aufbau einem Kometen ähnelte. Ein Ball aus schmutzigem Eis.

Bei guter Sicht waren die drei Monde eine ausgezeichnete Hilfe für die räumliche und zeitliche Orientierung.

Die Gardisten schlugen in der Nähe des Gleiterwracks ihr Nachtlager auf und verzehrten einen Teil der spärlichen Nahrungsrationen, die sie mit sich führten. Sie mußten sparsam damit umgehen. Keiner der Männer hatte Lust, in absehbarer Zeit darauf angewiesen zu sein, sich mit Hilfe der planetaren Fauna und Flora zu ernähren.

Aber das konnte Kurts Trupp nur vermeiden, indem die gestellte Aufgabe schnell und nach Plan erledigt wurde.

Rund um den Lagerplatz hatte Kurt Wachen postiert, die regelmäßig abgelöst wurden.

Das letzte, was er und seine Leute jetzt gebrauchen konnten, war ein Überraschungsangriff von Kaunas' Truppe. Eigentlich gab es keinerlei Grund anzunehmen, daß der Feldwebel und seine Frischlinge die »Angreifer« inzwischen entdeckt hatten.

Aber Kurt mochte diese Möglichkeit auch nicht ganz ausschließen.

Jemanden wie Kaunas unterschätzte man besser nicht.

Der Abendmond hatte bereits eine Höhe von dreißig Grad erreicht, als Tom White Feather von seinem Streifzug zurückkehrte.

»Ich konnte keinerlei Spuren entdecken«, gestand er. »Das spricht eigentlich dafür, daß der Gleiter schon vor längerer Zeit abgestürzt ist. Mindestens vor einer Woche. Bei der wuchernden Vegetation hier verwischen dann alle Spuren. Ein einziger Regenguß reicht dazu schon aus.«

»Hat es denn hier in letzter Zeit geregnet?«

»Nach der Feuchtigkeit des Bodens zu urteilen vor drei oder vier Tagen.«

Kurt war erstaunt.

»Komisch. Ich hatte den Eindruck hier sei alles trocken.«

»Man muß genau hinsehen«, sagte Tom. »Die Natur hat sehr viele Methoden, um Wasser zu speichern und zu verhindern, daß es nutzlos versickert... wenn man sich bestimmte Blütenpflanzen ansieht und... aber die Einzelheiten interessieren dich wahrscheinlich nicht!«

»Ich bin nur erstaunt, wie gut du über die hiesige Flora Bescheid weißt.«

»Weiß ich gar nicht.«

Kurt hob die Augenbrauen.

»Wie soll ich das denn verstehen?«

»Man muß nur das richtige Äquivalent suchen.«

»Ach, ja?«

»Blütenpflanzen, die Wasser speichern gibt es in Alberta genauso wie hier auf Eldorado.«

»Hast du irgendwelche Hinweise auf Kaunas' Leute entdeckt?«

Tom schüttelte den Kopf.

»Nein. Aber wenn sie nur ein bißchen während ihrer Ausbildung bei Kaunas aufgepaßt haben, dann wissen sie inzwischen auch, wie man so etwas vermeidet.«

»Das stimmt natürlich.«

»Außerdem ist es nur eine Handvoll Männer, die Kaunas wahrscheinlich in einem ziemlich großen Gebiet verteilt hat.« Tom zuckte die Achseln. »Schätze, es wäre reiner Zufall gewesen, wenn wir jetzt schon auf Spuren von ihnen gestoßen wären.«

»Wenn das Gleiterwrack nicht wäre, würde ich dir sofort recht geben«, meinte Kurt.

Wladimir kauerte in der Nähe und war gerade damit beschäftigt, eine der sparsamen Marschrationen zu sich zu nehmen.

»Ich wette, Kaunas hat uns diesen Knochen hingeworfen, um uns verrückt zu machen!« meinte er und deutete in Richtung des Gleiterwracks.

»Fragt sich nur, was er damit bezweckt«, murmelte Kurt.

Tom schaltete sich ein. »Wenn ihr glaubt, daß Kaunas hinter dem havarierten Gleiter steckt, dann würde das erklären, warum sich nirgends Spuren der Besatzung finden.«

Kurt hob die Augenbrauen. »Du meinst, die Maschine wurde ferngesteuert und absichtlich zum Absturz gebracht.«

»Ja.«

Kurt schüttelte den Kopf. »Kaunas müßte vorausgeahnt haben, welchen Weg wir nehmen. Das ist unmöglich!«

»Ist es nicht eigentlich auch unmöglich, eine Horde von Kampfrobotern zu besiegen?« fragte Wladimir. »Wir haben es trotzdem geschafft.«

»Wir *hätten* es geschafft, wenn Kaunas uns nicht zuvorgekommen wäre!« kommentierte André Souan, der sich ebenfalls in der Nähe befand.

Den Gardisten blieben nur wenige Stunden Schlaf. Schon vor Sonnenaufgang hatte Kurt Buck den Aufbruch angesetzt. Die Wachposten wechselten sich in regelmäßigen Abständen ab.

Kurt hatte sich selbst ebenso für diesen Wachdienst eingeteilt wie jeden anderen seiner Männer. Mochte er auch Kommandant dieser Einheit sein, so sah er dennoch keinen Grund, für sich selbst eine Ausnahme zu machen. Das einzige, was ihn von seinen Männern unterschied, war der militärische Rang und die Funktion als Befehlshaber.

Kurt schob seine Wache zusammen mit Wladimir. Das war der Vorteil der Befehlsgewalt: Er konnte sich aussuchen, mit wem er Dienst tat.

Er wollte die Gelegenheit nutzen, um ungestört mit seinem Stellvertreter reden zu können.

Sie machten sich etwa eine Standardstunde nach Aufgang des Mitternachtsmondes zu einer der Anhöhen in der Umgebung auf und lösten dort die Gardisten Antoku Seiwa und Sam Uitveeren ab.

Die Nacht war durch das Licht der beiden bisher aufgegangenen Monde recht hell. Allerdings würde der Abendmond in etwa einer Stunde hinter dem Horizont verschwinden. Die drei Monde Eldorados waren niemals alle zur gleichen Zeit am Himmel zu sehen.

Die beiden Männer beobachteten aufmerksam die Umgebung.

»Wenn dieses Wrack wirklich ein Ablenkungsmanöver unserer Gegner ist, dann wäre die Nacht eigentlich der ideale Zeitpunkt für einen Angriff«, meinte Kurt. »Wir haben kaum technisches Gerät dabei, und ich denke, daß Kaunas ahnt, wie wir ausgerüstet sind.«

Die Gardisten führten nicht einmal Nachtsichtgeräte mit. Kaunas' Truppe hingegen konnte ihre technische Ausrüstung gefahrlos einsetzen. Zwar dämpften die einfachen Kampfanzüge der Gardisten Bioimpulse und Infrarotabstrahlung, so daß für die Gegenseite der Einsatz jeglicher Ortungstechnik erschwert wurde. Aber unter dem Strich blieb für Kaunas' Truppe in dieser Hinsicht ein immenser Vorteil.

Vorausgesetzt, sie wußten ungefähr, wo sie Kurt Bucks Leute antreffen konnten.

Und genau das erschien Kurt wenig wahrscheinlich.

Aber da war noch ein anderer Punkt, der ihn nicht zur Ruhe kommen ließ.

Wladimir wußte gleich, worauf der frischgebackene Fähnrich hinauswollte.

»Du meinst, wenn alles mit rechten Dingen zuginge, hätten Kaunas' Leute schon angegriffen!«

»Ja. Ich kann mir nicht helfen, aber ich habe ein verdammt schlechtes Gefühl bei dieser Mission. Die Rauchsäule am Horizont, der abgestürzte Gleiter... ich habe das Gefühl, daß irgend etwas mit dem Vorposten nicht stimmt.«

»Es gibt keine konkreten Beweise dafür, Kurt.«

»Ich weiß.«

»Und du kennst Kaunas! Wer weiß, was der alte Fuchs sich für uns ausgedacht hat!«

»Das sage ich mir auch immer wieder – und verdammt noch mal, ich hoffe, daß du recht hast. Aber mein Bauchgefühl sagt mir, daß da etwas nicht stimmt.«

Wladimir zuckte mit den Achseln.

»Eldorado ist ein Paradies. Sowohl für die Besiedelung als auch für den Abbau von Rohstoffen wie geschaffen.«

»Mehr als das, Wlad! Im Datenmaterial steht etwas von Tofiritvorkommen. Jedes raumfahrende Sternenreich der Galaxis, dessen Triebwerkstechnologie auf den Hinterlassenschaften der Mysterious beruht, wird sich dieses Kleinod unter den Nagel reißen wollen, sobald diese Erkenntnis sich verbreitet.«

Wladimir schwieg eine Weile.

Ein erfrischender Wind strich über die grasbewachsenen Ebenen.

In der Ferne bemerkte Kurt Buck einige nur als dunkle Umrisse sichtbare Gebilde, die aus der Schattenzone einer Anhöhe herausstrebten.

Die vereinzelten Bäume in der Umgebung ermöglichten eine recht zuverlässige Vergleichsschätzung der Größe. Danach waren die Objekte etwa zwanzig Meter lang und drei Meter hoch.

»Was ist das?« fragte Wladimir.

»Nichts, wovor wir uns fürchten müssen«, meinte Kurt. Die Objekte bewegten sich recht schnell. Sie erreichten nun eine Zone, die vom Licht des Mitternachtsmondes beschienen wurde.

»Eldorado-Riesenschnecken!« entfuhr es Wladimir. »Ich habe über diese Biester im Datenmaterial einiges gelesen.«

»Eine ziemlich große Herde«, stellte Kurt Buck fest.

Die Tiere glichen gewaltigen Nacktschnecken und ernährten sich vorwiegend von Gras. Die Kolosse waren absolut friedlich, was damit zusammenhing, daß sie selbst über sehr wirksame Abwehrwaffen verfügten. Ihr Körper war mit einem stark ätzenden Schleimfilm umgeben, der auch die größten auf Eldorado beheimateten Raubtiere davon abhielt, sie anzugreifen.

Sie besaßen keinerlei natürliche Feinde.

Der einzige Faktor, der ihre Zahl in Grenzen hielt, war offenbar ihre sehr komplizierte und langwierige Vermehrung. Ihre Spezies besaß insgesamt fünf Geschlechter, und der Fötus mußte im Lauf seiner Entwicklung jeweils von einem Geschlecht zum anderen weitergegeben werden. Die Gesamttragezeit hatte noch niemand erforscht. Die Wissenschaftler der Boulanger-Truppe hatten sie auf mehrere Eldoradojahre geschätzt.

»Diese Herde hat denselben Weg wie wir«, stellte Kurt fest. Er atmete schwer und wandte sich an Wladimir. »Wir müssen darauf gefaßt sein, daß dies vielleicht keine Übung mehr ist, Wlad.«

Noch vor Aufgang des Morgenmondes brachen die Gardisten auf und setzten ihren Marsch fort. Die Paralysatoren hielten sie ständig im Anschlag. Sie mußten jederzeit auf einen Angriff von Kaunas' Gruppe vorbereitet sein.

Kurt Buck zerbrach sich den Kopf darüber, welchen Plan der Feldwebel wohl verfolgte.

Vielleicht war es Teil seiner Kriegslist, die »Angreifer« zunächst näher an den Vorposten herankommen zu lassen. Zeitpunkt und Ort eines Gefechtes bestimmen zu können, bedeutete einen unschätzbaren Vorteil, der mitunter für den Ausgang von entscheidender Bedeutung sein konnte. Jeder Gardist lernte das schon zu Beginn der Taktikschulung.

Kurt wünschte sich im Augenblick nichts mehr als einen Angriff der Gegenseite. Denn das hätte bedeutet, daß sie sich tatsächlich noch immer im Rahmen einer Übung befanden und nicht in einem scharfen Einsatz.

Das Morgengrauen bot ein einzigartiges Lichtspiel der Farben. Die Sonne ging blutrot am Horizont auf, gleichzeitig sank der Morgenmond diesem entgegen. Ein eigenartiges Zwielicht entstand.

Die Gardisten hatten zu diesem Zeitpunkt schon mehrere Kilometer hinter sich gebracht. Die Marschgeschwindigkeit war recht hoch. Der hohe Sauerstoffgehalt der Eldoradoatmosphäre trug dazu sicher bei. Außerdem war den Männern klar, daß Zeit einen der entscheidenden Faktoren in diesem Manöver darstellte. Sie mußten sich so schnell es ging dem Vorposten nähern.

Jede zusätzlich verstreichende Stunde erhöhte die Wahrscheinlichkeit, daß sie entdeckt wurden.

Das Gebiet, in das Kurts Zug jetzt gelangte, war nur noch vereinzelt mit kleinen Waldstücken bewachsen. Das Land wurde immer offener und übersichtlicher. Deckung boten Hügel und vereinzelte Baumgruppen. Von den Kronen der Bäume hingen die verlassenen Kokons der Riesenfalter herab, wurden vom Wind hin- und herbewegt und verursachten dabei ein charakteristisches Rascheln.

Von den ausgeschlüpften Faltern war nichts zu sehen. Sie waren längst davongeflogen.

Kurt ließ den Zug in einer breit auseinandergezogenen Formation marschieren. Immer fünf oder sechs Mann bildeten eine Gruppe. Sämtliche Gruppen hielten Blickkontakt.

Schließlich trafen sie auf breite Schneisen im hohen Gras. Ein scharfer Geruch hing in der Luft.

»Das müssen die Spuren der Riesenschnecken sein, die wir gestern nacht gesehen haben«, meinte Kurt an Wladimir gewandt.

Tom White Feather befand sich in ihrer Nähe.

»Die Pflanzen wurden durch den Schleimfilm weggeätzt«, meinte er, ehe Wladimir etwas hatte sagen können. Der Indianer beugte sich kurz nieder, nahm etwas Erde mit den Fingern und roch daran. Dann erhob er sich wieder. »Wir sollten es vermeiden, direkt in den Spuren zu laufen«, meinte der Schwarzfußindianer.

»Wieso, glaubst du, daß unsere Stiefel von dem Schneckenschleim zersetzt werden?« fragte Kurt.

Tom schüttelte den Kopf. »Nein, keine Gefahr. Die Säure neutralisiert sich offenbar schnell und geht Verbindungen mit den Mineralien des Bodens ein. Aber dabei scheinen einige gasförmige Produkte zu entstehen, die dafür sorgen könnten, daß sich unseren Leuten buchstäblich der Magen umdreht!«

Wladimir grinste.

»Wir sollten auf Tom hören«, meinte er. »Unsere Rationen sind schon knapp genug bemessen. Da sollten wir sie wenigstens bei uns behalten.«

Zwei Stunden später trafen sie auf die Herde der Riesenschnekken. Sie umlagerte ein Wasserloch.

Kurt und seine Leute machten einen Bogen um die gewaltigen Tiere.

Auch wenn diese Spezies als friedlich galt, wollte Kurt kein unnötiges Risiko eingehen.

Am frühen Abend legte die Gruppe eine Pause ein. Die Gardisten hatten die Strapazen des Marsches problemlos überstanden. Im Schutz einer Gruppe von knorrigen Bäumen kampierten die Männer. Posten wurden bezogen. Die Wahrscheinlichkeit eines Überraschungsangriffs war sehr gering. Das Gelände der Umgebung war sehr übersichtlich.

Kurt wandte sich an die Männer.

»Der Vorposten liegt in einem weiten Tal, das hinter der Hügelkette am Horizont beginnt«, erklärte er. »Wir müssen damit rechnen, daß ringsum sämtliche Anhöhen mit Kaunas' Leuten besetzt sind. Wenn man aber bedenkt, daß er noch ein paar Männer braucht, die den Außenposten bewachen, können höchstens zwei oder drei seiner Rekruten pro Anhöhe in Stellung gegangen sein. Ich habe vor, beim Angriff auf den Außenposten den Zug zu teilen. Eine Gruppe sorgt dafür, daß Kaunas' Leute abgelenkt werden und zieht so viel Aufmerksamkeit wie möglich auf sich. Die andere erobert den Hypersender. Aber bevor wir uns teilen und angreifen, möchte ich erst die Lage gepeilt haben.«

»Das heißt, jemand muß auf eine der Anhöhen und sich umsehen!« stellte Sam Uitveeren fest.

Kurt nickte.

»Ja, und zwar unbewaffnet. Die Energiemagazine unserer Paralysatoren sind auf bis zu dreißig Meter anmeßbar, wenn jemand gut ist. Und Kaunas Leute *sind* gut!«

»Dürfte nicht so einfach sein, sich bei diesen Geländebedingungen anzuschleichen«, vermutete Wladimir. Er zuckte die Achseln.

Tom White Feather meldete sich zu Wort.

»Ich melde mich freiwillig für den Job«, sagte der Indianer. »Das Gras ist hoch, es gibt einige Gebüsche. Außerdem habe ich im Osten einen starken Bewuchs mit etwa brusthohen Stauden gesehen, hinter denen man sich verbergen kann.«

Kurt lächelte.

»Um ehrlich zu sein, ich hatte schon mit dir gerechnet, Tom«, erklärte er. »Am besten, du suchst dir die zwei Männer aus, von denen du denkst, daß sie am geeignetsten sind.«

»In Ordnung. Ich nehme Antoku und Nick mit. Kann allerdings 'ne Weile dauern, bis wir zurück sind.«

»Das macht nichts. Wir liegen sehr gut in unserem Zeitplan. Ich möchte vor allen Dingen wissen, wie die Lage beim Vorposten ist. Aber das müßte von den Anhöhen aus zu sehen sein.«

Eine halbe Stunde später kehrten die drei Gardisten bereits zurück. Antoku Seiwa und Nick Gantzler schleppten jeweils einen bewußtlosen Gardisten auf dem Rücken, während Tom White Feather zwei Multikarabiner bei sich trug.

Tom war sichtlich ärgerlich.

Er wandte sich sofort an Kurt.

»Sieh dir das hier an! Es gehörte zu den Spielregeln, daß nur Paralysatoren benutzt werden. Verdammt noch mal – und was ist das hier?«

Wütend pfefferte er die Multikarabiner samt der dazugehörigen Kampfhelme mit dem Aktivvisier zur Zielerfassung auf den Boden.

»Was ist passiert?« fragte Kurt.

Jannis Kaunas war zwar so ziemlich jede List und jeder Trick zuzutrauen – aber nicht, daß er dabei Multikarabiner anstatt Paralysatoren eingesetzt hätte.

Es sei denn, Kaunas hätte einen sehr guten Grund dafür! ging es Kurt durch den Kopf.

Tom atmete tief durch, so als müßte er sich zunächst einmal von einer Zentnerlast aus Ärger und Wut befreien.

»Härte ja – aber das hier geht gegen jede Fairneß!« empörte er sich. »Wir schlichen uns an und sahen zwei Schützen, die offenbar die Aufgabe hatten, den Hügel zu bewachen. Wie du siehst, beide mit schwerem Kampfanzug und Multikarabinern bewaffnet.«

»Die Kampfanzüge waren allerdings deaktiviert!« warf Sam Uitveeren ein, der den Bewußtlosen auf seinem Rücken inzwischen auf den Boden gelegt hatte. Der Mann gehörte offenbar zu Kaunas' Frischlingstruppe. Er rührte sich nicht.

»Als wir sahen, daß die Kameraden ein falsches Spiel spielen, haben wir sie in guter alter Handarbeit außer Gefecht gesetzt.«

»Wir sollten sie fesseln und knebeln, ehe sie Schwierigkeiten machen können!« schlug Antoku Seiwa vor.

Kurt nickte dem Japaner zu.

»Gute Idee, macht das! Und zieht sie vor allen Dingen aus ihren Panzeranzügen heraus!«

Sam und Antoku ließen sich das nicht zweimal sagen.

Kurt wandte sich noch einmal an Tom.

»Habt ihr irgend etwas von der anderen Seite des Hügels gesehen?«

Tom schüttelte den Kopf.

»Nein. Nichts. Wir trafen die beiden Gardisten unterhalb der Hügelkuppe an, schlugen sie k.o. und sind dann gleich zurückgekehrt. Schließlich wußten wir nicht, ob da noch mehr von denen lauern.«

»Ich möchte, daß du Wladimir und mich zu der Stelle hinführst.«

Tom hob die Augenbrauen.

»Wieder unbewaffnet?«

Der Gedanke schien ihm nicht zu gefallen.

Kurt bestätigte dies. »Ja, wir können es uns einfach nicht leisten, entdeckt zu werden. Andererseits muß ich wissen, was beim Vorposten los ist, bevor ich irgendeine Entscheidung über das weitere Vorgehen treffen kann.«

Tom zuckte die Achseln. »Okay, worauf warten wir dann noch?«

Kurt wandte sich an André Souan. »Für die Zeit meiner Abwesenheit hast du hier das Kommando. Ihr bleibt hier, bis wir zurückkehren. Falls irgend etwas Unvorhergesehenes geschehen sollte, zieht ihr euch zurück.«

André wirkte vollkommen perplex.

»Ist das dein Ernst?«

»Ist es.«

Wladimir und Kurt folgten Tom. In leicht geduckter Haltung schlichen sie zwischen brusthohen Stauden hindurch. Tom war sehr vorsichtig. Mit einem Gegner, der über Multikarabiner und gepanzerte Kampfanzüge verfügte, war in keinem Fall zu spaßen.

Schweigend gingen die drei vorwärts.

Tom führte sie in einem kleinen Bogen an die Anhöhe heran.

Jede nur mögliche Deckung nutzten sie aus. Hier und da gab es Gebüsche oder Felsbrocken, die wie von einer früheren Eiszeit zurückgelassene Findlinge wirkten, glattgespült von der Kraft urzeitlicher Gletscher.

Schließlich hatten sie die Stelle erreicht, an der die beiden voll ausgerüsteten Gardisten aufgespürt und niedergeschlagen worden waren.

»Sie hatten sich einen günstigen Platz ausgesucht«, mußte Kurt zugeben. »Man hat hier eine gute Übersicht.«

Wladimir grinste.

»Man sieht, daß diese Frischlinge bei Kaunas schon was gelernt haben!« meinte er.

»Aber offenbar nicht genug, um mit drei ausgebildeten Gardisten fertigzuwerden, die vollkommen unbewaffnet waren«, sagte Tom White Feather mit spöttischem Unterton. Sein Ärger über die unfairen Mittel, die die andere Seite einsetzte, war noch lange nicht verraucht. »Ich schätze, den Jungs wird jetzt ganz schön der Schädel brummen. Aber das hätten sie auch zu erwarten gehabt, wenn wir Paralysatoren eingesetzt hätten.«

»Gehen wir weiter«, ordnete Kurt an. »Ich will wissen, was es hinter der Hügelkuppe zu sehen gibt.«

»Dann komm!« forderte Tom.

Sie kletterten einen ziemlich steilen, rutschigen Hang hinauf. Dabei mußten sie aufpassen, kein Geröll loszutreten. Die Geräusche hätten eventuell weitere Posten auf sie aufmerksam gemacht.

Das letzte Stück legten sie kriechend zurück, nahmen dabei immer wieder hinter Büschen und Felsbrocken Deckung.

Schließlich erreichten sie die Kuppe des Hügels.

Offensichtlich war sie nicht von Kaunas' Leuten besetzt.

Die Soldaten blickten ins Tal.

Augenblicke lang sagte keiner von ihnen ein Wort.

Ein Anblick des Grauens bot sich ihnen.

Von den aus Fertigbauteilen bestehenden Baracken des Vorpostens waren nur noch rußgeschwärzte Ruinen übrig. Auf dem benachbarten Landefeld befand sich das ausgeglühte Wrack der SPECTRAL.

Deshalb haben wir Roy Vegas' Schiff nirgends finden können, ging es Kurt bitter durch den Kopf.

Hinter dem Wrack der Sternschnuppe der Panther-Klasse stand ein Vierhundertmeterdoppelkugelraumer, wie er von den Tel benutzt wurde. Die Außenhülle des Raumschiffs wirkte zwar alt und verschrammt, aber offensichtlich war der Raumer voll einsatzfähig.

Dutzende von Schwarzen Weißen, wie die Tel wegen ihres Aussehens auch genannt wurden, sowie einige ihrer Roboter patrouillierten in den Ruinen sowie im gesamten Talgrund herum. Sie waren bewaffnet. Was sie jedoch genau taten, war nicht erkennbar.

Einer der Roboter wandte den Kopf in Richtung der drei Gardisten.

Die Optik des Roboters sah aus wie ein Paar glühende Augen.

Kurt und seine Begleiter duckten sich reflexartig hinter ihre Deckung.

»Respekt, Fähnrich!« raunte Wladimir Kurt zu. »Dein Verdacht war von Anfang an richtig. Mit einem Übungseinsatz hat das alles hier nichts mehr zu tun!«

»Jedenfalls haben wir den Kameraden, die wir hier oben überwältigten, wohl Unrecht getan«, meinte Tom kleinlaut. »Sie hatten allen Grund, ihre Multikarabiner zu benutzen.«

»Ich frage mich, wo Kaunas' und seine Leute stecken«, murmelte Kurt. »Ganz zu schweigen von Vegas...«

Angesichts des Wracks konnte man im Hinblick auf Roy Vegas und seine Mannschaft nur das Schlimmste annehmen...

»Jedenfalls hatte niemand mehr Gelegenheit, irgendeine Warnung abzuschicken«, sagte Wladimir. »Es muß alles sehr schnell gegangen sein...«

Kurt lachte rauh.

»Wundert dich das angesichts der Bewaffnung dieses Vierhundertmeterriesen?« In seinem Kopf rasten die Gedanken nur so. Streckte das Telin-Imperium seine Hände nach Eldorado aus und gedachte, seine Ansprüche auf kaltem Weg durchzusetzen?

Es sah ganz danach aus.

Jedenfalls hatte sich die Lage nun vollkommen geändert. Nichts von dem, was zuvor als selbstverständlich angesehen worden war, galt noch. *Na bravo, ist das nicht eine Situation wie geschaffen für einen Einsatz der Schwarzen Garde?* ging es Kurt durch den Kopf. *Eine Handvoll nur mit Paralysatoren ausgerüstete Männer gegen ein voll ausgerüstetes Vierhundertmeterschiff der Tel!*

»Kehren wir zurück«, befahl Kurt. Sie hatten fürs erste genug gesehen.

Vielleicht waren die beiden bewußtlos geschlagenen Gefangenen ja inzwischen in der Lage, sich zu äußern.

Kurt Buck war sehr gespannt darauf, was sie wohl zu sagen haben mochten.

4. Teil: Ernstfall

Kurt, Tom und Wladimir kehrten zum Lagerplatz der Gardisten zurück.

Der Fähnrich rief die Männer zusammen.

In knappen Worten informierte er sie über die neue Lage.

»Männer, dies ist jetzt keine Übung mehr, sondern ein scharfer

Einsatz. Daß wir praktisch ohne Ausrüstung dastehen, sollte uns nicht weiter bekümmern. Wir werden schon zurechtkommen. Auch wenn wir einer Schar schwerbewaffneter Tel gegenüberstehen.«

»Die Gefangenen sind wach«, stellte Sam Uitveeren fest. »Allerdings haben wir ihnen bislang die Knebel nicht abgenommen. Schließlich wollten wir nicht riskieren, daß sie uns durch einen Schrei verraten.«

»Das werden sie nicht«, versicherte Kurt. »Sie wurden wohl ebenso Opfer des Tel-Überfalls wie die Besatzung des Außenpostens und die Männer der Sternschnuppe SPECTRAL.«

Einige Augenblicke lang herrschte unter den Soldaten betretenes Schweigen.

Schließlich meldete sich André Souan zu Wort.

»Habt ihr irgendeine Ahnung, was mit Kaunas geschehen ist?«

Kurt schüttelte den Kopf. »Nein, aber vielleicht können uns da die Kameraden weiterhelfen.«

Den beiden überwältigten Gardisten waren inzwischen die schweren Panzeranzüge abgenommen worden. Fest verschnürt lagen sie am Boden. Sam Uitveeren und Nick Gantzler begannen damit, die beiden von ihren Knebeln und Fesseln zu befreien.

»Tut uns leid, daß wir euch grob behandelt haben«, sagte Tom White Feather an die beiden Rekruten gerichtet. »Aber wir dachten, daß eure Seite mit gezinkten Karten spielt, indem ihr Multikarabiner einsetzt…«

»Schon gut«, knurrte einer der beiden, ein rothaariger Mann mit Sommersprossen.

»Wer seid ihr?« fragte Kurt.

»Rekrut Gary Keogh«, meldete sich der Rothaarige.

»Rekrut Abdul El-Zia«, stellte sich der andere vor. »Wir gehören zum Ausbildungszug von Feldwebel Kaunas und hatten den Auftrag, uns hier umzusehen…«

Die beiden Männer erhoben sich. Abdul rieb sich die Handgelenke.

»Was ist geschehen?« fragte Kurt an Keogh gewandt.

»Vor drei Tagen erfolgte ein Angriff aus heiterem Himmel. Dieser Doppelkugelraumer der Tel legte alles in Schutt und Asche.

Von der SPECTRAL blieb nur ein Wrack übrig. Die meisten Besatzungsmitglieder sind umgekommen. Dasselbe gilt für die Besatzung des Vorpostens. Alles ging blitzschnell. Die Tel wußten genau, was sie taten. Sie vernichteten zuerst die Hypersender des Vorpostens sowie der SPECTRAL, so daß kein Notruf gesendet werden konnte.«

Was der Gardist berichtete, deckte sich mit Kurts Beobachtungen.

»Was ist mit dem Rest von Kaunas' Leuten?«

»Wir befanden uns zu einer Übung in einem Waldgebiet. So wurden wir von dem Angriff nicht betroffen. Andernfalls würde ich jetzt nicht hier stehen.«

»Woher wissen Sie dann so genau, was sich ereignet hat, Rekrut Keogh?« hakte Kurt nach.

»Ein paar Leute von der SPECTRAL konnten fliehen. Sie stießen später zu uns. Kommandant Roy Vegas ist auch darunter gewesen. Durch die Flüchtlinge erfuhren wir, was geschehen ist.«

Abdul El-Zia meldete sich jetzt zu Wort und ergänzte die Ausführungen des Rothaarigen.

»Feldwebel Kaunas wußte, daß Ihr Zug früher oder später hier auftauchen würde, um einen Hypersender zu erobern, der längst zerstört war. Kaunas wollte Sie nicht in die Falle tappen lassen. Deshalb hat er Gary und mich losgeschickt. Wir hatten den Auftrag, Sie abzufangen und zu warnen.« Abdul atmete tief durch. Er wechselte einen kurzen Blick mit Gary Keogh. Und fuhr sich anschließend mit einer fahrigen Geste über das Gesicht, so als wollte er etwas abwaschen.

»Wo befindet sich Kaunas?« hakte Kurt nach.

»Wir bringen Sie hin, Fähnrich«, versprach Abdul.

»Gut, dann sollten wir gleich aufbrechen.«

Kurt hatte sich bereits halb zur Seite gedreht, als Abdul sich noch einmal zu Wort meldete. »Fähnrich, ich...« Er brach ab, druckste etwas herum.

Kurt Buck musterte den Rekruten und zog fragend die Augenbrauen hoch. *Irgend etwas liegt dem Kerl noch im Magen,* dachte Kurt. »Na los, spucken Sie schon aus, was Ihnen noch auf der Seele liegt!« forderte der junge Deutsche.

»Es geht um die Art und Weise, wie wir hierher gelangten…«

»Tom hat sich bei Ihnen entschuldigt, und die beiden anderen Gardisten werden das sicher auch gerne tun. Das Ganze war ein Mißverständnis. Wir wußten nicht, daß Sie gute Gründe dafür hatten, mit einem Multikarabiner bewaffnet herumzulaufen.«

Abdul schüttelte den Kopf. »Das meine ich nicht.«

»Was dann?« fragte Kurt.

Der Gardist schluckte.

»Ihre Leute waren unbewaffnet, Fähnrich. Trotzdem haben sie es geschafft, Gary und mich zu überwältigen. Das ist einfach nur peinlich, und es wäre nett, wenn Sie Kaunas gegenüber davon nichts erwähnen würden.«

Kurt grinste.

»Nicht ein Sterbenswörtchen!«

»Versprochen?«

»Bei meiner Ehre als Gardist. Kaunas erfährt nichts«, versicherte Kurt.

Wladimir konnte sich eine sarkastische Bemerkung nicht verkneifen. »Schließlich will ja niemand von uns, daß Feldwebel Kaunas in Depressionen versinkt, weil er den Glauben an seine Ausbildungsmethoden verloren hat!«

Abdul und Gary bekamen ihre Multikarabiner und die schweren Kampfanzüge zurück.

Die Gruppe räumte den Lagerplatz auf, sorgte dafür, daß es möglichst wenig Spuren ihrer Anwesenheit gab, und brach schließlich auf.

Abdul El-Zia führte den Zug an.

Sie gingen Richtung Westen.

Die Dämmerung setzte bereits ein, als sie einen Grabenbruch erreichten. Die Gardisten klettern einen steilen, felsigen Hang hinunter. Am Fuß dieses Hangs erstreckte sich ein dichtes Waldgebiet, durchzogen von einem Fluß, der weiter Richtung Südwesten mäanderte.

Abdul führte sie flußaufwärts.

Das Unterholz war dicht.

Die Soldaten mußten sich teilweise regelrecht durch das Gestrüpp hindurchkämpfen.

Schließlich wurde das Gelände felsiger und der Bewuchs entsprechend spärlich. Schroffe Massive ragten über die Baumkronen hinweg. Der Fluß entsprang irgendwo in diesen Bergen und hatte sich in Jahrmillionen seinen Weg durch den Stein gebahnt.

Eine Klamm war auf diese Weise entstanden.

Eine schmale Schlucht, in deren Mitte das Flußbett lag. Zu beiden Seiten gab es einen schmalen Uferstreifen, auf dem man laufen konnte. Bei höherem Wasserstand war die Klamm unpassierbar.

»Wir müssen noch etwa eine halbe Stunde flußaufwärts gehen«, erklärte Gary Keogh an Kurt gewandt. »Dann finden wir in der Felswand einen Höhleneingang.«

Der Zug setzte seinen Weg fort.

Abdul und Gary gingen voran.

Etwa zwanzig Minuten lang waren sie dem Flußbett gefolgt. Der Wasserstand war ausgesprochen niedrig. Am Ufergestein gab es Spuren, die davon zeugten, daß er bis zu einem Meter höher steigen konnte.

Die Vegetation wurde immer spärlicher. Nur vereinzelt wuchsen noch Sträucher und Bäume. Die Wurzeln fanden in dem steinigen, geröllhaltigen Untergrund einfach keinen Halt.

Inzwischen wurde es dunkel. Der Abendmond war aufgegangen, aber in der engen Schlucht würde man ihn vermutlich erst gegen Mitternacht sehen.

Es war also ziemlich dunkel in der Klamm.

Plötzlich blieben Gary und Abdul abrupt stehen.

Abdul hob die Hand und bedeutete den anderen anzuhalten.

»Was ist los?« fragte Kurt.

Abdul antwortete nicht.

Statt dessen pfiff er auf zwei Fingern.

Aus der Dunkelheit antwortete ein Pfiff.

»Alles in Ordnung!« rief Abdul.

Eine Bewegung in der Dunkelheit ließ Kurt zunächst reflexartig den Paralysator emporreißen.

Zwei Gardisten mit Multikarabinern im Anschlag sprangen aus

den Büschen.

Wie Schatten wirkten sie.

Das spärliche Mondlicht glänzte auf den Kampfhelmen.

»Das ist Fähnrich Bucks Zug«, erklärte Abdul.

Einer der Bewaffneten nahm den Kampfhelm ab.

»Schön, daß Sie es geschafft haben!« meinte er und grüßte militärisch.

»Verzichten wir auf diese Förmlichkeiten«, erwiderte Kurt.

Der Rekrut deutete mit der ausgestreckten Hand flußaufwärts.

»Es ist nicht mehr weit. Hinter der Biegung liegt der Eingang zur Höhle. Feldwebel Kaunas erwartet Sie schon!«

Abdul führte die Gruppe weiter, während die beiden Posten zurückblieben.

Es dauerte nur noch wenige Minuten, bis sie den Eingang der Höhle erreichten.

»Folgen Sie mir einfach!« forderte Abdul an Kurt gewandt. »Ich weiß, daß es ziemlich dunkel hier ist, aber jede Form von Beleuchtung könnte den Feind auf uns aufmerksam machen!«

»Schon klar«, knurrte Kurt.

Er tastete sich an der Felswand entlang. Der Eingang der Höhle war verhältnismäßig schmal. Der Gang machte nach wenigen Metern eine Biegung. Der flackernde Schein eines Lagerfeuers erhellte den gewölbeartigen Raum, in dem Kaunas und seine Rekruten kampierten. Schatten tanzten an der Wand. Das Gemurmel unter den Männern erstarb.

Kurt Buck blieb stehen.

Einer der Männer am Feuer erhob sich. Es war niemand anders als Jannis Kaunas.

Der Balte nahm Haltung an und salutierte.

Schließlich war Kurt Buck als Fähnrich inzwischen an dem Feldwebel in der Hierarchie der Garde vorbeigezogen.

»Lassen Sie den Unsinn, Feldwebel Kaunas«, sagte Kurt.

»Sie sind der Ranghöhere«, erinnerte ihn Kaunas.

»Wie auch immer. Ich freue mich, Sie wohlbehalten hier anzutreffen.«

Kaunas' Körperhaltung entspannte sich. Er nickte. »Wir sind in einer schlimmen Lage. Vor allem, weil wir keinen Kontakt zur

Außenwelt haben. Die einzigen beiden Hyperfunksender sind zerstört. Aber ich nehme an, daß Abdul und Gary Ihnen das bereits berichtet haben.«

Kurt nickte.

»Das haben sie. Und wir haben auch gesehen, was die Tel-Angreifer aus dem Vorposten gemacht haben.«

Kaunas Gesicht wurde düster.

Er ballte unwillkürlich die Hände zu Fäusten. »Es hat viele Tote dort gegeben. Außerdem dürften eine Reihe unserer Leute in Gefangenschaft sein. Unser Trupp hatte einfach Glück, gerade nicht am Ort des Geschehens zu sein, denn ich glaube kaum, daß wir etwas gegen die Waffen des Doppelkugelraumers hätten ausrichten können.« Kaunas schluckte. Er nahm im nächsten Moment jedoch wieder Haltung an und deutete auf einen Mann, der sich inzwischen auch erhoben hatte.

»Ich habe die Ehre, Ihnen Roy Vegas vorzustellen, den Kommandanten der SPECTRAL.«

Jetzt war es Kurt Buck, der salutierte.

Roy Vegas, der erste Mann auf dem Mars.

Für Kurt Buck war Vegas eine lebende Legende.

»Es freut mich sehr, Sie kennenzulernen«, sagte Kurt etwas steif.

Vegas lächelte nachsichtig.

»Die Freude liegt ganz auf meiner Seite, auch wenn die Umstände nicht gerade günstig sind. Ich habe schon eine Menge von Ihnen gehört, Fähnrich Buck. Sie sind der entscheidende Kopf hinter der Entwicklung der TIME JUMPER ZERO.«

»Nun, ich…«

»Seien Sie nicht zu bescheiden, Buck.«

»Jedenfalls sind Sie zweifellos der ranghöchste anwesende Offizier, Kommandant Vegas. Also hätten Sie auch Anspruch auf das Kommando.«

Vegas zuckte die Achseln und machte eine wegwerfende Handbewegung. »Ich bin Raumfahrer und habe darüber hinaus einige Zeit als Gefangener einer künstlichen Intelligenz zugebracht, die in mir einen willkommenen Gesellschafter sah. Alles, womit ich mich auskenne, sind Rechner. Aber Situationen wie die, in der wir uns gerade befinden, können Sie mit Sicherheit viel besser meistern, Fähnrich Buck.«

»Aber...«

»Kein aber. Ich verzichte auf das Kommando. Sagen Sie uns, was wir machen sollen, um aus diesem Schlamassel wieder herauszukommen.«

Kurt nickte schließlich.

»Wenn Sie meinen.«

Eine kurze Pause entstand. Jannis Kaunas nutzte sie dazu, um wieder zu Wort zu kommen und das Gespräch auf das Wesentliche zu lenken. »Wenn die HAMBURG in fünf Tagen kein Signal durch den inzwischen zerstörten Hyperfunksender des Vorpostens empfängt, wird sie im Boulanger-System auftauchen und direkt in ihr Verderben fliegen«, stellte der Feldwebel fest. »Der Tel-Raumer ist der HAMBURG ohne Zweifel an Kampfkraft weit überlegen. Ich habe mir schon das Hirn zermartert, aber bislang habe ich keine Möglichkeit gefunden, wie wir Major Elizondo und seine Leute warnen können.« Der Feldwebel atmete schwer und warf Kurt Buck einen bitteren Blick zu. »Ein Hyperfunksender läßt sich leider nicht so leicht zusammenbasteln wie eine Bombe, die Roboter zu zerstören vermag!« fügte er schließlich noch hinzu. »Das zweite Problem, um das wir uns kümmern müssen, sind die Gefangenen, die die Tel gemacht haben.«

»Haben Sie irgendeine Ahnung, was die Tel überhaupt hier suchen?«

»Ich nehme an, daß sie von den Tofiritvorkommen auf Eldorado gehört haben. So etwas weckt natürlich die Gier.«

»Aber würde das Telin-Imperium deswegen einen Konflikt mit Terra riskieren?« fragte Wladimir.

Kaunas schüttelte den Kopf. »Es sind wahrscheinlich keine regulären Truppen des Imperiums. Soweit unsere Leite das herausfinden konnten, trägt der Doppelkugelraumer, von dem der Angriff ausging, keinerlei offizielle Kennung der Tel-Flotte.«

»Das kann natürlich auch Tarnung sein«, warf Wladimir ein. »Eine verdeckte Operation oder dergleichen.«

»Ich glaube eher, daß wir es mit Abtrünnigen zu tun haben. Irgendeine Rebellenorganisation, die auf eigene Faust handelt.«

Das Telin-Imperium mit seiner Zentralwelt Cromar umfaßte nominell mehr als zehntausend besiedelte Planeten. Die humanoiden und äußerlich den Menschen zum Verwechseln ähnlichen Tel hatten die Mysterioustechnologie schon ein paar Jahrhunderte früher als die Menschheit von Terra entdeckt. So hatten sie ein weitverzweigtes Netz von Kolonien schaffen können. Aber gerade in den Randbezirken des Reiches stand die Herrschaft Cromars mehr oder minder nur auf der Datenfolie. Ein dermaßen ausgedehnter Machtbereich ließ sich einfach nicht bis ins letzte kontrollieren und von einer einzigen Zentralwelt aus lenken.

»Es gibt Dutzende von Autonomiebewegungen in den Kolonien«, erläuterte Kaunas. »Allerdings berichten unsere Medien kaum darüber. Man muß sich schon bemühen, die entsprechenden Berichte aus dem Datennetz zu fischen, wenn man sich dafür interessiert.«

»Was unser nächstes Vorgehen angeht, ändert sich durch die Frage, ob es sich um Renegaten oder reguläre Tel-Verbände handelt, erst einmal nichts«, stellte Kurt fest. Er sah Kaunas ins Gesicht. »Ich nehme an, Gary Keogh und Abdul El-Zia waren nicht die einzigen Posten, die Sie in der Umgebung verteilt haben.« Kurt ließ den Blick durch die Höhle schweifen. Seiner Schätzung nach waren von den etwa vierzig Mann in Kaunas' Truppe etwa die Hälfte nicht in der Höhle.

»Richtig«, sagte Kaunas.

»Ich schlage vor, Sie holen als erstes alle Männer zurück. Natürlich bis auf ein paar Posten in unmittelbarer Nähe des Höhleneingangs, die verhindern sollen, daß uns hier unliebsamer Besuch überrascht.«

»Wir sind auf Boten angewiesen«, erinnerte Kaunas. »Jegliche Form von Funkkontakt wäre unser Ende! Also wird es ein paar Stunden dauern, bis alle hier sind.«

»Dann schicken Sie die Boten jetzt los. Wir brauchen nämlich an den kommenden drei Tagen jeden Mann.«

Roy Vegas hob die Augenbrauen.

»Heißt das, Sie haben einen Plan?« fragte der Kommandant der SPECTRAL.

Kurt zuckte die Achseln.

»Plan ist ein bißchen übertrieben. Eine vage Idee würde ich eher sagen. Aber mit Ihrer beider Hilfe wird sicher noch ein richtiger Plan daraus!«

In den nächsten Stunden trafen nach und nach die von Kaunas ausgesandten Gardisten in der Höhle ein.

In dieser Zeit wurde intensiv über das weitere Vorgehen beraten.

Kurt Buck wandte sich an Roy Vegas. »Wissen Sie, wo sich die Gefangenen befinden?«

»Soweit wir wissen, im Doppelkugelraumer.«

Kurt nickte leicht. Sein Blick wurde nachdenklich. Er kratzte sich im Nacken. »Genau dort befindet sich auch der einzige Hyperfunksender im gesamten Boulanger-System.«

»Und wie sollen wir an den herankommen?« fragte Kaunas. »Auf dem Landweg halte ich das für unmöglich.«

»Aber durch die Luft könnte es klappen. Ich werde zusammen mit Tom White Feather die TIME JUMPER ZERO hierherholen. Es wäre natürlich wichtig, daß die Tel vorher abgelenkt und auseinandergezogen werden.«

»Dafür wären meine Leute prädestiniert«, sage Kaunas entschlossen. »Schließlich verfügen wir über Multikarabiner und gepanzerte Anzüge, während Ihre Leute ja nur mit Paralysatoren ausgerüstet sind.«

Kurt nickte. »Ganz meine Meinung. Aber vielleicht hätten Sie für meine Einheit ein paar Handgranaten übrig.«

Kaunas grinste. »Die werden wir schon zusammenbekommen.«

»Unser Plan sieht also folgendermaßen aus: Ihre Frischlinge greifen die Tel an. Und zwar noch im Morgengrauen. Meine Leute warten hier in der Höhle, bis ich mit dem Absetzer zurück bin. Dann fliegen wir zum Vorposten und versuchen mit dem Hypersender des Tel-Raumers die HAMBURG zu warnen.«

»Warum fliegen Sie nicht einfach zur HAMBURG?« wollte Kaunas wissen.

»Zum einen wäre die Zeit dafür ziemlich knapp«, entgegnete Kurt. »Zum anderen will ich es keinesfalls auf einen offenen Kampf ankommen lassen, solange die Tel menschliche Gefangene haben, die sie als Geiseln einsetzen können.«

Der Feldwebel sagte nichts mehr, grinste aber breit.

»Wie wollen Sie in den Tel-Raumer hineingelangen?« fragte Roy Vegas.

Kurt zuckte die Achseln. »Ich weiß nicht genau, was die Invasoren dort eigentlich machen. Als wir den Raumer beobachteten, waren mehrere Hangars offen. Sie haben umfangreiches Gerät ausgeladen. Wenn wir Glück haben, können wir einfach in einen der Hangars hineinfliegen. Die Tel werden uns erst im letzten Moment sehen, aber nicht orten können.«

Wladimir nickte heftig.

»Die machten einen sehr selbstsicheren Eindruck. Es sah wirklich nicht danach aus, daß sie noch mit irgendwelchem Widerstand rechnen würden.«

»Und wenn kein Hangar offen ist?« fragte Vegas.

»Dann werden wir improvisieren müssen. Ein Großteil unserer Gegner dürfte zu diesem Zeitpunkt damit beschäftigt sein, Jagd auf Feldwebel Kaunas und seine Leute zu machen.« Kurt atmete tief durch. »Kein Mensch sagt, daß es einfach wird, aber ich sehe eine gute Chance.«

Kaunas grinste.

»Die Chancen stehen meiner Ansicht nach um einiges besser als in Ihrem Übungseinsatz gegen die Roboter!«

Kurt lachte.

Mag er damals auch wie ein Rohrspatz geschimpft haben, der Vorfall scheint Kaunas doch stark beeindruckt zu haben, sonst würde er nicht immer wieder darauf zurückkommen, überlegte der Fähnrich.

»Wir haben drei Tage Zeit, bis die HAMBURG im Boulanger-System auftaucht«, stellte Wladimir fest. »Zwei Tage, um den Absetzer herzubringen und die Tel abzulenken. Den dritten, um die Gefangenen zu befreien und die Warnung abzusetzen. Ein knapper Zeitplan, aber zu schaffen.«

»Ich sehe noch eine weitere Schwierigkeit«, meldete sich Kaunas noch einmal zu Wort. Er wandte sich direkt an Kurt. »Der Hypersender kann sich überall in dem Doppelkugelraumer befinden! Sie werden kaum Zeit haben, ihn zu suchen. Man wird Sie und

Ihre Leute sofort angreifen. Meiner Ansicht nach haben Sie keine Chance, den Hypersender rechtzeitig zu erreichen.«

Kurt lächelte.

»Während des letzten halben Jahres habe ich im Rahmen der Entwicklung der TIME JUMPER ZERO so gut wie nichts anderes gemacht, als die Konstruktionen verschiedenster Raumschifftypen miteinander zu vergleichen, um für den Absetzer das Optimum herauszuholen.«

Kaunas runzelte die Stirn.

»Heißt das, Sie kennen sich auch mit Tel-Raumern aus?«

»Die kenne ich inzwischen besser als die Innenstadt meiner Heimatmetropole Dresden. Glauben Sie mir!«

Noch vor Morgengrauen brach Kaunas mit seinen Leuten auf. Er würde einen weiten Bogen marschieren müssen. Schließlich lag es nicht in seiner Absicht, die Tel auf den Unterschlupf in der Höhle aufmerksam zu machen.

Kurts Männer sowie die wenigen Flüchtlinge aus dem Vorposten und der Besatzung der SPECTRAL sollten zunächst in der Höhle bleiben.

Zur selben Zeit, als Kaunas und seine Truppe sich für den Aufbruch fertigmachten, war auch für Kurt und Tom die Nacht zu Ende.

Vor ihnen lag der Zweitagesmarsch zurück zum Absetzer.

»Lenken Sie die Aktivitäten der Tel, wann immer es möglich ist, Richtung Norden oder Nordosten«, sagte Kurt an den Feldwebel gewandt, der jetzt in voller Kampfmontur vor ihm stand. Das Visier des Kampfhelms, der mit der Zielerfassung des Multikarabiners verbunden war, hatte Kaunas hochgeklappt. Der Anzug war noch deaktiviert.

»Das werden wir schon hinkriegen«, meinte der Balte. »Diese Männer sind zwar noch nicht lange dabei, aber das wirklich Wichtige lernt man ohnehin nur im Einsatz. Außerdem haben sie sich während unseres Überlebenstrainings als äußerst zäh erwiesen. Ich sehe also keinen Grund, warum sie mit ein paar Tel-Rebellen und ihren Robotern nicht fertigwerden sollten!«

»Ich wünsche Ihnen viel Glück, Feldwebel!« sagte Kurt.

»Ich Ihnen ebenso. Wahrscheinlich werden Sie am Ende eine etwas größere Portion davon brauchen, wenn unser Plan wirklich klappen soll!«

Kaunas drehte sich um und gab den Männern den Befehl zum Aufbruch.

»Wir sollten jetzt auch zusehen, daß wir uns auf den Weg machen«, sagte Tom White Feather an Kurt gewandt.

Kurt nickte. Er überprüfte kurz das Energiemagazin seines Paralysators und sah sich die knappen Vorräte an, die er genau wie seine Männer bei sich getragen hatte.

Bei der bisherigen Einteilung hätten diese Vorräte noch für knapp einen Tag gereicht. *Wenn alles wie geplant gelaufen wäre, hätten wir den Hypersender innerhalb dieser Zeit unter Kontrolle gehabt,* überlegte Kurt. Aber diese Gedanken führten zu nichts. Der Angriff der Tel hatte die gesamte Situation auf den Kopf gestellt.

Tom, der seine Vorräte ebenfalls überprüft hatte, schien Kurts Gedanken zu erraten.

»Uns wird ein bißchen der Magen knurren, schätze ich«, meinte er.

»Es gibt Schlimmeres«, erwiderte Kurt.

»Wenn wir auf der Erde wären, wüßte ich, wie wir uns wochenlang ohne Vorräte durchschlagen könnten«, sagte Tom. »Hier auf Eldorado möchte ich allerdings nicht riskieren, daß wir uns durch den Genuß heimischer Pflanzen irgendein Durchfallvirus einhandeln und außer Gefecht gesetzt werden.«

»Davon abgesehen dürften wir zum Beerensammeln auch kaum Zeit haben«, sagte Kurt.

Roy Vegas hatte sich inzwischen von seinem Lagerplatz erhoben. Er trat auf Kurt zu.

»Ich habe eine Bitte an Sie, Fähnrich Buck.«

»Worum geht es?« fragte Kurt.

»Wenn Sie mit Ihrem Absetzer zurück sind und den Doppelkugelraumer anfliegen, dann möchte ich dabei sein.«

Auf Kurts Stirn erschien eine tiefe Furche. »Sie?« fragte er verwirrt.

Roy Vegas lächelte. »Im Vergleich zu Ihnen und Ihren Leuten bin ich ein alter Mann. Für einen Kampfeinsatz bin ich im übrigen auch völlig unzureichend trainiert. Aber keiner von Ihnen dürfte sich mit der Funktionsweise von Tel-Rechnern auskennen.«

»Sie etwa?«

Vegas nickte.

»Ich erfasse die Eigenarten von Rechnerprogrammen auf intuitiver Basis.«

»Ich weiß, daß Sie auf dem Mars in der Gefangenschaft eines uralten Computers waren«, sagte Kurt.

»Ja«, bestätigte Vegas. »Viele Jahre verbrachte ich in der Gefangenschaft des *Einsamen*, wie sich der Rechner selbst titulierte. Eine immer noch unbekannte Spezies hatte diese Maschine auf dem Mars zurückgelassen und sich selbst überlassen. Er brauchte Gesellschaft und benutzte mich für seine Unterhaltung, bis ich schließlich befreit werden konnte. Aber in dieser Zeit war ich so eng mit der künstlichen Intelligenz verbunden wie kein anderes menschliches Wesen zuvor oder danach. Einen Hypersender zu aktivieren dürfte mir nicht allzu schwerfallen. Selbst wenn er von den Tel stammt.«

Kurt überlegte kurz.

Im Rahmen der Entwicklung der TIME JUMPER ZERO hatte sich Kurt Buck zwar intensiv mit der Technologie der Tel auseinandergesetzt. Aber sein Schwerpunkt hatte eindeutig auf ihren Errungenschaften auf dem Gebiet der Hochenergie- und Triebwerkstechnik gelegen.

Jemanden wie Roy Vegas dabeizuhaben konnte von entscheidendem Vorteil sein.

»Okay, Sie sind dabei«, versprach Kurt. »Aber ich muß Sie eindringlich warnen. Dieser Einsatz wird kein Zuckerschlecken.«

»Das habe ich auch nicht erwartet«, gab der ehemalige Kommandant der SPECTRAL zurück.

Wenig später waren Kurt Buck und Tom White Feather abmarschbereit.

Sie verließen die Höhle, noch ehe der Morgenmond am Himmel stand.

Kaunas und seine Männer hatten zunächst die Klamm verlassen und sich dann in nördlicher Richtung durch den Wald geschlagen. Die Vegetation war dicht. Das Unterholz verhinderte ein schnelleres Vordringen.

Mit Hilfe eines Seilzugs überquerten die Gardisten mehrfach den Fluß, der wie der gekrümmte Körper einer sich zusammenziehenden Klapperschlange durch den Urwald mäanderte. Kaunas' Absicht war es, den kürzesten Weg zu nehmen, um dann von Norden her auf den zerstörten Außenposten vordringen zu können.

Die Gardisten legten nur kurze Pausen ein.

Kaunas drängte darauf, daß keine Zeit verlorenging.

Gegen Mittag erreichten sie den Grabenbruch, erklommen dessen Steilhänge und gelangten in die bewaldeten Gebiete, die sich nordwestlich jener Anhöhen erstreckten, die das Tal des Vorpostens wie ein Ring umgaben.

»Einen Vorteil haben wir auf unserer Seite«, meinte Kaunas grimmig. »Wir hatten während der Ausbildung Zeit genug, das Gelände um den Vorposten herum kennenzulernen.«

Zweifellos war eine Annäherung vom Nordwesten her am vielversprechendsten. Vor allen Dingen gab es immer die Möglichkeit eines schnellen Rückzugs in die unübersichtlichen Waldgebiete, an die sich noch weiter nördlich schroffe Felsmassive anschlossen.

Ein Gebiet, das weit genug von der Höhle entfernt war und hervorragende Rückzugsmöglichkeiten bot.

Schließlich erreichte die Gruppe den Waldrand.

Kaunas ließ seine Leute ausschwärmen und in Stellung gehen. Die Multikarabiner wurden mit Explosionsgeschossen geladen.

Auf einem der Hügel, die das Tal des Vorpostens umgaben, waren mehrere Gleiter der Tel gelandet.

Roboter bewegten sich auf der Hügelkuppe und schwärmten von dort aus sternförmig aus.

Zahlreiche Bewaffnete patrouillierten auf und ab.

Kaunas wandte sich an Jay Rajav Singh, einen indischstämmigen Rekruten, der davon träumte, bei der Garde im neu eingerichteten Studiengang Datenübertragungstechnik promovieren zu können.

Bis es soweit war, lag noch ein weiter Weg vor ihm, dessen erste Etappen er allerdings mit Bravour genommen hatte.

»Was glauben Sie, was die da machen, Singh?« fragte er.

Jay wandte den Kopf in Richtung seines Kommandanten.

Das Visier seines Kampfhelms hatte er hochgeklappt.

So wie alle anderen Gardisten auch. Die Kampfanzüge und die Helme würden erst aktiviert werden, wenn der Angriff unmittelbar bevorstand. Andernfalls waren die Energieabstrahlungen vielleicht anmeßbar und die Möglichkeit eines Überraschungsangriffs wäre dahin.

»Sir, den geologischen Daten nach, die in dem Datenmaterial über Eldorado standen, das wir durchgearbeitet haben, werden genau dort Tofiritvorkommen vermutet.«

Kaunas grinste.

»Immerhin haben Sie dieses Material wenigstens gelesen, Singh!«

»Dazu hatten wir doch den Befehl!«

»Ich möchte lieber nicht wissen, wie viele aus unserem Zug diesen Befehl auch tatsächlich befolgt haben. Aber Sie sehen, daß es tatsächlich auf jede Kleinigkeit ankommen kann.«

Jay deutete hinüber zu den Tel.

»Wir haben es also mit gewöhnlichen Tofiriträubern zu tun.«

»Tofiriträuber ja. Das steht fest. Ob gewöhnlich, weiß ich nicht. Aber das werden wir noch herauskriegen. Auf jeden Fall sind diese Leute gottverdammte Killer! Sie haben den Vorposten rücksichtslos zerstört und die Besatzung größtenteils getötet. Und dafür werden sie bezahlen.«

»Da bin ich Ihrer Meinung, Sir«, sagte Jay.

»Wir werden uns als erstes die Gleiter vornehmen. Sonst jagen sie uns nach dem ersten Schuß wie die Hasen. Ein paar von uns müssen noch etwas näher heran. Ich nehme an, daß sich auch hinter der Hügelkuppe noch Gleiter befinden, die wir so nicht erreichen können.«

Das Gelände zwischen Waldrand und Hügel war nur mit vereinzelten Büschen bewachsen, hier und da gab es auch Felsblöcke und große Findlinge, die Deckung bieten konnten.

»Caine, El-Zia und Singh, Sie kommen mit mir. Wir müssen

versuchen, in eine Position zu gelangen, von der aus wir auf Gleiter und Kampfroboter feuern können, die sich auf der anderen Seite der Kuppe befinden. Keogh?«

»Ja, Sir?« meldete sich der Rothaarige.

»Sie führen während meiner Abwesenheit das Kommando.«

»Jawohl, Sir.«

»Sobald wir das Feuer eröffnen, tun Sie und der Rest des Zuges es auch. Ziele sind in erster Linie Gleiter und Kampfroboter. Es geht darum, in den ersten Sekunden des Gefechts den Großteil davon zu zerstören oder unbrauchbar zu machen. Verstanden?«

»Ja, Sir«, bestätigte Gary Keogh.

»Für unsere Rückkehr brauchen wir euren Feuerschutz, sonst haben wir keine Chance.«

»Schon klar, Sir.«

»Nachdem wir zurück sind, ist schneller Rückzug in den Wald angesagt. Wir haben keineswegs vor, uns von der Übermacht der Tel aufreiben zu lassen. Wenn es nach Plan läuft, dann folgen sie uns, und wir können einen Großteil ihrer Einsatzkräfte über längere Zeit hinweg binden.«

Andy Caine, ein Gardist schottischer Abstammung, den Kaunas für den riskanten Vorstoß ausgesucht hatte, klappte das Helmvisier herunter.

»Den Anzug aktivieren wir erst im allerletzten Moment«, wies Kaunas ihn an. »Los, folgt mir!«

Der Feldwebel lief in geduckter Haltung voran, nahm Deckung hinter einem Gebüsch.

Die Rekruten Andy Caine, Abdul El-Zia und Jay Rajav Singh folgten ihm.

Vorsichtig tasteten sie sich weiter vorwärts und hielten dabei stets ihre Gegner im Auge.

Die Tel waren gut bewaffnet. Sie trugen schwere Blaster bei sich, waren aber nicht sonderlich aufmerksam. Für die bewaffneten Kampfroboter galt dies natürlich nicht. Ihre Optiken waren unbestechlich. Wie glühende Augen wirkten die entsprechenden Sensoren, deren Anordnung entfernt an ein humanoides Gesicht erinnerte.

Kaunas führte seine Männer in einem Bogen an den Hügel

heran. Sie umrundeten die Anhöhe, arbeiteten sich dabei von Busch zu Busch, von Felsbrocken zu Felsbrocken vor. Wenn sie entdeckt wurden, endete der Plan mit einem Desaster. Niemandem war das so klar wie Jannis Kaunas.

Nur wenn auf einen Schlag wenigstens der Hauptteil der gegnerischen Gleiter und Roboter ausgeschaltet wurden, hatten sie eine Chance.

Kaunas ging voran. Er bewegte sich mit katzenhafter Geschmeidigkeit. Daran änderte auch der schwere Kampfanzug nichts. Kaum ein Laut war zu hören, wenn er vorwärtsstieß.

Der Balte führte seine Männer schließlich zum Nachbarhügel. Dort gab es gute Deckungsmöglichkeiten.

Die Tel hatten sich nicht die Mühe gemacht, ihn mit Posten zu besetzen.

Warum auch?

Sie rechneten nicht mehr mit ernsthaftem Widerstand.

Kaunas und seine Männer gingen auf der Hügelkuppe in Stellung.

»Habe ich es doch geahnt!« murmelte der Feldwebel.

Fünf Gleiter waren am Fuß des Hügels abgestellt worden, unter dem die Tel offenbar ein leicht abbaubares Tofiritvorkommen vermuteten.

Vier Kampfgleiter und eine große Transporteinheit.

Ein Tel in grauer Kombination erteilte lautstark Anweisungen.

Mit Blastern bewaffnete Kampfroboter patrouillierten auf und ab.

»In die geöffneten Schotts der Gleiter hineinhalten!« wies Kaunas seine Männer an.

»Das gibt ein schönes Feuerwerk, Sir!« meinte Abdul.

Kaunas nickte grimmig.

Er klappte sein Helmvisier herunter und aktivierte den Kampfanzug.

Er legte den mit Explosivgeschossen geladenen Multikarabiner an und zielte auf das offene Schott eines Kampfgleiters.

Eine Sekunde verstrich.

Kaunas feuerte.

Das Explosivgeschoß traf genau.

Seine Wucht riß einem der Telroboter den Kopf vom Rumpf. Einen Sekundenbruchteil später verwandelte sich der Gleiter in eine Explosionshölle.

Abdul, Andy und Jay feuerten ihre Multikarabiner nur Sekundenbruchteile später ab. Außerdem wurde jetzt auch vom Waldrand aus geschossen. Innerhalb weniger Augenblicke explodierte ein Gleiter nach dem anderen. Mörderische Druck- und Hitzewellen jagten aus den geöffneten Schotts der getroffenen Gleiter heraus und erfaßten sowohl die Roboter als auch die Tel.

Wie Puppen wurden einige von ihnen durch die Luft geschleudert. Die Detonationen verursachten einen ohrenbetäubenden Lärm.

Innerhalb kürzester Zeit waren nur noch zwei Gleiter funktionsfähig.

Ihre Schotts waren geschlossen gewesen. Einer von ihnen startete.

Er flog einen Bogen.

Der zweite aktivierte gerade die Antigravaggregate.

»El-Zia! Einen Schneidbrenner!« rief Kaunas. Über Helmfunk bekam Abdul El-Zia diese Worte in die Ohren gedröhnt.

Er verstand sofort.

Abdul schaltete den Multikarabiner auf konzentriertes Blasterfeuer um.

Ein äußerst energiereicher Strahl traf den gerade startenden Gleiter am Heck. Die Panzerung der Außenhülle war jedoch sehr hartnäckig. Der Gleiter erhob sich, während Abdul ihn mit seiner Zielerfassung verfolgte und ein handgroßes Loch in die Außenhülle brannte.

Jannis Kaunas zielte ebenfalls.

Er feuerte ein Explosionsgeschoß durch die entstandene Öffnung.

Der Gleiter explodierte.

Die Sichtscheiben platzten aus ihren Halterungen heraus. Der Gleiter trudelte zu Boden und begrub einige Tel und ihre Kampfroboter unter sich. Schreie gellten durch den Explosionslärm.

Jener Gleiter, der sich bereits in der Luft befand, flog zunächst in Richtung des Doppelkugelraumers, der noch immer seinen Platz neben dem Wrack der SPECTRAL auf dem Landefeld des zerstörten Vorpostens innehatte.

Inzwischen hatten die Gardisten das Feuer auf die Roboter eröffnet. Sie wurden mit Blasterstrahlen beschossen. Die Trefferquote war hoch. Die Gardisten schalteten eine Kampfmaschine nach der anderen aus.

Hier und da starb auch ein Tel unter dem konzentrierten Strahlenbeschuß von Kaunas' Leuten.

Diejenigen, die überlebt hatten, gingen in Deckung.

Von den Robotern schaffte es kaum ein halbes Dutzend, diesen Angriff funktionstüchtig zu überstehen. Für die Tel bedeutete dies eine nachhaltige Schwächung.

Inzwischen kam der Gleiter wieder heran.

Eine schimmernde Aura umgab ihn.

Offenbar war sein Schutzschirm aktiviert.

Im Tiefflug jagte er näher.

Punktgenau zischten die Blasterstrahlen aus den seitlich angebrachten, schwenkbaren Geschützbatterien heraus. Der Boden wurde buchstäblich versengt. Sträucher und Gras fingen Feuer, ein verbrannter Geruch hing in der Luft.

Ohne einen gepanzerten Schutzanzug, wie die Soldaten der schwarzen Garde ihn besaßen, konnte man einen derartigen Angriff selbst dann nicht überleben, wenn der Blasterstrahl einen gar nicht getroffen hatte.

Keiner der Rekruten, mit denen Jannis Kaunas sich so weit vorgewagt hatte, war dumm genug, mit Blasterfeuer zu antworten.

Das war reine Energieverschwendung.

Der Schutzschirm absorbierte den Großteil des Blasterstrahls, und die Magazine waren dann im Nu entleert.

Der Gleiter wandte sich nun dem Waldrand zu, nahm die dort in Stellung gegangenen Gardisten unter Feuer. Wie Blitze zuckten die Energiestrahlen in rascher Folge durch die Luft.

Mächtige Bäume wurden innerhalb kürzester Zeit zu kahlen, rindenlosen Pfählen aus Holzkohle.

Teilweise knickten sie um. Baumkronen fingen Feuer. Die Flammen loderten kurz auf, ehe sie wieder erstickten, weil sie keine Nahrung mehr fanden.

Zu schnell hatte das Feuer der Blasterbatterien alles versengt.

Kaunas hörte die Todesschreie seiner Männer herübergellen.

Grimmig umfaßte er den Multikarabiner.

Er mußte den Kopf einziehen, denn vom anderen Hügel aus wurde der Stoßtrupp jetzt massiv unter Feuer genommen.

Die verbliebenen Kampfroboter sowie die bewaffneten Tel schossen buchstäblich aus allen Rohren. Ein wahrer Hagel an Blasterfeuer und Explosionsgeschossen prasselte in Richtung von Kaunas und seinen drei Begleitern.

Der Balte hörte Andy Caines Todesschrei über Helmfunk.

Ein Blasterstrahl hatte ihn voll erfaßt, als er in Stellung gehen wollte, um das Feuer zu erwidern. Wie eine Nadel durchdrang dieser Strahl die Panzerung. Er sank schwer zu Boden, den Multikarabiner hielt er dabei umklammert. Regungslos blieb Andy Caine liegen.

Abdul El-Zia, Jay Rajav Singh und Kaunas verteidigten sich, so gut es ging.

Sie erwiderten das Feuer.

Einen der Roboter brachte Kaunas höchstpersönlich mit einem Kopftreffer seines in den Blastermodus geschalteten Multikarabiners zur Strecke.

Bei einem weiteren gelang Abdul El-Zia dasselbe Kunststück.

Jay robbte inzwischen zu Andy Caine hinüber.

»Für Andy können wir nichts mehr tun!« meldete er über Helmfunk, nahm dem Toten die Waffe ab und hängte sie sich auf den Rücken.

Der Kampfgleiter kehrte inzwischen zurück, kam erneut im Tiefflug heran.

Kaunas wußte, daß die Besatzung sie abknallen würde wie Hasen. Gegen Angriffe aus der Luft gab es auf Hügelkuppen kaum eine Verteidigung.

»Zielen Sie auf die Koordinaten, die ich Ihnen übermittle!« rief er. »Mit Explosivmunition!«

Die Zielkoordinaten wurden mit einem einfachen Eingabebefehl an die Anzeigen in den Helmvisieren der anderen beiden Gardisten weitergegeben.

Die markierte Stelle war hinten am Heck.

Ein Feldprojektor, der durch das Antigravaggregat gespeist wurde.

Zwei Explosivgeschosse wurden punktgenau abgefeuert.

Lediglich Abdul schoß mit Blasterstrahlen. Sein Vorrat an Explosivmunition war aufgebraucht.

Sein Blasterschuß sorgte für eine kurzzeitige Schwächung des Energieschirms. Die Explosion, die Sekundenbruchteile später erfolgte, konnte den Schirm als Ganzes nicht zerstören, drückte ihn jedoch so zusammen, daß der Feldprojektor in Mitleidenschaft gezogen wurde. Der Gleiter trudelte. Ein konzentrierter Strahltreffer in der Nähe des Triebwerks gab ihm den Rest. Das Gefährt knallte zu Boden.

Im nächsten Moment explodierte es.

Fünf Mann hatten die am Waldrand in Stellung gegangenen Gardisten verloren.

Gary Keogh sah erstaunt zu, wie der Kampfgleiter der Tel als brennendes Wrack auf den Boden schlug.

»Teufel, Kaunas kann jedem von uns noch etwas vormachen!« staunte der Rothaarige.

Er hatte den Helmfunk eingeschaltet, so daß alle mithören konnten.

Auch Kaunas.

»Ziehen Sie sich in den Wald zurück«, befahl der Feldwebel. »In Kürze dürften die Tel sich gefangen haben und mit weiteren Kampfgleitern auf die Jagd nach uns gehen!«

»Kommt nicht in Frage, Feldwebel Kaunas!« erwiderte Gary Keogh.

»Sie haben sich einen schlechten Moment für eine Meuterei ausgesucht, Rekrut Keogh. Also tun Sie, was ich sage.«

»Und was wird aus Ihnen, Sir?«

»Wir kommen schon durch, Keogh.«

»Wir geben Ihnen Feuerschutz, bis Sie hier sind!«

Vom gegenüberliegenden Hügel her war kaum noch Beschuß zu vermelden. Die Kampfroboter mußten sämtlich ausgeschaltet worden sein. Der konzentrierte und äußerst gezielte Beschuß sowohl vom Waldrand aus als auch durch den Stoßtrupp hatte offenbar dafür gesorgt, daß sich die letzten überlebenden Tel ruhig verhielten und in ihrer Deckung auf Verstärkung warteten.

Verstärkung, die zweifellos bald eintreffen würde.

Anders waren die Aktivitäten nicht zu deuten, die Kaunas und seine Begleiter rund um den zerstörten Vorposten ausmachen konnten. Bewaffnete Tel stiegen an Bord mehrerer Kampfgleiter.

Roboter wurden den einzelnen Maschinen zugeteilt.

Ein halbes Dutzend größerer Mannschaftsschweber stand den Tel zur Verfügung.

Die Jagd beginnt, dachte Jannis Kaunas. *Genau so, wie es sein sollte.*

»Sehen wir zu, daß wir auf den Heimweg kommen!« wandte er sich über Helmfunk sowohl an Abdul und Jay als auch an die Männer, die es sich nicht nehmen ließen, am Waldrand auszuharren.

Kaunas erhob sich, schlich in geduckter Haltung davon.

Vom gegenüberliegenden Hügel erfolgte vereinzelter Beschuß mit Blasterfeuer.

Der Strahl ging dicht über den Feldwebel hinweg, versengte auf der Kuppe eines weiteren Hügels einen einsamen Baum. Kaunas hatte nichts abbekommen.

Er robbte über den Boden.

Abdul und Jay folgten seinem Beispiel.

Schließlich erreichten sie hinter einem Felsbrocken eine sichere Deckung.

Blasterfeuer zischte an ihnen vorbei. Ein Explosionsgeschoß wurde abgefeuert.

»Wir sollten uns beeilen, Männer«, wandte sich Kaunas an seine beiden Begleiter. »Oder hat einer von Ihnen Lust, hier zu warten, bis die Tel ihre Verstärkung herangeführt haben?«

Eine Antwort darauf war überflüssig.

Die Männer hetzten hinter die nächste Deckung, verbargen sich dann hinter Büschen.

Kaunas führte sie auf demselben Weg zurück, auf dem sie hergefunden hatten. Das letzte Stück war ziemlich heikel. Kaunas, Abdul und Jay rannten über einige Dutzend Meter freies, ungeschütztes Gelände, während über den Hügelkuppen bereits die Gleiter der Tel auftauchten.

Sie feuerten auf die drei Männer, die dem Wald entgegenrannten.

»Versucht den Feldprojektor des Antigravaggregats zu treffen!« drang Gary Keoghs Stimme durch die Helmlautsprecher der Gardisten. »Das ist die empfindliche Stelle dieser Dinger!«

Aber diesmal hatten die Gardisten mit dieser Strategie weniger Glück.

Sie feuerten zwar aus allen Rohren, konnten aber den entscheidenden Treffer nicht landen.

Die Gleiter hingegen vermochten die geballte Feuerkraft ihrer Blasterbatterien einzusetzen.

»Rückzug in den Wald!« befahl Kaunas über Helmfunk. »Verteilt euch, bildet Gruppen von höchstens drei Mann. Und deaktiviert eure Anzüge, sobald ihr weit genug im Wald seid.«

Die Gardisten flohen in das dichte Unterholz des Waldes, während mehrere Gleiter über den Baumwipfeln kreisten.

Die Soldaten befolgten Kaunas' Befehle und verteilten sich in kleinen Gruppen. Auf diese Weise wurde es dem Gegner erschwert, sie mit einem massiven Schlag entscheidend zu treffen.

Immer wieder kam es zu Strahlschüssen der Blasterbatterien.

Die Tel-Besatzungen waren offenbar so gut wie gar nicht darin geübt, schwache Energiesignaturen aufzuspüren, etwa die elektromagnetischen Emissionen, die von den Energiemagazinen der Multikarabiner ausgingen.

Jeder durchschnittliche Gardist ist ihnen darin haushoch überlegen, ging es Kaunas grimmig durch den Kopf. *Um so besser für uns.*

Zusammen mit Abdul und Jay bildete der Feldwebel eine Gruppe.

Im Gegensatz zu den anderen Gardisten schien Kaunas keine besondere Eile damit zu haben, im Wald unterzutauchen.

Immer wieder drehte er sich um und blickte zurück, um nach eventuellen Aktivitäten des Feindes Ausschau zu halten.

Wieder schnellte ein Gleiter im Tiefflug dicht über die Baumwipfel hinweg. Da diese selbst in der Randzone des Waldes oft genug über zwanzig Meter hoch waren, konnten die Energiesignaturen der Waffen selbst von Könnern nicht zuverlässig aufgezeichnet werden.

»Ich wette, daß sie uns bald eine Kolonne Roboter auf den Hals hetzen werden!« prophezeite Kaunas.

»Wieso?« fragte Abdul.

Der Feldwebel verzog das Gesicht und bleckte dabei grimmig die Zähne. Wie ein Raubtier wirkte er.

»Weil die Tel bald darauf kommen werden, daß sie mit ihren Gleitern hier nicht viel anfangen können, zumal wir uns in kleine Gruppen aufgeteilt haben!« erwiderte der Balte.

Wieder feuerte einer der Gleiter seine Blasterbatterien ab. Die Strahlen zuckten durch das dichte Blätterdach der Bäume hindurch. Geäst und Blätterwerk gerieten in Flammen, die jedoch schnell wieder verloschen.

Die Strahlschüsse versengten den Boden. Ein unangenehmer, Brandgeruch verbreitete sich. Tiere stoben zu Dutzenden aus ihren Verstecken auf. Kaunas bemerkte einen Riesenfalter, dessen Flügel durch die Thermoabstrahlung in Brand geraten waren. Er flatterte verzweifelt und trudelte zu Boden.

Aus einem der Büsche zuckte ein Strahl empor und traf den Gleiter an dem unten angebrachten Feldprojektor des Antigravfeldes.

Ein Volltreffer.

»Ein Meisterschuß!« gab Kaunas anerkennend durch den Helmfunk. »Wer hat den abgegeben?«

»Hier Rekrut Ron Dales. Das war ich, Sir!«

»Sie scheinen ja doch etwas gelernt zu haben, Dales!«

Der Gleiter sackte augenblicklich in die Tiefe, brach durch die Baumkronen hindurch. Äste knackten. Baumstämme wurden zur Seite gedrückt und brachen. Wie überdimensionale Totschläger sensten sie durch den Wald.

Der Gleiter landete hart.

Das Außenschott öffnete sich.

Mehrere Kampfroboter der Tel sprangen heraus. Die Bewegungen ihrer Körper waren erstaunlich behende und federnd. Sie feuerten unablässig mit ihren Blastern um sich. Mehrere Tel folgten ihnen. Die Roboter gaben ihnen Feuerschutz, so daß sie ins Freie gelangen konnten.

Abdul tauchte aus der Deckung hervor, die er hinter einem dikken Baumstamm gefunden hatte.

Er zielte kurz und feuerte den Multikarabiner ab. Der Gardist hatte das offenstehende Schott des abgestürzten Gleiters ins Visier genommen. Mit einem zischenden Geräusch schlug ein Explosivgeschoß dort ein. Im nächsten Moment ertönte ein ohrenbetäubendes Detonationsgeräusch. Mehrere der Telroboter wurden durch die Luft gewirbelt.

Aber es wurde auch zurückgefeuert.

Ein wahrer Hagel an Strahlenschüssen zischte in Abduls Richtung.

In der Nähe schlug ein Explosivgeschoß ein.

Abdul warf sich zu Boden. Die Erde unter ihm zitterte. Dreck und in die Höhe gesprengtes Wurzelwerk regneten auf ihm ab. Ein knarrendes Geräusch ertönte. Einer der riesigen Bäume fiel zu Boden und riß einen weiteren mit sich.

»Alles klar, El-Zia?« hörte er die Stimme seines Feldwebels über den Helmfunk.

»Ja, Sir!«

»Wir müssen hier weg. Die werden noch weitere Kräfte hierher bringen, und dann wird es kritisch!«

Kaunas und Jay Rajav Singh hatten sich ebenfalls zu Boden geworfen.

Die Roboter der Tel durchkämmten das Unterholz.

Wahllos sengten sie mit ihren Blastern rechts und links in die Vegetation hinein.

Ein unterdrückter Schrei gellte.

Einen der Gardisten hatte es offenbar erwischt.

Kaunas hatte den Verdacht, daß es Dales war.

Die Richtung stimmte in etwa.

Der Feldwebel hörte die Schritte der Roboter, die knackenden Äste unter ihren Füßen und das Zischen der Energiestrahler.

Eine Stimme rief ein paar Worte in der Sprache der Tel.

»Sie wollen keinen von uns am Leben lassen!« gab Jay Rajav Singh über Helmfunk durch.

»Woher wissen Sie das, Jay? Soweit ich mich erinnere, gehört ein Translatormodul nicht zu unserer Ausrüstung«, gab Kaunas zurück. Wozu auch? Es hatte niemand damit gerechnet, daß man es brauchen könnte.

»Ich hatte mich für ein Studium extraterrestrischer Sprachen eingeschrieben, bevor ich zur Garde ging«, erklärte Jay. »Ein Grundkurs in Tel gehörte zum Pflichtprogramm...«

Weitere Worte wurden unter den Tel gewechselt.

Die Gardisten kauerten derweil in ihrer jeweiligen Deckung und warteten darauf, die Feinde aus dem dichten Unterholz auftauchen zu sehen.

»Eine weitere Robotereinheit wird gerade am Waldrand abgesetzt«, berichtete Jay. »Zumindest geht das aus dem hervor, was die Tel sagen.«

»Dann sind sie jetzt offenbar etwas vorsichtiger im Einsatz ihrer Kampfgleiter«, murmelte Kaunas grimmig.

Dazu hatten die Tel auch allen Grund.

Schließlich war bereits ein beträchtlicher Teil ihrer Gleiterflotte zerstört.

Weitere Verluste konnten sie sich in dieser Hinsicht nicht leisten, wenn sie ihren illegalen Tofiritabbau gegen Angriffe der Gardisten schützen wollten.

Einer der Kampfroboter tauchte ganz in der Nähe von Kaunas auf.

Der Feldwebel hatte sich hinter einen knorrigen Baum verschanzt.

Er sprang vor, den Multikarabiner im Anschlag.

Seine Reaktion war schneller als die der Maschine, die ihm gegenüberstand.

Ein Strahlschuß erfaßte den Roboter und brannte ihm ein Loch genau dorthin, wo sich seine zentrale Recheneinheit befand.

In den Oberkörper.

Das Glühen in den künstlichen Augen des Roboters verschwand.

Er fiel vornüber und ging scheppernd zu Boden.

Sein Fuß bewegte sich fortwährend.

Ansonsten war er außer Gefecht.

Einen weiteren Roboter erwischte Kaunas im nächsten Moment.

Ein Schrei zu seiner Linken ließ Kaunas zur Seite blicken.

Abdul El-Zia war vom Strahl eines Blasters getroffen worden. Er wurde zurückgeschleudert. Der Strahl bohrte sich durch seine Panzerung. Aber das geschah so langsam, daß er noch zurückfeuern konnte, ehe er starb.

Sein Gegner war ein Tel.

Abduls Strahlschuß traf ihn mitten in die Brust.

Getroffen sank der Tel zu Boden. Sein Körper schlug mit einem dumpfen Geräusch auf dem Waldboden auf.

Wut erfaßte Kaunas.

Abdul war ein sehr guter Mann gewesen.

Ein Gardist ganz nach dem Geschmack des Feldwebels.

Kaunas hatte bereits eine große Zukunft für ihn in der Garde gesehen. Ein Weg, wie ihn jüngst Kurt Buck beschritten hatte, schien auch für den begabten Araber geradezu vorgezeichnet gewesen zu sein.

Aber das alles hatte ein einziger Blasterschuß jetzt beendet.

Für immer.

Kaunas nahm aus den Augenwinkeln heraus eine Bewegung wahr. Für einen kurzen Moment war er unaufmerksam gewesen. Das rächte sich jetzt.

Ein Telroboter tauchte von hinten aus dem Unterholz auf. Er gehörte offensichtlich zu jener Gruppe, die vor wenigen Augenblikken am Waldrand abgesetzt worden war.

Kaunas faßte den Multikarabiner mit beiden Händen, wirbelte herum und feuerte sein letztes Explosivgeschoß in Richtung des Roboters.

Die Maschine wurde durch die Detonation förmlich zerrissen.

Einzelteile flogen durch die Luft.

Kaunas warf sich zu Boden, während ein Strahlschuß dicht über ihn hinwegzischte und sich anschließend in einen morschen Baumstumpf hineinfraß. Der Feldwebel rollte sich ab, riß den Multikarabiner empor und erledigte noch einen weiteren Roboter, der auf ihn zustürmte, mit einem Blasterstrahl.

Hinter sich spürte er eine Bewegung.

Schnelle Schritte.
Es waren zwei Tel.
Einer von ihnen richtete seine Strahlpistole auf Kaunas' Kopf. Er sagte ein paar Worte in seiner Sprache. Ein Translator am Gürtel übersetzte sie.
»Keine Bewegung, sonst geht es dir schlecht...«
Offenbar wollten die Tel ihn lebend, um Informationen aus ihm herauspressen zu können.
Kaunas zuckte zur Seite, riß gleichzeitig die Mündung seines Multikarabiners herum. Der Tel war schneller. Er feuerte, aber der Strahlschuß bohrte sich dicht neben Kaunas in den Boden. Kaunas Blasterfeuer erfaßte den Tel am Kopf.
Der zweite Tel hob gerade die Waffe.
Kaunas wußte sofort, daß er keine Chance hatte, dem Gegner zuvorzukommen.
Doch von Anfang an hatte er nicht einen einzigen Gedanken daran verschwendet, aufzugeben.
Aber der Tel kam nicht mehr zum Schuß.
Ein Schatten erhob sich hinter ihm.
Das dumpfe Geräusch eines Handkantenschlags folgte, der den Tel am Genick traf. Er sank zu Boden.
Dahinter ragte die Gestalt von Jay Rajav Singh auf.
»Nichts wie weg hier, Sir!« rief er.
Er hatte sich offenbar in den Büschen verborgen gehalten und dann von hinten an den Tel herangeschlichen. Um Blasterfeuer einzusetzen, war ihm offenbar das Risiko zu groß gewesen, daß der Strahl den Körper des Tel durchdrang und Kaunas in Mitleidenschaft zog.
Kaunas war innerhalb eines Augenaufschlags wieder auf den Beinen.
»Danke, Singh!« knurrte er und ließ den Blick schweifen.
»Kommen Sie!« rief Jay, der genauso wachsam war. Überall im Unterholz wurde jetzt gekämpft.
Vom Waldrand her durchkämmte offenbar eine viel größere Anzahl von Robotern das Gebiet, als Kaunas befürchtet hatte.
Bevor der Balte Jay folgte, nahm er einem der getöteten Tel noch den Translator und die Strahlpistole ab.

Man konnte nie wissen, wozu man beides gebrauchen konnte.

Die beiden Männer hetzten anschließend in geduckter Haltung durch das Unterholz, suchten hinter den dicken, knorrigen Bäumen jeweils für kurze Zeit Deckung und nutzten den Sichtschutz, den großblättrige Stauden ihnen boten.

Zwei Roboter und ein Tel tauchten urplötzlich zwischen den Büschen auf.

Jay und Kaunas erledigten sie mit einer raschen Folge von Blasterschüssen, ehe ihre Gegner die Situation überhaupt begriffen hatten.

Kaunas fand trotz der Umstände noch Zeit genug, sich kurz über den toten Tel zu beugen, um ihn einer oberflächlichen Durchsuchung zu unterziehen. Er suchte nach Rangabzeichen oder ID-Codierungen. Irgend etwas, das ihn identifizieren konnte.

»Das ist kein Kampfanzug des Telin-Imperiums«, stellte Jay fest.

»Leider trägt er nichts bei sich, anhand dessen man ihn identifizieren könnte.« erwiderte Kaunas.

»Sollte es sich um eine verdeckte Operation des Imperiums handeln, wäre das auch kaum zu erwarten«, erwiderte Jay.

Geräusche ließen sie zunächst erstarren und sich dann vorsichtig umsehen.

Es waren Schritte.

Schritte von Robotern, wie Kaunas zu erkennen glaubte.

Er hatte dafür ein intuitives Ohr entwickelt.

Die Männer schlichen vorwärts.

Beiden war klar, daß es jetzt in erster Linie um das nackte Überleben ging.

Sie mußten zusehen, so schnell wie möglich tiefer in den Wald zu gelangen.

Weiteren Gefechten mußten sie daher fürs erste aus dem Weg gehen, wollten sie nicht die Aufmerksamkeit des Feindes auf sich lenken.

Fast lautlos schlichen Jay und Kaunas vorwärts.

Der Junge hat wirklich etwas gelernt, ging es dem Feldwebel anerkennend durch den Kopf. *Mit etwas Glück rettet ihm die Plakkerei der letzten Wochen hier auf Eldorado jetzt das Leben…*

Überall schienen die Kämpfe jetzt abgeflaut zu sein. Gespenstische Ruhe lag über dem dichten Urwald. Kaunas und Jay hatten sich in ein besonders üppig bewachsenes, unwegsames Gelände vorgearbeitet. Die Bäume waren hier nicht ganz so hoch wie ansonsten in den Wäldern von Eldorado üblich. Das hatte seine Ursache darin, daß sie an einem Hang wuchsen, der wenig Halt bot.

Die beiden Gardisten kletterten ihn empor.

Kaunas' Gedanken waren voller Grimm und Rachedurst wegen der Gefallenen.

Wegen Andy Caine, Abdul El-Zia und Ron Dales.

Wie viele aus dem Zug es sonst noch erwischt hatte, wußte Kaunas natürlich nicht.

Er hoffte, daß sich die Verluste in Grenzen gehalten hatten.

Der Feldwebel fühlte sich für seine Männer verantwortlich. Er hatte sie hierher, in diesen Einsatz geführt. Auch wenn niemand hatte ahnen können, daß aus einem zwar harten, aber im Grunde harmlosen Übungseinsatz um die fiktive Eroberung eines Hypersenders blutiger Ernst werden würde, so empfand Kaunas doch so etwas wie Schuld.

Es ist absurd, sagte eine klare, deutliche Stimme in seinem Bewußtsein. Die Stimme der Vernunft. *Du hast im Vorfeld alles getan, um diesen Männern ein Überleben in Situationen wie dieser zu ermöglichen...*

Kaunas und Jay hatten schließlich den Hang erklommen und kamen nun in sehr unebenes, aber dichtbewachsenes Waldgebiet.

Hin und wieder tauchten Gleiter der Tel auf.

Durch das Blätterdach wirkten sie wie große Schatten. Nur vereinzelt schossen sie mit ihren Blastern durch das Geäst.

Zumeist hielten sie sich nun aber in größerer Höhe.

»Die haben sich bei uns blutige Nasen geholt!« schloß Rajav Singh. »Jetzt sind sie vorsichtiger beim Einsatz ihrer Gleiter!«

Kaunas nickte.

»Aber sie werden ihre Jagd nicht aufgeben«, war er überzeugt.

»Noch anderthalb Tage, dann ist Fähnrich Buck mit dem Absetzer zurück«, meinte Jay.

Kaunas lachte heiser auf.
»Wenn es gutgeht«, schränkte er ein. »Aber wenn Buck die Sache in die Hand nimmt, dann wird es schon gutgehen...«
»Sir, Sie halten große Stücke auf den Fähnrich, nicht wahr?«
»Das tue ich. Sie sollten ihn sich als Vorbild nehmen, Singh. Als Beispiel dafür, wie schnell man es in der Garde zu etwas bringen kann, wenn man die richtige Begabung hat.«
Jay zuckte die Achseln.
»Fähnrich Buck ist eben ein Glückskind«, meinte er.
Kaunas schüttelte entschieden den Kopf. »Nein, das ist kompletter Unsinn, Schütze Singh. Mit Glück hat sein Erfolg nun wirklich nicht das Geringste zu tun.«

Das Gelände, in das Jay Rajav Singh und Jannis Kaunas vordrangen, wurde immer unwegsamer und zerklüfteter. Immer wieder flogen Kampfgleiter der Tel über sie hinweg. Die Kampfanzüge der Garde unterdrückten sowohl die Infrarotabstrahlung als auch die Bioimpulse, so daß es für die Invasoren ohnehin schwierig war, die jetzt in kleinen Gruppen operierenden Gardisten zu orten.
Der Helmfunk war natürlich in dieser Phase der Operation absolut tabu.
Jede Gruppe mußte sich allein durchschlagen.
Aber ein Gardist war auch genau dafür ausgebildet.
Er stellte eine Kampfeinheit dar, die völlig auf sich gestellt zu operieren vermochte. Auch ohne Verbindung zu irgendeiner Einsatzleitung, die leicht ausgeschaltet werden konnte.
Blieben noch die Energiepatronen der Multikarabiner, die angemessen werden konnten und ein gewisses Risiko darstellten.
Aber in der Regel sorgte das bewaldete Gelände dafür, daß die Gleiter nicht tief genug zu sinken vermochten.
Natürlich waren die Tel jederzeit in der Lage, sowohl Roboter als auch Kämpfer mittels Antigravfeldern auf dem Boden abzusetzen.
Aber angesichts der Tatsache, daß diese Landeeinheiten immer nur auf kleinere Gruppen von Gardisten treffen konnten, würden

sie sich unweigerlich verzetteln und dabei starke Kräfte binden.

Genau das war der Sinn dieser Mission.

Kräfte binden, die zur Verteidigung des Doppelkugelraumers in zwei Tagen nicht rechtzeitig zur Verfügung stehen würden.

Bis jetzt war diese Rechnung aufgegangen.

Jay registrierte die Bitterkeit, die Kaunas erfüllte. Er schwieg fast die ganze Zeit über.

Der Feldwebel wirkte in sich gekehrt und noch düsterer und grimmiger, als man es von ihm ohnehin schon gewohnt war.

Den Tod von Andy Caine und Abdul El-Zia schien er den Tel persönlich übelzunehmen.

Schließlich erreichten die beiden Soldaten den Fuß einer felsigen, nur spärlich bewachsenen Anhöhe. Schroffe Wände und steile, geröllübersäte Hänge kennzeichneten diesen Ort. Nur hier und da vermochten sich Büsche oder gar Bäume mit ihrem Wurzelwerk in dem kargen Untergrund halten.

Gewaltige Gletscher mußten diesen Brocken in grauer Vorzeit hier hergeschleift haben. In ein Gebiet, dessen Untergrund ganz anders beschaffen war. Der Unterschied war selbst für geologische Laien nicht zu übersehen. Jetzt verwitterte dieser ehemals massive Riesenbrocken langsam. Wind und Wetter hatten ein zerklüftetes Relief in den Stein gemeißelt.

Kaunas stoppte.

Den Multikarabiner legte er über die Schulter.

Sein Helmvisier war hochgeklappt.

Er ließ kurz den Blick hinauf zu den Baumwipfeln schweifen.

Die letzte Begegnung mit einem Tel-Gleiter war fast zwei Stunden her.

Kaunas deutete die Anhöhe hinauf.

»Wir gehen dort hinauf«, bestimmte Kaunas lakonisch.

Jay wußte, was der Feldwebel damit bezweckte.

»Man dürfte eine gute Aussicht von dort oben haben!« meinte er.

»Ich möchte mir einen Überblick verschaffen«, kündigte Kaunas an. »Die Tel sind mir schon fast ein bißchen zu ruhig...«

Sie machten sich an den Aufstieg. Ein schmaler Pfad führte hinauf. Der hohe Sauerstoffgehalt der Atmosphäre erleichterte das

Klettern. Jay und Kaunas hatten sich natürlich während ihrer Zeit auf Eldorado längst an diesen Effekt gewöhnt.

Die beiden Gardisten kletterten einen steilen, rutschigen Hang empor und gelangten schließlich auf einen schmalen Pfad, der weiter hinauf zur Kuppe führte.

Dicke Felsbrocken boten überall Deckung.

Ein Detonationsgeräusch ließ Kaunas und Jay kurz innehalten.

»Das kam von dort«, meinte Jay und deutete Richtung Südosten.

»Das erste Kampfgeräusch seit längerer Zeit«, stellte Kaunas fest.

»Unsere Jungs wissen sich ihrer Haut schon zu wehren!« meinte Jay.

Kaunas lachte bitter.

»Das hatte ich von Dales, El-Zia und Caine auch gedacht.«

Jay schwieg.

Er hatte das Gefühl, daß jede weitere Bemerkung Kaunas' Grimm nur noch verstärken würde.

Als die beiden Männer eine Höhe erreicht hatten, die einen ersten Rundumblick erlaubte, hielt Kaunas inne. Er ließ den Blick über den Wald schweifen.

Der Fluß war deutlich erkennbar. Aber er war nicht die einzige Schneise, die durch das Grün des Waldes gezogen wurde.

Es gab regelrechte Bahnen, die beinahe parallel zueinander verliefen.

»Was ist das?« erkundigte sich Jay.

»Ich dachte, Sie hätten das Datenmaterial über Eldorado genau studiert, bevor Sie hier her kamen, Rekrut Singh«, tadelte Kaunas.

Jay zuckte die Achseln. »Wir sind jetzt schon ziemlich lange in diesen Wäldern, aber so etwas habe ich noch nicht gesehen. Es sieht aus, als hätte jemand versucht, Schneisen für Straßen oder Siedlungen zu schlagen.«

Kaunas verzog das Gesicht zu einem dünnen Lächeln.

»Diese Schneisen stammen noch nicht einmal von irgendeiner Intelligenz. Die hiesigen Riesenschnecken verursachen sie, wenn sie durch die Wälder streifen.«

»Die, deren Körper von einem Säureschleim bedeckt sind?«

»Genau«, nickte Kaunas. »Es kommt nicht oft vor, daß sich

diese an sich harmlosen Biester in die Wälder verirren. Normalerweise bevölkern sie die Grasebenen. Bislang hat sich noch niemand die Mühe gemacht zu erforschen, weshalb die Riesenschnecken in die Wälder gehen. Man vermutet, daß sie hin und wieder ganz bestimmte Pflanzen zu sich nehmen müssen, die nur in den Wäldern zu finden sind. Hängt entweder mit ihrem Stoffwechsel zusammen oder mit ihrem komplizierten Paarungsverhalten. Aber das soll uns jetzt nicht weiter kümmern...« Er wandte Jay einen düsteren Blick zu. »Komisch, ich hatte eigentlich gedacht, Sie wären der hundertfünfzigprozentige Typ, der das Datenmaterial mehr oder weniger auswendig lernt.«

»Den relevanten Teil habe ich hier drin«, versicherte Jay und klopfte sich dabei gegen den Helm.

Kaunas machte eine wegwerfende Handbewegung. »Was während des Einsatzes relevant ist, weiß man vorher nie. Merken Sie sich das. Sie haben vielleicht gedacht, daß Sie hier eine Übung absolvieren, bei der Ihnen beigebracht wird, wie Sie in der Wildnis auf sich alleingestellt überleben und einen Hypersender gegen Feinde mit ausgefeilter Tarntechnik verteidigen.«

»Richtig.«

»Sie haben gesehen, wie schnell sich die Prämissen ändern können.«

»Ja, Sir.«

Eine Gruppe von Tel-Gleitern tauchte jetzt auf.

Sie flogen in breiter Formation über die Wälder, entfernten sich immer mehr voneinander.

»Die suchen systematisch das Gebiet ab«, stellte Kaunas fest. »Unsere Strategie geht auf. Sie sind dazu gezwungen, den Hauptteil ihrer Streitmacht einzusetzen, um uns auch nur auf den Fersen zu bleiben. Dadurch, daß wir uns aufgeteilt haben, stehen sie vor einer unangenehmen Wahl: entweder mit Kanonen auf Spatzen schießen oder gar nichts tun.«

Kaunas und Jay setzten ihren Aufstieg fort.

Nach einer Viertelstunde erreichten sie die Kuppe. Ein paar Felsblöcke boten hier spärliche Deckung. Außerdem hatten es etwa ein Dutzend Bäume geschafft, ihre Wurzeln in dem harten Untergrund zu verankern, und wurden dafür mit einem Platz an der Sonne belohnt. Um in den Genuß des Sonnenlichts zu gelangen, hatten sie es gar nicht nötig, besonders hoch zu wachsen.

Jay verzehrte einen Teil seiner am Mann mitgeführten Ration.

Kaunas verzichtete darauf.

Der Feldwebel hatte nichts gegessen, seit er mit seinen Leuten die Höhle in der Klamm verlassen hatte.

Kaunas blickte noch einmal in Richtung der Gleiter.

Insgesamt sieben Einheiten waren von der Hügelkuppe aus zu sehen.

Zwei davon näherten sich jetzt zusehends.

»Sieht aus, als kämen sie direkt auf uns zu!« stellte Jay fest.

Kaunas schwieg dazu.

Seine Augen wurden schmal.

Er überprüfte seinen Multikarabiner.

Die Flugrichtung der beiden Gleiter, die sich aus der Gruppe gelöst hatten, war eindeutig. Zielstrebig bewegten sie sich auf die Anhöhe zu, auf deren Kuppe Kaunas und Jay sich gerade befanden.

»Sie können uns doch nicht geortet haben!« stieß der Inder hervor.

»Genau das scheint aber der Fall zu sein!« murmelte Kaunas. »Los, in Deckung!«

Die beiden Männer verbargen sich hinter Felsblöcken, während ein Gleiter sich sehr rasch näherte. Ein schneller Abstieg in den Wald wäre nicht mehr möglich gewesen.

Der Gleiter verharrte über der Kuppe.

Die Blasterbatterien bewegten sich suchend.

In diesem Moment schoß etwas aus dem nahen Wald heraus.

Von zwei verschiedenen Stellen ging dieser Beschuß aus. Die Projektile trafen den Gleiter exakt an den Feldprojektoren des Antigravaggregats.

Das sind unsere Leute! erkannte Kaunas.

Der Gleiter trudelte seitwärts. Vergeblich versuchte der Pilot, die Flugbahn des Schwebers zu stabilisieren. Die Blasterbatterien feuerten wild in der Gegend herum. Strahlen durchzuckten die Luft.

Der Gleiter schrammte über die Baumwipfel und krachte

schließlich hart zu Boden. Dabei zog er eine Schneise der Verwüstung hinter sich her.

Der zweite Gleiter drehte im selben Moment ab.

Kaunas riß seinen Multikarabiner empor und feuerte.

Sein Schuß traf den Heckbereich.

Der Schutzschild nahm dem Beschuß den Großteil seiner Wirkung.

Gleichzeitig wurde erneut aus dem Dschungel heraus geschossen. Von zwei verschiedenen Positionen aus, so wie beim Angriff auf den ersten Gleiter.

Die Explosionsgeschosse trafen diesmal nicht exakt ihr Ziel. Sie verfehlten den Feldprojektor. Der Schutzschirm brach kurzzeitig zusammen. Jay und Kaunas erfaßten die Situation sofort und eröffneten ebenfalls das Feuer.

Jay landete einen Treffer, der den instabil gewordenen Schutzschirm durchdrang und ein Loch in die Außenhülle brannte.

Mit Schlagseite flog die Maschine davon.

»Sie scheinen eines der Antriebsaggregate getroffen zu haben!« rief Kaunas.

Beide Männer mußten im nächsten Moment die Köpfe einziehen.

Die Blasterbatterie des Gleiters trat in Aktion und versengte nahezu jeden Quadratzentimeter auf der Kuppe.

»Weg hier!« rief Kaunas dem Rekruten zu.

Sie rutschten einige Meter einen steilen, geröllübersäten Hang auf der Nordseite hinunter, verbargen sich erneut hinter Felsbrokken.

Aus dem Dschungel heraus folgte ein weiteres Explosivgeschoß, das den Gleiter vollends aus der Bahn warf.

Im Sinkflug schrammte er durch die Baumkronen und anschließend durch das Unterholz.

Aus der Ferne näherten sich weitere Gleiter.

Kaunas fragte sich, wer sich dort unten wohl im Wald verborgen hatte und dermaßen geschickt gegen die Tel vorging. Eigentlich gab es in dem Ausbildungszug, den der Feldwebel gegenwärtig kommandierte, nur einen einzigen Schützen, der mit dieser Präzision den Multikarabiner zu benutzen wußte. Eine Präzision, die man bei vielen Scharfschützen vergeblich suchte, die bereits jahrelang im Dienst waren.

»Los, kommen Sie, Jay«, rief Kaunas. »Dort unten in dem Gestrüpp gibt es Arbeit für uns!«

Er hatte den Multikarabiner mit beiden Händen gepackt und stolperte weiter den Hang hinunter. Jay folgte ihm.

Es war anzunehmen, daß von den Insassen der beiden Gleiter der Großteil überlebt hatte und jetzt in der Umgebung ausschwärmte.

Außerdem näherte sich bereits ein weiterer Schweber.

Kaunas fragte sich, was sie wohl angelockt haben mochte.

Zwei Gardisten, die eine Anhöhe erklommen hatte, waren nun wirklich kein lohnendes Ziel, das den Einsatz von zwei Gleitern rechtfertigte. Und die beiden bislang unsichtbaren Schützen auch nicht.

Kaunas lief in den Wald, kämpfte sich durch das Unterholz. Jay blieb ihm auf den Fersen.

Schließlich hielten sie inne und lauschten.

Kaunas glaubte, ein Geräusch gehört zu haben.

Hinter einem dicken Baumstamm bemerkte der Feldwebel eine Bewegung. Er wirbelte herum, konnte sich aber gerade noch rechtzeitig zurückhalten.

Er senkte den Lauf des Multikarabiners, als er einen Mann im schweren Kampfanzug der Garde hervortreten sah.

An der Namenskennung konnte Kaunas sofort sehen, wen er vor sich hatte.

»Dales!« stieß er hervor. »Ich hatte gedacht, Sie wären tot!«

»Ich hatte Glück«, stellte Dales fest. Er hob sein Helmvisier.

»Es hat nicht mich, sondern McFadden erwischt. Er befand sich keine zwei Meter von mir entfernt.«

Dales schluckte.

Ein Ruck ging durch seinen Körper.

»Freut mich, Sie wohlauf zu sehen, Feldwebel. Wir müssen Garcia helfen!«

»Ist außer Ihnen beiden sonst noch jemand hier in der Gegend?« fragte Kaunas.

Dales schüttelte den Kopf. »Nein, Sir.«

Schritte waren zu hören. Schnelle Schritte auf trockenem Waldboden. Äste knackten.

Ein Mann kämpfte sich durch das Unterholz.

»Ich habe die Boje!« rief er.

Augenblicke später erstarrte er kurz, als er auf Kaunas und Jay blickte.

In der Rechten hielt er seinen Karabiner, mit der Linken ein Modul, das er offensichtlich einem Ortungsgerät ausgebaut hatte.

»Deaktiviert?« fragte Dale.

»Ja.«

Kaunas runzelte die Stirn. Er deutete auf das Modul, das von Garcia als »Boje« bezeichnet worden war.

»Ich habe das Ding mit Hilfe des Energiemagazins einer erbeuteten Strahlwaffe und einer Komponente, die einem der abgeschossenen Kampfroboter entstammt, etwas umgebaut«, erklärte Dales grinsend.

Kaunas verstand sofort.

»Sie haben die Gleiter angelockt!« erkannte er.

»Zwei sind in die Falle getappt«, erwiderte er. »Es war eine Kleinigkeit, die Impulse so zu verstärken, daß die Tel darauf aufmerksam werden mußten...«

»Hat ja auch geklappt!« kommentierte Rekrut Paco Garcia das Geschehene. »Die zwei Gleiter dürften mehr oder minder kampfunfähig sein.«

Kaunas nickte.

»Respekt, Männer! Sie beide haben sich etwas Blinkendes für Ihre Uniformbrust verdient.«

»Danke, Sir«, sagte Dales.

Garcia schwieg.

Er kaute auf der Unterlippe herum.

»Leider werden die Tel nicht so positiv über diese Aktion denken«, murmelte er und blickte sich im Wald um.

»Sehen wir zu, daß wir hier wegkommen«, meinte Dales.

Schneller Rückzug war ein wichtiger Bestandteil der Taktik, die Kaunas' Frischlingstruppe während dieses Einsatzes bislang angewandt hatte. Eine Taktik, mit der man zahlenmäßige und waffentechnische Unterlegenheit zumindest teilweise ausgleichen konnte.

Die Gardisten schlugen sich durch das dichte Unterholz.
Garcia führte die Gruppe an.
Sie gingen Richtung Nordwesten und entfernten sich damit von den Absturzpositionen der beiden Gleiter.
Kaunas ärgerte sich insgeheim darüber.
Viel lieber wäre er zum Angriff übergegangen und hätte genau den umgekehrten Weg eingeschlagen.
Aber davon erwähnte er kein Wort. Die Vernunft sagte ihm, daß erstens zumindest ein Teil der Besatzungen noch kampffähig sein würde und zweitens damit zu rechnen war, daß in Kürze weitere Gleiter herannahten.
Die Gardisten beeilten sich. Die Männer legten trotz des sehr unwegsamen Geländes ein hohes Marschtempo vor.
Gleiter flogen über sie hinweg.
Das leise Summen der Antriebsaggregate dröhnte unangenehm in den Ohren. Kaunas überlegte, ob sich vielleicht später eine Gelegenheit ergab, zu den Gleiterwracks zu gelangen. Selbst eine oberflächliche Untersuchung ergab vielleicht wertvolle Hinweise darauf, mit wem sie es bei den Invasoren eigentlich zu tun hatten.
Kaunas wußte sehr wohl, daß es für seine Hypothese von den Renegaten oder Rebellen unter den Tel bisher lediglich vage Anhaltspunkte gab.
Aber keinen Beweis.

Die Dämmerung setzte bereits ein, als Kaunas, Jay Rajav Singh, Paco Garcia und Ron Dales eine Lichtung in Flußnähe erreichten. Der namenlose Fluß, der bis hinauf zu der Klamm mit der Höhle führte, in der sich Roy Vegas und die Überlebenden der SPECTRAL sowie der Vorpostenbesatzung befanden, war hier bereits wesentlich breiter geworden und hatte sich in mehrere flache Arme aufgeteilt, bevor er sich schließlich etwa fünfzig Kilometer nordöstlich in das sogenannte *Große Meer* ergoß.
Erste Nebelschwaden hingen über dem Fluß und krochen langsam in Richtung der mit hohem Gras bewachsenen Uferzonen.
Ein Gleiter der Tel war dort gelandet.
Etwa ein Dutzend Schwarze Weiße und doppelt so viele Kampf-

roboter waren in das Gelände ausgeschwärmt.

In breiter Formation durchkämmten sie die Umgebung.

Was sie dazu veranlaßte, ausgerechnet an diesem Ort in Aktion zu treten, darüber konnte nur spekuliert werden.

Die Gardisten verbargen sich in den dichten Büschen.

Kaunas hielt es für unwahrscheinlich, daß die Multikarabiner der vier Gardisten angemessen worden waren. Dasselbe galt für Infrarot- und Bioimpulse, die ja von den Anzügen der Gardisten abgeschirmt wurden. Kaunas dachte kurz an die Möglichkeit, daß die Tel vielleicht auch in dieser Gegend Tofiritvorkommen aufgespürt hatten.

Vielleicht ist es auch nur der günstige Landeplatz gewesen, der sie hier hergeführt hat, überlegte der Balte. Schließlich gab es in dieser unwegsamen Waldregion nicht allzu viele Plätze, die sich dazu eigneten, Kämpfer und Roboter abzusetzen.

Ein paar Tel standen in der Nähe des Gleiters und unterhielten sich. Einer deutete mit den Armen auf die andere Seite des Flusses.

»Ich denke, wir sollten schleunigst den Rückzug antreten«, meinte Paco Garcia. »Gegen so eine Übermacht haben wir kaum eine Chance. Und ein Kampf Mann gegen Mann beziehungsweise Roboter ist immer am risikoreichsten.«

Kaunas verzog grimmig das Gesicht.

Er bleckte die Zähne wie ein Raubtier.

»Wir bleiben hier!« entschied er.

Die Front aus Robotern und Tel-Kämpfern war einfach bereits zu dicht herangekommen. »Ich habe keine Lust, in einer Treibjagd die Rolle des Wildes einzunehmen«, erklärte Kaunas nach kurzer Pause. »Die Vegetation hier bietet genügend Möglichkeiten, um sich zu tarnen. Wir warten in unseren Verstecken ab, bis die Meute im Wald verschwunden ist.«

»Und wie geht der Plan dann weiter?« hakte Jay etwas skeptisch nach.

In Kaunas' Augen blitzte es. Er wandte sich zu dem Inder um und fragte: »Als wir uns während des Überlebenstrainings an dieser verfluchten Steilwand abgeseilt haben, haben Sie mir da auch vertraut, Singh?«

»Natürlich.«

»Warum tun Sie es jetzt nicht?« Kaunas deutete hinüber in Richtung des Gleiters. »Wenn die Meute im Wald verschwunden ist, werden wir uns den Gleiter vornehmen. Drei Mann stehen außerhalb der Maschine. Ich nehme an, daß sich noch mindestens drei weitere Tel im Inneren befinden. Vermutlich außerdem noch ein paar Roboter. Es bleibt also Arbeit genug...«

»Sie wollen in den Besitz des Gleiters gelangen«, erkannte Jay.

»Zumindest könnten wir unsere Energiemagazine aufladen, falls sich jemand einigermaßen mit Tel-Technik auskennen sollte«, ergänzte Ron Dales.

»Und etwas Nachschub an Explosivgeschossen und Handgranaten wäre sicher auch nicht schlecht.«

»Mir geht es vor allem darum, herauszufinden, wer unser Feind ist«, erklärte Kaunas.

Die Gardisten verteilten sich am Waldrand. Sie verbargen sich in dichten Stauden oder unter großblättrigen Pflanzen, die den Boden überwucherten. Mancherorts rankten sie sich an den langen Stämmen der Urwaldriesen empor und hatten hier und da sogar die Kronen erreicht.

Kaunas hatte den Gardisten während des Überlebenstrainings immer wieder eingeschärft, äußerst vorsichtig zu sein. Zwar war bislang keine wirklich giftige Pflanze auf Eldorado bekannt geworden, aber das mußte nichts heißen. Selbst auf der Erde des Jahres 2059 nahmen Biologen an, daß immer noch etwa ein Viertel aller Arten von Fauna und Flora unbekannt waren.

Um wie vieles wahrscheinlicher war es da, daß sich auch auf Eldorado noch die eine oder andere biologische Überraschung verborgen hielt.

Risiken einer fremden Fauna und Flora gehörten zu den Gefahren, mit denen ein Angehöriger der Schwarzen Garde während seiner Einsätze immer wieder konfrontiert wurde.

Die Gardisten kauerten in ihren Verstecken, während sich die Tel und ihre Roboter näherten.

Deren Formation zog sich jedoch mit jedem Meter, den sie weiter in Richtung des Waldrandes vordrangen, mehr und mehr auseinander.

Etwa alle fünf bis zehn Meter war ein Bewaffneter – entweder Schwarzer Weißer oder Roboter.

Kaunas bemerkte aus seinem Versteck heraus, daß die Tel eine umfangreiche technische Ausrüstung mit sich führten. Infrarotspürer waren ebenso dabei wie Nachtsichtgeräte und Ortungstechnik. Allerdings mußte man im Umgang mit dieser Technik auch entsprechend geübt sein, um beispielsweise den Energiespeicher eines Multikarabiners anmessen zu können oder Energiesignaturen zweifelsfrei zu identifizieren.

Die Tel, mit denen es Kaunas und sein Trupp zu tun hatte, trauten ihrer Ausrüstung wohl auch nicht hundertprozentig. Offenbar verließen sie sich mehr auf ihre Blaster, die sie schußbereit in den Händen hielten.

Vorsichtig drangen sie in das Unterholz vor.

Die Roboter schickten sie dabei vor, damit die sich als erste durch das dichte Gestrüpp kämpften und damit einen Trampelpfad anlegten.

Die Schwarzen redeten nicht viel.

Nur hin und wieder wurden ein paar Worte zwischen ihnen gewechselt.

Der Translator, den Kaunas einem getöteten Tel abgenommen hatte, war selbstverständlich deaktiviert, so daß der Balte kein Wort von dem Gesagten verstand. Davon abgesehen hatte er ohnehin noch keine Gelegenheit gefunden, sich in die Funktionsweise des Gerätes hineinzufinden. Aber das machte nichts. Die Befehle, die der offensichtliche Anführer dieser Kolonne seinen Leuten zubrüllte, waren auch ohne Sprachkenntnisse nachvollziehbar.

Kaunas kauerte zwischen mehreren großblättrigen Stauden. Der Multikarabiner war ebenso deaktiviert wie der Rest seiner technischen Ausrüstung. Schließlich wollte der erfahrene Soldat nicht entdeckt werden. Was die im Umgang mit Ortungsgeräten offenbar nicht sonderlich geübten Tel dieses Trupps anging, machte er sich wenig Sorgen. Aber der Gleiter steckte womöglich voller hochempfindlicher Taster.

Und je nachdem, wer dort an der Konsole saß, würde der Tel vielleicht die Energiesignatur eines Multikarabiners aufzeichnen. Wer sich damit auskannte, dem fiel der Unterschied zu den Abstrahlungen der Tel-Blaster sofort auf.

Ein Schwarzer Weißer trat sehr nahe an Kaunas' Versteck heran.

Der Fuß des Tel war kaum einen halben Meter von dem Feldwebel entfernt. Kaunas hielt den Atem an.

Notfalls war er in der Lage, einen Gegner mit bloßen Händen zu töten. So schnell, daß der Betreffende nicht einmal mehr Gelegenheit zu einem Schrei hatte.

Der Fremde blieb stehen.

Einer der anderen rief etwas.

Im nächsten Moment zischten Energiestrahlen durch den Wald.

Mehrere der Tel und etwa die Hälfte der Roboter feuerten mit ihren Blastern auf einen ganz bestimmten Strauch.

Fledermausartige Wesen, deren Flügelspannweite jedoch etwa die Länge eines menschlichen Arms hatte, stoben in die Höhe davon. Manche von ihnen brannten und trudelten kreischend zu Boden.

Es waren Hunderte von Tieren, die durch das Strahlfeuer hochgescheucht worden waren.

Offenbar hatte einer der Tel eine verdächtige Bewegung gesehen und sofort geschossen.

Einem Roboter traute Kaunas jedenfalls eine derartige Kurzschlußreaktion nicht zu.

Wir können von Glück sagen, daß denen nicht einfällt, einfach das gesamte Waldstück in Flammen aufgehen zu lassen, ging es dem Feldwebel durch den Kopf.

Der Tel, dessen Fuß jetzt kaum zwanzig Zentimeter von seinem Gesicht entfernt war, nachdem der Kerl noch einen Schritt zur Seite gemacht hatte, ging nun endlich weiter.

Überall knackte es im Unterholz.

Die Fremden drangen weiter in den Wald vor.

Kaunas wartete noch etwas ab, bis er glaubte, daß sich die Invasoren weit genug entfernt hatten. Er aktivierte seinen Anzug und den Multikarabiner wieder. Per Helmfunk gab er ein kodiertes, sehr schwaches Signal ab, das den anderen Gardisten bedeutete, daß die Operation begann.

Kaunas erhob sich und verließ sein Versteck. Vorsichtig folgten die anderen seinem Beispiel.

Von den Tel und ihren Robotern war weit und breit nichts mehr zu sehen.

Kaunas drang bis zu einem der letzten Bäume am Rande der Lichtung vor.

Die vom Fluß heraufquellenden Nebelschwaden zogen inzwischen über die vorgelagerte Wiese. Der Gleiter war kaum noch zu erkennen, so dicht war die Wand weißer Watte, die ihn jetzt umhüllte.

Nur schemenhaft war einer der Tel zu sehen, der mit dem Blaster in der Hand patrouillierte. Ein Roboter befand sich in seiner Nähe.

»Gebt mir Feuerschutz und haltet mir den Rücken frei, falls die Waldläufer doch noch zurückkehren!« forderte Kaunas an die anderen gewandt.

Er wartete eine Bestätigung gar nicht erst ab.

In geduckter Haltung schlich er vorwärts.

Im hohen Gras fand Kaunas Deckung, als der Tel plötzlich in seine Richtung blickte.

Offenbar bemerkte der Mann nichts.

Dasselbe galt für den Roboter.

Kaunas rappelte sich auf, legte an. Ehe der Roboter auch nur einen einzigen Energiestrahl abfeuern konnte, hatte der Feldwebel ihn bereits durch einen Kopftreffer ausgeschaltet.

Der Tel riß den Blaster empor. Ein Energiestrahl zischte dicht über Kaunas hinweg, der zu Boden hechtete und für seinen Gegner im hohen Gras verschwand. Der Gardist riß den Lauf seiner eigenen Waffe empor und feuerte. Getroffen sank der Tel zu Boden.

Kaunas war sofort wieder auf den Beinen. Er stürmte durch den Nebel in Richtung des Gleiters. Jay und die anderen kamen aus der Deckung und folgten ihm. Die grauweißen Schwaden waren jetzt die wichtigsten Verbündeten. Andernfalls hätten die Terraner über ein Feld mit freier Sicht laufen müssen.

Einen weiteren Roboter schaltete Ron Dales mit einem gezielten Schuß aus.

Am offenen Schott des Gleiters standen zwei Tel.

Sie zuckten zurück, wollten das Schott schließen, aber Paco Garcia zerstörte mit einer gezielten Ladung den Schließmechanismus.

Die beiden griffen jetzt ebenfalls zu ihren Waffen.

Den ersten schaltete Kaunas mit einem Strahlschuß aus. Der zweite wurde nicht richtig getroffen. Er trug einen Panzeranzug, der dem in der Garde üblichen Standard entsprach. Er taumelte zurück ins Innere des Gleiters.

Kaunas stürzte durch den offenen Schott.

Der Tel war schwerverletzt. Die Waffe war ihm entglitten.

Sein Atem ging rasselnd.

Lange hatte er nicht mehr zu leben.

Aus den Augenwinkeln heraus nahm Kaunas eine Bewegung wahr.

Er blickte in den Lauf einer Strahlpistole, die sich in der Hand eines hochgewachsenen Tel befand, dessen Kopf vollkommen kahlrasiert war.

Sein dunkles Gesicht war zur Maske verzerrt.

Kaunas ließ blitzartig den Fuß hochschnellen. Sein Tritt traf den Tel an der Gurgel. Wie ein gefällter Baum schlug er zu Boden. Aus der Strahlpistole löste sich ein Schuß und versengte eine Konsole. Der beißende Geruch verbrannten Kunststoffs verbreitete sich.

Kaunas beugte sich zu dem Sterbenden hinab.

Er aktivierte den Translator und versuchte das Gerät so zu konfigurieren, daß es zwischen Angloter und dem Tel-Idiom übersetzte.

»Spar dir deine... Mühe...« röchelte der Sterbende. Er verzog das Gesicht vor Schmerz. »Ich mußte eine Weile untertauchen... War... deshalb auf... einer eurer Kolonien. Blue Star...«

»Red schon! Wer seid ihr?«

»Jedenfalls dienen wir... nicht... dem Imperium...«

»Dann seid ihr Rebellen gegen die Zentralregierung auf Cromar«, schloß Kaunas. Seine Vermutung hatte sich bestätigt.

Der Kopf des Verletzten war zur Seite gerutscht. Die Augen waren starr geworden. Er lebte nicht mehr. Kaunas fluchte innerlich.

Er rappelte sich auf.

Er ging zur Steuerkonsole.

Aber der ungezielte Strahlenschuß des kahlköpfigen Tel hatte dafür gesorgt, daß der interne Suprasensor offenbar vollkommen tot war.

»Was ist?« fragte Jay, der das Außenschott des Gleiters als zweiter hinter sich gelassen hatte und ins Innere vorgedrungen war.

Paco Garcia und Ron Dales warteten draußen und hielten die Augen offen.

»Läßt sich dieser Vogel wieder flottmachen?« fragte Singh.

»Ich fürchte, hier läuft gar nichts mehr«, meinte Jannis Kaunas.

Paco Garcia meldete sich über Helmfunk.

»Sie kehren zurück! Wir müssen hier weg!«

»Sind sie schon am Waldrand?« fragte Kaunas.

»Nein. Aber ich habe vorhin einen Schwarm aufgescheuchter Riesenfalter zu den Wipfeln fliegen sehen. Soweit ich weiß, sind die aber um diese Tageszeit normalerweise nicht mehr aktiv.«

Kaunas wandte sich an den Inder.

»Sehen Sie, wie wichtig es ist, das Datenmaterial zum Einsatzort immer genauestens zu kennen?« grinste er.

Jay verdrehte die Augen.

»Eins zu null für Sie, Feldwebel.«

»Kommen Sie, Rekrut Singh! Helfen Sie mir, diesen Schweinehunden einen gebührenden Empfang zu bereiten.«

Die Gardisten marschierten auf das Flußufer zu. Gerade noch sahen sie die ersten Tel und die sie unterstützenden Kampfroboter aus den Nebelschwaden auftauchen. Die eröffneten sofort das Feuer.

Die Gardisten verzichteten auf Gegenfeuer.

Statt dessen hetzten sie weiter in den Fluß hinein.

Kaunas wußte, daß der Wasserstand in diesem Gebiet zumeist nicht mehr als einen Meter betrug. Es gab ein paar tiefere Stellen, aber der Großteil des breiten Flußbettes war mit Sandbänken gefüllt.

Der Nebel war ihr Verbündeter.

Dichte Schwaden hingen auf der Wasseroberfläche. Die Sicht betrug schließlich nur noch wenige Meter. Aber für die Infrarotspürer der Tel blieben sie natürlich sichtbar.

Sie wateten weiter durch das Wasser.

Kaunas spürte die schwache Strömung an seinen Beinen ziehen.

Die Stimmen der Tel waren leise zu hören.

Offenbar hatten sie gerade entdeckt, daß ihre beim Gleiter zurückgebliebenen Kameraden tot waren.

Als sie etwa ein Drittel der Flußbreite hinter sich gelassen hatten, hörten sie hinter sich ein ohrenbetäubendes Detonationsgeräusch. Metallteile flogen im hohen Bogen durch die Luft und landeten zum Teil noch am anderen Flußufer. Todesschreie mischten sich in den Explosionslärm.

Kaunas blieb stehen und drehte sich um.

Man kann auch einen defekten Tel-Gleiter mit ein paar Tricks in eine Bombe verwandeln, Fähnrich Buck! durchzuckte es ihn. Die Energiespeicher der Triebwerke und der Antigravaggregate ließen sich dabei in eine Sprengladung verwandeln, gegen die das, was man mit ein paar Energiepatronen erreichen konnte, wie ein laues Lüftchen wirken mußte.

»Fürs erste wird uns wohl niemand folgen«, stellte Jay fest.

»Da sei dir mal nicht zu sicher«, meldete sich Ron Dales zu Wort.

Auch Paco Garcia war dieser Ansicht. »In Kürze wird es hier von Tel-Gleitern nur so wimmeln«, war er überzeugt.

»Ich kann es kaum erwarten, sie vom Himmel zu holen«, erklärte Ron. »Ein paar Explosivgeschosse habe ich noch…«

Die Männer sanken in dem schlammigen Flußgrund bis über die Knöchel ein. In der Mitte des Wasserlaufs gab es ein paar Meter, die etwas tiefer waren. Das Wasser ging den Gardisten hier etwa bis zum Rippenbogen. Danach wurde es wieder flacher.

Sie erreichten schließlich das andere Ufer.

Die Gardisten wandten sich nach Süden. Sie folgten eine Weile dem Flußlauf.

Inzwischen stand der Abendmond am Himmel.

Es wurde dunkel.

Die Soldaten kämpften sich weiter vorwärts durch das dichte Unterholz. Für Kaunas lag es auf der Hand, daß ihre Gegner sie jetzt um so intensiver jagen würden.

Viel Zeit, um in den Wäldern unterzutauchen, blieb ihnen nicht.

»Ich könnte mir denken, daß die uns für eine viel größere Gruppe halten – angesichts des Erfolgs, den wir hatten«, meinte Ron Dales, als sie einen etwas weniger dichten Mischwald erreichten. Die Bäume standen hier weiter auseinander und waren weniger hoch.

Kaunas konnte Rons Äußerung nur zustimmen.

»Genau darauf läuft unsere Strategie ja hinaus«, meinte er. »Mir soll's recht sein, wenn sie die Hälfte ihrer Kräfte auf uns konzentrieren. Um so freiere Hand hat dafür der Rest von uns.«

Sie marschierten weiter bis zum Aufgang des Mitternachtsmondes. Auf einer bewaldeten Anhöhe schlugen sie ihr Nachtlager auf. Unter den gegenwärtigen Bedingungen hieß das: Schlafen im schweren Kampfanzug, denn niemand konnte vorhersagen, wann sie dem Feind wieder begegnen würden. Von Gleiterpatrouillen der Tel war nirgends etwas zu sehen. Aber das mußte nichts heißen.

»Entweder sie sind sehr vorsichtig geworden und verfolgen einen besonders genialen Plan, oder sie haben uns schlichtweg verloren«, sagte Jay.

Paco Garcia lachte. »Als besondere taktische Genies haben sich unsere Gegner bislang nicht entpuppt.«

Kaunas bleckte die Zähne. »Andernfalls wären wir nicht mehr am Leben«, knurrte er.

Die Gardisten aßen etwas von ihren knappen Rationen.

Kaunas teilte die Wachen ein. Es mußte immer einer von ihnen die Lage peilen, damit sie nicht überrascht werden konnten. Die Tel waren ihnen schließlich zahlenmäßig und von der Schwere der Bewaffnung her weit überlegen. Wenn sie sich entschlossen, ein bestimmtes Gebiet mit allen Kräften gründlich zu durchkämmen, gab es selbst für Gardisten kaum ein Entkommen. Da nützte es auch nichts, wenn die anderen Gruppen dafür freie Hand für ihre Aktionen hatten.

Jay legte sich auf den Rücken.

Er kaute einen Bissen aus seiner Ration. Sehr nährstoffhaltig und konzentriert – aber ein richtiges Menü war etwas anderes. Jay kaute langsam, weil er wußte, daß es so schnell nichts mehr geben würde.

Das Licht des Mitternachtsmondes leuchtete durch die Baumwipfel.

Einen Tag müssen wir noch durchhalten, ging es ihm durch den Kopf. *Zumindest, wenn es glattgehen sollte und Fähnrich Buck den Absetzer zurückbringt.*

Ein kodiertes Funksignal würde in dem Moment jeden der Gardisten aus Kaunas' Gruppe erreichen, die sich in den Wäldern versteckt hielten. So würden sie wissen, wann der eigentliche Angriff auf den Kugelraumer begann.

Jay lauschte den Geräuschen des Waldes. Vielfältige Tierstimmen bildeten ein eigentümliches Konzert.

Erst jetzt stellte Jay fest, wie hundemüde er war.

Die Strapazen der vergangenen Tage hatten ihre Spuren hinterlassen. Im Gegensatz zu Kaunas oder den Männern aus Kurt Bucks Zug verfügten die Rekruten noch nicht über Routine und Erfahrung. *Der erste scharfe Einsatz, und das völlig überraschend,* dachte Jay. *Mit den Pfadfinderspielen, die normalerweise unsere Ausbildungszeit bestimmt hätten, hat das alles nichts mehr zu tun...*

Man hatte sie ins kalte Wasser geworfen.

Sie hatten schwimmen müssen, und die meisten hatten das auch geschafft.

Kaunas' Stimme drang in Jays Bewußtsein und riß ihn aus seinen Gedanken heraus.

»Hört mal zu«, sagte er. »Es ist vielleicht nicht gerade der passende Zeitpunkt, um darüber nachzudenken, aber...«

Jay richtete sich wieder auf. Er war sofort hellwach.

Seine Augen waren schmal, als er in Kaunas' Richtung blickte.

»... aber bis jetzt wissen wir nur verdammt wenig darüber, wer eigentlich unser Feind ist«, fuhr Kaunas fort. »Wer hat diese Tel hierher geschickt und mit welchem Auftrag, außer dem, Tofirit zu stehlen? Aber dahinter muß noch mehr stecken. Vermutlich brauchen sie das Tofirit nur, um einen kurzfristigen Mangel an diesem

Schwermetall auszugleichen.«

»Sie könnten auch an einem illegalen Schwarzhandel damit beteiligt sein«, meinte Ron Dales. »Wenn es sich wirklich um Rebellen handelt, dann wäre das doch eine ideale Finanzierungsquelle.«

Kaunas hob die Augenbrauen.

»Eine interessante Hypothese. Aber ich würde gerne weniger spekulieren und mehr wissen. Und das geht nur, wenn wir einen dieser Tel lebend in unsere Gewalt bekommen.«

»Gefangene?« wunderte sich Paco Garcia. Bislang hatten sich die Gardeangehörigen mit Gefangenen nicht belastet. Angesichts der Kräfteverhältnisse und der kleinen Einheiten, in denen Kaunas' Zug sich für diese Operation aufgeteilt hatte, war das auch gar nicht anders möglich.

Jay atmete tief durch.

Das war typisch für Kaunas.

Kaum der Übermacht der Tel entkommen – und schon dachte er daran, selbst in die Offensive zu gehen.

Etwas, das unmöglich war, schien es für ihn nicht zu geben.

»Wenn sich also eine günstige Gelegenheit ergibt, dann denke ich, wißt ihr, was ihr zu tun habt, oder?«

»Ja, Sir!« war die einhellige Antwort.

»Dürfte ja nicht so schwer sein, einen der Kerle mit dem Multikarabiner im Paralysemodus zu erledigen«, meinte Paco Garcia.

»Paralysestrahlen?« echote Kaunas zweifelnd. Er schüttelte entschieden den Kopf. »Die Wirkung hält zu lange an. Wir müssen aber rasch mehr über die andere Seite erfahren, um Kurt Buck und seine Gruppe eventuell noch warnen zu können, falls sich wesentlich neue Aspekte ergeben. Schließlich sollen sie nicht ins offene Messer laufen.«

Ein greller Blitz weckte Kaunas.

Aus dem Dunkel des Waldes heraus war ein Energiestrahl abgefeuert worden. Er hatte den wachhabenden Paco Garcia voll erfaßt. Getroffen sank der Gardist zu Boden.

Im Wald war Lärm zu hören. Überall schien Bewegung im Unterholz zu sein.

Kaunas griff nach seiner Waffe und feuerte.

Die ersten Todesschreie gellten. Sein Helmvisier, dessen Anzeige mit der Zielerfassung des Multikarabiners verbunden war, hatte er auf Nachtsichtmodus geschaltet.

Die heranrückenden Tel und Roboter waren deutlich zu erkennen.

Ron Dales war ebenfalls sofort auf dem Posten.

Jay Rajav Singh brauchte eine Sekunde länger.

Ron feuerte ein Explosivgeschoß in Richtung der Gegner, Kaunas schleuderte eine Handgranate. Er hatte sich die Granaten bis zu diesem Augenblick aufgespart. Aber jetzt blieb ihm keine Wahl. Gegen einen derart massiven Angriff mußte entschlossen vorgegangen werden. Ein Detonationsgeräusch schallte durch den Wald.

Mehrere Roboter und Tel flogen wie Puppen durch die Luft.

Auf dem Hügelkamm gab es eine Mulde. In die zogen sich die Gardisten zurück. Von hier aus konnte man sich gut verteidigen. Sie lagen am Boden und feuerten unablässig in Richtung der herannahenden Gegner.

Immer wieder gelang es vor allem Ron Dales, Roboter mit ganz gezielten Treffern außer Gefecht zu setzen.

Ein großer dunkler Schatten verdeckte für einen kurzen Moment das Licht des Morgen- und des Mitternachtsmondes, die etwa für den Zeitraum einer Standardstunde gemeinsam am Himmel von Eldorado zu finden waren.

Ein Tel-Gleiter.

Er feuerte eine Explosivladung ab, die jedoch ihr Ziel knapp verfehlte und dicht neben der Mulde einen ein Meter tiefen Krater in den Boden riß.

Todesschreie gellten zur selben Zeit durch den Wald.

Das Feuer ebbte schließlich etwas ab.

Die Tel und ihre Roboter zogen sich zurück, gingen in Deckung und warteten ab. Mit derart heftiger Gegenwehr hatten sie offenbar nicht gerechnet.

»Wahrscheinlich wollten uns diese Brüder im Schlaf überraschen«, knurrte Kaunas.

»Das wäre ihnen ja auch beinahe geglückt«, erwiderte Jay. Er wandte kurz den Blick. »Sie haben uns eingekreist, Feldwebel. Wir sitzen in der Falle.«

»Die erste Feststellung ist richtig, aber was hier für wen zur Falle wird, muß sich noch erweisen«, gab Kaunas grimmig zurück.

Der Gedanke daran, sich den Tel zu ergeben, schien ihm völlig abwegig zu sein.

Ron Dales meldete sich zu Wort. »Wenn dieser Gleiter hier noch mal auftaucht, hole ich ihn vom Himmel«, versprach er.

»Die sind ganz schön vorsichtig bei ihren Einsätzen aus der Luft geworden«, stellte Kaunas zufrieden fest. »Dazu dürften Sie ganz gehörig beigetragen haben, Dales.«

»Danke, Sir.«

Sie schwiegen eine Weile.

Kaunas Blick fiel auf die Leiche von Paco Garcia, die mitten zwischen den Linien lag. Es gab keine Möglichkeit, den Toten zu bergen. Kalter Grimm kochte in Kaunas hoch. Aber im Moment gab es nichts, was er tun konnte, außer in seiner Deckung auszuharren.

»Die wissen ganz genau, daß sie am längeren Hebel sitzen«, meinte Jay düster. »Unsere Energiemagazine werden sich langsam aber sicher entleeren.«

»Ich habe schon lange meine Explosivgeschosse verbraucht«, unterbrach Kaunas den Rekruten.

»Die Zeit arbeitet für unsere Gegner.«

»Ich glaube nicht, daß sie lange abwarten werden«, meine Kaunas.

»So?« fragte Jay. »Glauben Sie, daß sie in Kürze einfach versuchen, den ganzen Hügel in die Luft zu jagen?«

»Dazu sind sie noch selbst zu nahe dran. Sie würden entweder ebenfalls Opfer ihrer Bombe werden oder ihr Ring würde so groß, daß wir bei einem Ausfall eine echte Chance hätten zu entkommen.«

»Den Eindruck, daß sie uns lebend fangen wollen, habe ich jedenfalls nicht«, meinte Ron.

»Nein, das ist bestimmt nicht ihr Plan. Aber ich wette, daß sich bald etwas bewegen wird.«

Der Morgenmond versank langsam, während die Sonne Boulanger ihre ersten Strahlen zwischen den Bäumen hindurchschickte.

Der Nebel aus den Flußtälern hatte jetzt auch dieses Gebiet erreicht. Er stand in dicken Frühdunstschwaden zwischen Kaunas' Leuten und ihren Gegnern.

Mit dem Infrarotspürer konnte man diese Schwaden durchdringen.

Vorausgesetzt, es waren Lebewesen, die angriffen. Denn nur deren Körpertemperatur unterschied sich maßgeblich von der Umgebungstemperatur. Zumindest, wenn es sich um Warmblüter handelte. Bei allen anatomischen Unterschieden im Körperinneren von Menschen und Tel waren sie sich in dieser Hinsicht gleich.

Für Roboter galt das jedoch nicht.

Ihre Betriebstemperatur unterschied sich kaum von der Umgebung. Lediglich in den Arealen des Roboterkörpers, in denen Energie erzeugt wurde, war im Infrarotbild vielleicht ein unscheinbares Flackern oder ein geringfügiger Farbunterschied zu sehen.

Die Tel schickten also ihre Maschinenkämpfer los, um die drei Terraner auszuschalten.

Der Summton eines Gleiterantriebs war durch den Nebel hindurch zu hören.

Offenbar setzte dort ein Transporter weitere Roboter ab.

Einen Angriff aus der Luft wagten die Tel nicht mehr. Zu groß waren die Verluste an wertvollen Gleitern gewesen. Außerdem bedingte die Tatsache, daß die Gardekampfanzüge Infrarotabstrahlung und Bioimpulse extrem dämpften, daß ein Luftangriff ineffektiv war, solange sich die Gardisten unter einem relativ dichten Blätterdach aufhielten.

Der erste Roboter tauchte aus dem Nebel auf, feuerte seine Blasterstrahlen ab. Ein Explosivgeschoß landete mitten in der Mulde. Kaunas, Jay und Ron mußten die Köpfe einziehen. Erde und Gestein wurden emporgeschleudert. Eine Welle aus Druck und Hitze ging über die Gardisten hinweg. Ohne die Hitzebeständigkeit der gepanzerten Schutzanzüge wären sie bei lebendigem Leib geröstet worden. Ron Dales schnellte blitzschnell aus der Deckung, legte den Multikarabiner an.

Die Anzeige der Zielerfassung in seinem Helmvisier hatte den zweiten Roboter in ihrem Zentrum.

Ein Energiestrahl traf die Maschine genau dort, wo sich der zentrale Suprasensor befand.

Erneut trat ein Roboter aus dem Nebel hervor.

An mehreren Seiten drohten sie durchzubrechen. Im Schutz des Nebels vermochten sie so nahe an Kaunas und die beiden anderen Gardisten heranzukommen, daß die Abwehr immer schwieriger wurde. Zudem besaßen sie keinerlei Selbsterhaltungstrieb wie lebende Kämpfer – gleichgültig ob Tel, Mensch oder irgendeiner anderen bekannten Spezies angehörig.

Immer heftiger wurde der Beschuß.

Die Gardisten vermochten kaum noch aus ihrer Deckung hervorzukommen.

Eine der Maschinen schaffte es sogar, bis in die Mulde vorzudringen. Kaunas drehte sich am Boden herum, feuerte den Multikarabiner auf den Roboter ab. Der Energiestrahl schmorte ihm den Kopf weg.

Er stand noch immer mit dem Blaster in den Händen da. Ohne die rotglühenden »Augen«, die seine optischen Sensoren beherbergten, war er blind. Ein weiterer Strahlschuß war notwendig, um seine zentrale Steuereinheit auszuschalten.

Der Roboter krachte zu Boden.

Kaunas nahm ihm den Blaster ab, öffnete des Energiemagazin.

Ein paar Handgriffe, und er führte eine energetische Überlastung herbei.

Kaunas wußte, daß ihm maximal ein paar Sekunden blieben, um den Blaster loszuwerden.

Er schleuderte die Waffe des Roboters von sich.

Gerade noch rechtzeitig.

Noch in der Luft explodierte die Waffe.

Mehrere der angreifenden Roboter wurden zerfetzt.

In das Explosionsgeräusch mischten sich weitere Laute. Geräusche, die nicht vom Einsatz irgendwelcher Waffen stammten. Äste knackten, ganze Baumstämme gingen zu Boden. Etwas schien über den Boden zu schaben. Ein scharfer, beißender Geruch begann die Luft zu erfüllen.

Auf der anderen Seite wurde das Feuer eingestellt.

Stimmengewirr drang zu Kaunas und den beiden anderen Gardisten hinüber.

Der Summton von Gleitertriebwerken war wieder zu hören.

»Verdammt, was ist da los?« rief Jay.

Kaunas blickte sich um.

Er sah Baumstämme, deren Wipfel über die Nebelbänke hinausragten, einfach zur Seite knicken. Überall ächzte und knackte es.

Eine Ahnung stieg in Kaunas auf.

Der beißende Geruch wurde stärker.

»Die Riesenschnecken«, murmelte er.

Im nächsten Moment sah er den ersten dieser an sich harmlosen Kolosse dicht am Fuß der Anhöhe daherkriechen. Nur teilweise tauchte der massige, von einer säurehaltigen Schleimschicht bedeckte Körper aus dem Nebel heraus.

Der Koloß kroch mit einer Geschwindigkeit, die etwa mit einem langsamen Radfahrer vergleichbar war. Was immer sich ihm in den Weg stellte, es wurde einfach zur Seite gedrückt. Kaunas erinnerte sich an die Schneisen in den Wäldern, die weit zu sehen waren und von denen man beinahe den Eindruck gewinnen konnte, daß es sich um planmäßig angelegte Wege handelte.

Hin und wieder drangen stöhnende, dumpfe Laute durch den Wald, die entfernt an die Töne von Robben erinnerte. Der Boden erzitterte außerdem. Kaunas spürte ein unangenehmes Drücken in der Magengegend.

Jay stöhnte auf.

Ron ebenfalls.

»Was geht hier vor sich?« rief der Scharfschütze unter den Rekruten. »Mir ist plötzlich kotzübel.«

»Infraschall«, stellte Kaunas fest. »Sehr tiefe Tonfrequenzen, die das Ohr nicht hört!«

»Aber mein Magen schon!« beschwerte sich Ron.

»Wir sind die ersten, die herausgefunden haben, daß diese Riesenbiester Infraschall erzeugen«, stellte Kaunas fest. »Sie können sich darauf etwas einbilden, Dales.«

»Na, großartig.«

Um Infraschall zu erzeugen, war ein gewisses Körpervolumen

nötig. Auf der Erde verständigten sich Elefanten über Hunderte von Kilometern auf dieser Basis. Daß eine Spezies wie die Riesenschnecken etwas Ähnliches entwickelt hatte, lag eigentlich nahe, zumal die einzelnen Herden offenbar Wanderungen von gigantischem Ausmaß durchführten. Zumindest wenn man nach den Schneisen in den Wäldern ging.

Irgendwann, wenn die Umstände auf Eldorado sich beruhigt und die Kolonisierung eingesetzt hatte, würde sicher ein Heer von Exobiologen die Eigenschaften und das Verhalten der Riesenschnecken genauestens erforschen.

Für Kaunas stellten sie im Moment nichts weiter als einen willkommenen, unvorhergesehenen Faktor dar.

Einen Faktor, der die Karten neu mischte und ihm und seinen beiden Begleitern vielleicht aus der Klemme half.

Kaunas sprang auf.

»Das müssen wir ausnutzen!« rief er den beiden anderen zu. Links und rechts des Hügels schoben sich die Kolosse daher, rammten dabei rücksichtslos alles um, was sich ihnen in den Weg stellte.

Kein Gleiter, kein Roboter und schon gar kein Tel oder Mensch war gut beraten, sich dieser Urgewalt entgegenstellen zu wollen.

Die Riesenschnecken hegten, so schien es, gegen niemanden irgendeine Feindschaft. Und als Pflanzenfresser standen weder Menschen noch Tel auf ihrem Speiseplan.

Es war einfach so, daß sie es gewohnt waren, auf Grund ihrer extremen Größe sowohl ihre Umgebung als auch die darin siedelnden Lebensformen einfach zu ignorieren.

In der natürlichen Umwelt Eldorados gab es nichts, was ihnen hätte gefährlich werden können. Nichts außer vielleicht ihrer eigenen Trägheit bei der Fortpflanzung.

Sie taten einfach, was ihnen am naheliegendsten erschien, und zogen ihres Weges. Davon konnte sie niemand abhalten.

Die Tel und ihre Roboter waren gezwungen, sich zurückzuziehen.

Kaunas zögerte kurz.

Auf dem Hügel waren sie zumindest vor den Kolossen recht sicher. Auf jeden Fall hatte bis jetzt keines dieser schneckenartigen, schleimigen Wesen den Versuch gemacht, sich über den Hügel zu schieben.

Offenbar vermieden sie jede überflüssige Anstrengung.

Immer weitere dieser gewaltigen Wesen kamen aus dem Nebel hervor. Aber sie bogen entweder links oder rechts vor dem Hügel ab und verschwanden anschließend wieder in den grauen Schwaden.

»Was haben Sie vor?« fragte Jay.

»Schalten Sie die autarke Notsauerstoffversorgung Ihrer Anzüge ein und schließen Sie die Helme!« wies Kaunas die beiden Männer an. »Was das Magendrücken angeht, reißen Sie sich einfach zusammen.«

»Sie wollen doch nicht zwischen diesen Biestern herlaufen!« ereiferte sich Ron Dales.

»Haben Sie einen besseren Vorschlag? Es ist ein gewisses Risiko dabei, aber mit geschlossenen Helmen bekommen wir jedenfalls keine Lungenverätzung oder dergleichen.« Kaunas lachte. »Keine Angst, Männer! Diese Biester sind harmlos! Lassen Sie sich nur nicht von ihnen in den Boden walzen und vermeiden Sie es, in die säurehaltigen Schleimpfützen zu treten! Ihre Schuhe werden's Ihnen danken!«

Kaunas, Jay und Ron marschierten zwischen den Riesenschnekken her, deren gewaltige Körper sich über den Waldboden wälzten. Die Männer wichen ihnen aus, durchdrangen schließlich die Nebelzone.

Dort erst sahen sie, was für eine gewaltige Herde es war, der sie gerade begegneten.

Die Kolosse beachteten die drei Männer nicht weiter. Allerdings würden sie sie auch ohne Zögern in den Boden walzen, wenn sie nicht aufpaßten und rechtzeitig auswichen.

Auf ihrem Weg begegnete ihnen ein regloses Exemplar dieser Spezies.

Ein Kadaver, wie sich wenig später herausstellte, als die Männer auf die andere Seite gelangten.

Deutlich waren die Spuren von Verbrennungen durch Energiefeuer zu sehen. Die Überreste eines Tel und eines Roboters – beide halb von Säure zerfressen – lagen auf dem Waldboden.

»Diese Narren!« schimpfte Kaunas.

Ron Dales deutete Richtung Süden. »Dort ist eine Anhöhe«, sagte er. »Wir sollten so schnell wie möglich dorthin. Ich schätze nämlich, daß die Jagd auf uns keineswegs zu Ende ist!«

»Sie haben recht, Dales«, sagte Kaunas.

Etwa eine Stunde später hatten sie die Kuppe der Anhöhe im Süden erreicht. Sie erhob sich über den sie umgebenden Wald und wurde durch eine Reihe größerer Felsen gekrönt.

Ein hervorragender Ort, um die Gegend zu überblicken.

Deutlich waren die Spuren der Riesenschneckenherde zu sehen, deren Weg sich von diesem Aussichtspunkt aus noch kilometerweit verfolgen ließ.

Mehrere Gleiter patrouillierten in der Gegend. Am Horizont tauchten weitere Einheiten auf.

»Machen wir uns bereit«, sagte Kaunas.

5. Teil: Das Schiff der Rebellen

Nach einem Zweitagemarsch erreichten Kurt Buck und Tom White Feather das Versteck des Absetzers. Beide Männer hatten sich während ihres Weges kaum Pausen gegönnt.

Ein paar Stunden Schlaf in der Nacht hatten ausreichen müssen.

Kurt hatte dabei festgestellt, daß Tom White Feather ihm nicht nur weit überlegen war, wenn es darum ging, in der Wildnis den richtigen Weg zu finden. Auch konditionell schien der Indianer Reserven zu besitzen, die selbst für einen gut durchtrainierten Gardisten wie Kurt Buck kaum erklärlich waren.

Tom hatte ein Tempo vorgelegt, das dem frischgebackenen Fähnrich alles abverlangte.

Aber Kurt hatte natürlich keine Schwäche zeigen wollen und schon deshalb die Zähne zusammengebissen.

Die beiden Gardisten machten sich daran, den Gleiter von seiner

Tarnung zu befreien. Dann öffnete Kurt mit Hilfe eines Fernbedienungsmoduls das Außenschott.

Die Männer betraten die TIME JUMPER ZERO.

»Jetzt kommt die wahre Bewährungsprobe für diesen Vogel«, murmelte Kurt, als er im Pilotensitz Platz nahm.

»Hast du schon einen Plan, wie wir die Gefangenen aus dem Doppelkugelraumer herausholen, ohne daß die Tel Gelegenheit bekommen, sie umzubringen?« fragte Jack, der sich auf dem Nebensitz niedergelassen hatte.

Kurt aktivierte die Systeme, überprüfte die Anzeigen und Displays.

Ein sonores Summen durchlief die TIME JUMPER ZERO.

Der Magnetantrieb ließ den Absetzer vom Boden abheben und Richtung Norden fliegen. Kurt blieb dabei im Tiefflug. Er hielt den Absetzer so dicht wie möglich an der Oberfläche, um eine Sichtung durch die Tel zu verhindern.

Erst im letzten Moment würden sie erkennen, was gespielt wurde.

Genau so, wie es zunächst für die beim Vorposten stationierten Manövergegner vorgesehen gewesen war.

»Ich weiß noch nicht genau, wie wir es machen«, meinte Kurt. »Aber unser erster Weg geht ohnehin zurück zur Höhle. Wahrscheinlich werden wir uns erst ein Bild der Lage machen müssen, die in den vergangenen zwei Eldoradotagen entstanden ist.«

»Ich denke, Kaunas und seine Frischlinge werden ganz schön für Unruhe unter den Tel gesorgt haben«, war der Indianer überzeugt.

In diesem Punkt konnte Kurt ihm nur zustimmen.

»Wenn wir Glück haben, sind nur geringe Kräfte beim Doppelkugelschiff verblieben. Dann macht uns das die Sache etwas leichter.«

Kurt beschleunigte den Absetzer noch etwas.

Nach kurzer Zeit tauchte ein Gleiter hinter dem Horizont auf. Zweifellos handelte es sich um einen jener Schweber, die der Doppelkugelraumer der Tel in seinen Hangars mit sich führte.

Die Gleiterbesatzung war offenbar damit beschäftigt, das Gebiet nach Kaunas und seinen Leuten abzusuchen.

Geistesgegenwärtig aktivierte Kurt Schutzschilde und Waffensysteme. Außerdem flog er ein Ausweichmanöver. Er riß die TIME JUMPER ZERO hoch, während der Kampfgleiter der Tel bereits feuerte. Der Strahlschuß verfehlte sein Ziel nur knapp und streifte den Schutzschild. Kurt hatte seinen Gegner ebenfalls ins Visier genommen. Er feuerte. Der Tel-Gleiter wurde voll erfaßt. Unter dem Dauerfeuer des Absetzers brach sein Schutzschirm zusammen. Der Gleiter explodierte. Kurt zog den Absetzer nach links, ließ ihn wieder dichter am Boden fliegen und jagte an der Absturzstelle vorbei, an der die größten Trümmerteile niedergegangen waren.

»Alle Achtung! Eine schnelle Reaktion«, stellte Tom fest.

Kurt verzog das Gesicht.

»Wir können nur hoffen, daß ich schnell genug war und die Tel keine Gelegenheit mehr hatten, mit dem Doppelkugelraumer in Verbindung zu treten.«

»Wir sollten uns weiter westlich halten und einen Bogen fliegen«, schlug der Indianer vor.

»Vielleicht hast du recht«, gestand der Fähnrich zu. Er hatte kein Problem damit, den Vorschlag eines Rangniederen anzunehmen. Davon abgesehen fühlte er sich durch die Tatsache, daß er seit kurzem Fähnrich war, keineswegs herausgehoben, geschweige denn daß er sich darauf etwas eingebildet hätte.

Unter Einsatzbedingungen durfte es einzig allein um Effektivität, aber niemals um Eitelkeit gehen. Kurt Buck hatte das verinnerlicht. Er wußte, daß sein Leben davon abhängen konnte, daß er diesem Grundsatz folgte.

Der Fähnrich drosselte die Geschwindigkeit und beobachtete aufmerksam die Umgebung.

Schließlich war nicht auszuschließen, daß sie auf weitere Gleiterpatrouillen der Tel trafen.

Die Dämmerung setzte ein.

Als der Abendmond über den Horizont kroch, erreichte die TIME JUMPER ZERO die Klamm.

Kurt setzte sie am Flußufer, ganz in der Nähe des Höhleneingangs ab.

Wenig später betrat er zusammen mit Jack die Zufluchtshöhle

und wurden von den Gardisten sowie Vegas' Leuten und den Überlebenden der Vorpostenbesatzung begeistert empfangen.

»Wann geht es los?« fragte Wladimir. »Wir sollten keine Zeit verlieren.«

»Wir warten bis es dunkel ist«, entschied Kurt. »Schließlich ist die TIME JUMPER ZERO nur optisch zu orten. Und da wollen wir es unserem Gegner ja nicht allzu leicht machen.«

»Wir haben in den letzten zwei Tagen immer wieder Späher losgeschickt, um über das auf dem laufenden zu bleiben, was rund um den Vorposten herum geschieht«, erklärte Wladimir.

Kurt hob die Augenbrauen.

»Und?« hakte er nach.

»Sie arbeiten rund um die Uhr daran, Tofirit aus dem Boden zu holen.«

»Dann brauchen sie es wohl sehr dringend.«

»Mag sein. Jedenfalls ist der größte Teil ihrer Gleiterflotte sowie ihrer Kampfroboter damit beschäftigt, hinter der Truppe von Feldwebel Kaunas herzujagen.«

Kurt nickte leicht. »Die Tel scheinen ziemlich nervös zu sein, das haben wir unterwegs auch festgestellt.«

»Ihr seid ihnen begegnet?« entfuhr es dem Russen verwundert.

Kurt zuckte die Achseln. »Ließ sich leider nicht vermeiden«, sagte er. »Wir haben einen dieser Kampfgleiter vom Himmel geholt.«

»Wenn sie ihrem Kommando übermitteln konnten, daß sich ein Absetzer der Garde in der Nähe befindet, wird es ungemütlich.«

»Wenn sie uns orten könnten, wäre deine Vermutung richtig. Aber so spielt das vermutlich keine Rolle.« Kurt machte eine weitausholende Handbewegung. »Ich möchte eine Einsatzbesprechung durchführen«, erklärte er.

Sie warteten bis zum Einbruch der Dunkelheit.

Die Gardisten stiegen an Bord des Absetzers. Roy Vegas begleitete sie. Nick Gantzler machte seinen Sicherheitsschalensitz für die lebende Legende Vegas frei und kauerte auf dem Boden.

»Es ist mir eine Ehre, Sir«, sagte er dazu.

Die anderen Besatzungsmitglieder der SPECTRAL sowie die Überlebenden der Vorpostenmannschaft hatten von Kurt Buck strenge Anweisung bekommen, die Höhle nicht zu verlassen. Der Erste Offizier der SPECTRAL übernahm während Roy Vegas' Abwesenheit als ranghöchster Flottenoffizier das Kommando über die in der Höhle Zurückbleibenden.

Wenn die Operation scheiterte, mußten sie versuchen auszuharren, bis die terranische Flotte auf das Problem aufmerksam wurde und Hilfe schickte.

Kaunas und seine Truppe waren bereits kurz nach der Ankunft durch ein kodiertes Signal darüber informiert worden, daß der entscheidende Teil der Mission jetzt begann.

Der Absetzer hob vom Boden ab.

Wladimir saß dabei wieder im Pilotensitz.

»Ich hoffe, es drückt irgend jemand ein paar Daumen für uns«, meinte der Russe. »Wir werden etwas Glück nötig haben, schätze ich.«

Im Tiefflug schnellte die TIME JUMPER ZERO auf den Einsatzort zu.

Wie ein schwarzer Schatten in der Nacht. Unsichtbar für die Ortungssysteme des Feindes. Im Gegensatz zu den Manövergegnern erwarteten die Tel nicht die Ankunft eines Flugkörpers, der ausschließlich optisch lokalisiert werden konnte. Davon abgesehen waren die Infrarotspürer der Invasoren zur Zeit sicherlich auf andere Ziele ausgerichtet. Die Ortungssysteme der TIME JUMPER ZERO registrierten während des Fluges mehrere havarierte Tel-Gleiter in den nordwestlich gelegenen Waldgebieten.

»Offenbar haben Kaunas und seine Frischlinge gute Arbeit geleistet«, kommentierte Wladimir die Daten.

»Hattest du etwas anderes erwartet?« fragte Kurt.

»Eigentlich nicht. Was Kaunas anfaßt, macht er mindestens hundertprozentig.«

Schon eigenartig, daß er jetzt letztlich unter meinem Kommando steht, überlegte Kurt. Aber die Tatsache, daß der Feldwebel dies ohne irgendein erkennbares Anzeichen von Neid oder Mißgunst akzeptiert hatte, zeigte seine wahre Größe. *Leistung hat er immer anerkannt,* erinnerte sich Kurt.

»Wir sind gleich da!« kündigte Wladimir an und riß Kurt damit aus seinen Gedanken.

»Achtung! Einsatz steht unmittelbar bevor!« kündigte Kurt den Soldaten an. »Alles bereitmachen.«

Das Licht des inzwischen hoch am Himmel stehenden, unregelmäßig geformten Abendmondes schien auf die Kuppen der Anhöhen, die das Tal, in dem sich der Kugelraumer befand, wie einen Ring umgaben.

Wladimir ließ eine Projektion entstehen, die das Gebiet in schematischer Darstellung zeigte.

Auf einem der Hügel blinkten Dutzende von roten Punkten in verschiedener Größe auf.

»Ich fliege einen Bogen, damit wir den Tel nicht gerade vor der Nase herumkurven«, sagte Wladimir.

Kurt grinste.

»So etwas machen wir nämlich grundsätzlich nur mit der Raumhafenkontrolle von Cent Field, Alamo Gordo!« witzelte er.

Einige der Männer lachten verhalten.

Natürlich wußte jeder, worauf Kurt angespielt hatte.

Die Umstände, die zu dem Vorfall während des Testfluges mit der TIME JUMPER ZERO geführt hatten, waren längst so gut wie jedem Gardisten in allen Einzelheiten bekannt. Die Geschichte hatte sehr schnell die Runde gemacht.

Aber trotz des lockeren Umgangstons war die Anspannung spürbar, die die Soldaten erfaßt hatte.

Sie waren bis in die letzte Nervenfaser auf die Aufgabe konzentriert, die jetzt vor ihnen lag.

Der Absetzer flog im extremen Tiefflug zwischen zwei der das Tal umgrenzenden Anhöhen hindurch. Ein dunkler Fleck, der nahezu lautlos und sehr schnell über den Boden huschte. Mehr nicht.

Auch auf dem Talgrund rund um den zerstörten Vorposten wurde intensiv gearbeitet. Die Tel fühlten sich offenbar einigermaßen sicher. Auf der Ortungsdarstellung war erkennbar, daß sich kaum noch Kampfroboter in der Nähe des Doppelkugelraumers befanden.

Offenbar waren die meisten dieser Maschinen im Einsatz gegen Kaunas' Truppe.

Auf einem nordwestlich gelegenen Hügel waren die Wracks mehrerer Gleiter für die Abtaster erkennbar. Das waren deutliche Spuren von Kampfhandlungen.

»Mehrere Schleusen des Doppelkugelraumers stehen offen«, meldete Wladimir.

»Nimm die, die sich am nächsten zum Äquator der Doppelkugel befindet!« wies Kurt ihn an.

»Ich hoffe nur, du kennst dich wirklich gut mit diesen Tel-Raumern aus und wir müssen nicht elendig lange durch das Schiff irren.«

»Du kannst dich auf mich verlassen, Wlad.«

Blitzschnell flog der Absetzer durch eine der offenstehenden Schleusen und landete in einem beinahe leerstehenden Hangar. Lediglich ein einziger Gleiter befand sich dort. Alle anderen Einheiten schienen sich im Einsatz zu befinden.

Das Außenschott wurde geöffnet.

Die Gardisten verließen den Absetzer.

Wladimir und Kurt griffen ebenfalls nach Paralysatoren und befanden sich wenig später im Hangar.

Die ersten Strahlschüsse wurden von einigen bewaffneten Tel abgefeuert, die sich zuvor an dem offenbar durch Blasterfeuer beschädigten Kampfgleiter zu schaffen gemacht hatten. Kaunas' Männer hatten hier ihre Handschrift mit dem Multikarabiner eingebrannt.

Der massive Einsatz der Paralysatoren ließ kaum einen der Tel zu einem gezielten Schuß kommen. Innerhalb von wenigen Augenblicken sanken sie bewußtlos zu Boden.

»Gruppe A bleibt hier, Gruppe B folgt mir!« gellte Kurts Befehl.

Die Aufgabenverteilung war während der Einsatzbesprechung in der Höhle genau festgelegt worden.

Kurt teilte seinen Zug in zwei gleichstarke Gruppen. Gruppe A hatte die Aufgabe, unter Wladimir Jaschins Kommando im Hangar zu bleiben und die TIME JUMPER ZERO gegen Angriffe der Tel zu verteidigen.

Dazu begannen Wladimirs Männer sofort damit, den paralysierten Tel die Strahlwaffen abzunehmen, um sich notfalls auch gegen Roboter zur Wehr setzen zu können.

Kurt und seine Gruppe gingen inzwischen auf das Hauptschott zu, das ins Innere des Schiffes führte.

Roy Vegas wollte mit seiner Dienststrahlenpistole kurzerhand das Schloß öffnen.

Aber das erwies sich als unnötig.

Das Schott öffnete sich selbsttätig.

Etwa ein Dutzend Tel und ein Kampfroboter befanden sich auf der anderen Seite.

Die Gardisten eröffneten sofort das Feuer mit ihren Paralysatoren.

Den Kampfroboter streckte Vegas mit seiner Strahlenpistole nieder. Der Treffer erwischte den so menschlich aussehenden Maschinenkörper einige Zentimeter unterhalb des Halses, wo sich der zentrale Steuerungssuprasensor befand.

Innerhalb von wenigen Sekunden war das Gefecht vorbei. Die Tel lagen bewußtlos auf dem Boden.

Kurt drehte sich kurz um.

»Hier sind noch jede Menge Strahlwaffen für euch, Wlad!« rief er. Dann stieg er über die Bewußtlosen hinüber.

Jetzt mußte alles sehr schnell gehen. Der Überraschungseffekt mußte ausgenutzt werden, wenn die Operation zu einem erfolgreichen Ende geführt werden sollte.

Kurt kannte sich gut genug mit den Konstruktionsplänen von Tel-Raumern aus, um zu wissen, wohin er sich mit seinen Leuten wenden mußte, um das nächste Ziel zu erreichen.

Die Funk-Z.

Die Gardisten folgten Kurt einen Korridor entlang.

Hinter der nächsten Biegung griffen zwei überraschte Tel zu ihren Strahlenpistolen. Noch ehe sie damit irgendwelchen Schaden anrichten konnten, wurden sie durch Paralysatoren niedergestreckt.

Kurt nahm beide Strahlenpistolen an sich. Eine warf er André Souan zu, der sie sicher mit der Linken fing.

»Weiter!« forderte Kurt.

Sie erreichten einen Antigravschacht, in dem sie sich in das nächsthöhere Deck tragen ließen.

Alarmsirenen schrillten durch den Doppelkugelraumer.

Aber offensichtlich befanden sich nicht mehr genügend bewaffnete Verteidiger an Bord, um einen vernünftigen Widerstand zu organisieren.

Kurts Trupp erreichte die Zugangstür zur Funk-Z.

Die Öffnungsautomatik war abgeschaltet.

Konzentriertes Strahlfeuer aus Vegas' Pistole setzte das elektronische Schloß außer Gefecht. Die Tür ließ sich nun zur Seite schieben.

Die ersten Gardisten stürzten in die Funk-Z.

Unter ihnen André Souan und Nick Gantzler.

Vier Tel befanden sich in dem Raum. Sie waren mit Strahlpistolen bewaffnet. Aber eher einer von ihnen in der Lage war, seine Waffe einzusetzen, wurden sie allesamt durch Paralysatorfeuer betäubt.

Kurt wandte sich an Roy Vegas.

»Jetzt sind Sie dran.«

Vegas lächelte. »Von den Tel können wir jedenfalls niemanden mehr fragen, wie man in die Rechnersysteme des Schiffes hineinkommt«, stellte er mit einem kurzen Blick auf die Bewußtlosen fest.

Vegas' Blick glitt über die Anzeigen und Displays auf den Konsolen. Er wandte sich einem der Eingabepulte zu, ließ die Finger darübergleiten. Projektionen erschienen.

Kurt Buck sah dem ersten Mann auf dem Mars mit Erstaunen zu.

Offenbar erfaßte Vegas die Funktionen des Bordrechners der Tel innerhalb weniger Augenblicke intuitiv – ganz so, wie er es prophezeit hatte.

Ein Ruck ging durch seinen Körper. Er wandte sich an den ihm am nächsten stehenden Gardisten. Das war Nick Gantzler.

»Die Phase des Hypersenders ist offen. Jagen Sie die Warnung an die HAMBURG hinaus!«

»Ja, Sir!« murmelte Gantzler und gehorchte. »Hier spricht Schütze Nick Gantzler vom Manöverzug unter Fähnrich Buck. Auf Eldorado hat eine Invasion durch ein Vierhundertmeterraumschiff der Tel stattgefunden. Der Vorposten und die Sternschnuppe SPECTRAL sind vernichtet…«

Vegas wandte sich inzwischen einer anderen Konsole zu.

Wieder tanzten seine Finger in atemberaubendem Tempo über die Eingaben. Für jeden, der sich nicht eingehend mit der Raumfahrt- und Computertechnologie der Tel beschäftigt hatte, wäre das Auffinden der einzelnen Rechnerfunktionen normalerweise mit einer langwierigen Suche verbunden gewesen.

Für Vegas galt das nicht.

Während seiner Jahre in der Gefangenschaft des Marsrechners hatte er eine Art intuitiver Verbindung zu dessen künstlicher Intelligenz aufbauen können, die sich offensichtlich auch auf andere Rechnersysteme übertragen ließ.

Einige der Anzeigen flackerten plötzlich.

Projektionen begannen zu flimmern, lösten sich teilweise auf.

»Was ist los?« fragte Kurt.

»Keine Panik«, erwiderte Vegas. »Da versucht uns gerade jemand die Energie abzudrehen, aber sie waren nicht schnell genug.«

Die Projektionen stabilisierten sich wieder.

»Ich habe mich in das Rechnernetz des Raumschiffs eingeklinkt und jetzt den alleinigen Zugriff auf die gesamte Energieversorgung«, erklärte Vegas. Ein dünnes Lächeln umspielte seine Lippen. Leise fügte er noch hinzu: »Aber das werde ich erst ausnutzen, wenn ich weiß, wo die Gefangenen sind…«

Wieder bediente der Kommandant der SPECTRAL den Rechner mit geradezu atemberaubender Geschwindigkeit. *Erstaunlich, wie sicher er schon nach wenigen Augenblicken mit dem fremden System umzugehen weiß*, ging es Kurt voller Bewunderung durch den Kopf. *Andere könnten das selbst nach monatelangem Training nicht so gut!*

Roy Vegas aktivierte eine schematische Drei-D-Darstellung des Schiffes.

Anschließend ließ er das Innere des Raumers nach Bioimpulsen von Terranern durchsuchen.

Binnen Sekunden wurde er fündig.

»Deck zwölf, Sektion drei«, erkannte Kurt. »Wir müssen ein

Stück abwärts.«

»Prägen Sie sich gut ein, wo sich die Gefangenen befinden, Fähnrich Buck.«

»Schon geschehen.«

»Ich werde jetzt sämtliche noch im Einsatz befindlichen Roboter der Tel deaktivieren und den Rechner anschließend zum Absturz bringen. Dann läuft hier gar nichts mehr.«

»Hauptsache, die Energieversorgung der Antigravschächte wird nicht in Mitleidenschaft gezogen«, sagte Kurt. »Die brauchen wir nämlich noch.«

»Keine Sorge, Fähnrich.«

Wieder glitten Vegas' Finger über die Tastatur. Die Projektionen verschwanden. Auf den Anzeigen erschienen wirre Zeichen.

»Schätze, Kaunas und sein Trupp werden es von nun an da draußen etwas leichter haben«, kommentierte Nick Gantzler das Vorgehen des Computergenies.

Roy Vegas atmete tief durch.

»Geschafft!« stellte er fest.

»Dann nichts wie los!« meinte Kurt.

Doch im nächsten Moment blieben sowohl der Fähnrich als auch seine Männer wie erstarrt stehen.

Eine Lautsprecherstimme schallte durch die Funk-Z.

Roy Vegas schaltete den Translator ein, den er neben seiner Strahlenpistole am Gürtel trug.

»Selbstzerstörungssequenz aktiviert! Achtung! Selbstzerstörungssequenz aktiviert!«

Vegas trat noch einmal zu dem Terminal, von dem aus er den Bordrechner zum Absturz gebracht hatte.

Er blickte auf die Anzeigen.

»Verdammt...« murmelte er.

»Was ist los?« fragte Kurt.

»Offenbar existiert ein autarkes Selbstzerstörungssystem, das über den Bordrechner nicht zu beeinflussen ist«, stellte Vegas fest. »Ich nehme an, daß es automatisch in der Sekunde aktiviert wurde, als das Schiff durch den Ausfall des Bordrechners wehrlos wurde.«

Die Lautsprecheransage wiederholte ihre Warnung monoton.

»Selbstzerstörungssequenz aktiviert«, schnarrte es auf Angloter aus dem Translator an Vegas' Gürtel. »Selbstzerstörung erfolgt in genau... 15 Minuten.«

Mit minimaler Verzögerung hatte der Translator die Zeitangabe in die auf Terra übliche Maßeinheit umgerechnet.

Kurt wandte sich Vegas zu.

»Keinerlei Zugriffsmöglichkeit?«, vergewisserte er sich noch einmal.

Vegas schüttelte den Kopf.

Wenn ein Mann mit seinen Fähigkeiten keinen Weg sieht, die Selbstzerstörungssequenz zu stoppen, dann gibt es auch keinen, durchzuckte es den Fähnrich.

Über Vipho stellte er eine Verbindung zu Wladimir Jaschin her.

»Wlad, ihr startet die TIME JUMPER ZERO.«

»Aber...«

»Sofort! Ihr fliegt umgehend zurück zur Höhle. Hier wird es in genau 15 Minuten ein Inferno geben...«

Tiefe Furchen hatten sich auf dem Gesicht von Major Hector Elizondo gebildet.

Der Kommandant der HAMBURG saß in seinem Schalensitz und hatte die Beine übereinandergeschlagen. Mit angespanntem Gesicht hatte er der Hyperfunkbotschaft aus dem Boulanger-System gelauscht.

»Offenbar ist dort einiges anders verlaufen als geplant«, kommentierte Jack Ornelas. Der Funker und Zweite Offizier der HAMBURG blickte auf seine Anzeigen. »Es kommt kein weiteres Hyperfunksignal, Sir. Die Botschaft ist zu Ende. Vielleicht hatte Schütze Nick Gantzler auch einfach keine Gelegenheit mehr, uns mehr zu sagen...«

Elizondo erhob sich. Er kratzte sich nachdenklich am Kinn. »Tel im Boulanger-System... das muß etwas zu bedeuten haben«, murmelte er. »Ornelas, senden Sie einen verschlüsselten To-Richtspruch an unser Oberkommando auf Terra.«

»Ja, Sir.«

»Ich bin mal gespannt darauf, was Marschall Bulton dazu zu sagen hat.« Elizondo wandte sich an Leutnant John Brdaric, der gerade die Pilotenkonsole der HAMBURG bediente.

»Machen Sie alles klar für eine Transition ins Boulanger-System.«

»Ja, Sir«, bestätigte Brdaric.

»Wir transitieren in die Außenbereiche des Systems. Mindestens eine astronomische Einheit von der äußersten Planetenbahn entfernt. Schließlich müssen wir zuerst die Lage peilen.«

Dank der Hyperfunkwarnung würde die HAMBURG jetzt nicht blindlings in eine Falle tappen, sondern vorbereitet sein.

Ein entscheidender Unterschied.

Elizondo fuhr fort: »Außerdem soll Gefechtsbereitschaft hergestellt werden. Ein Vierhundertmeterschiff der Tel ist nicht von Pappe!«

Elizondos Gedanken rasten nur so.

Konnte es wirklich sein, daß das gewaltige Telin-Imperium, das mehr als 10 000 Welten umfaßte, seinen langen Arm nun auch nach Eldorado und dem Boulanger-System ausstreckte?

Eigentlich konnte dies nicht im Interesse der Regierung auf Cromar liegen.

Das Imperium der Schwarzen Weißen hatte längst einen Punkt erreicht, an dem die Kontrolle über die Außenbereiche seines Herrschaftsgebietes nur noch nominell vorhanden war. An einer weiteren Expansion konnten die Tel nur nach einer vorherigen Konsolidierungsphase im Inneren interessiert sein. Eine Phase, die angesichts der im Vergleich zu Terra und seinen Kolonien geradezu gigantischen Ausmaße ihres Sternenreichs sicherlich Jahrzehnte dauern würde, ehe sie zu einem vorläufigen Abschluß kam.

Gerüchte und vereinzelte Nachrichten über lokale Rebellenbewegungen innerhalb des Imperiums machten immer wieder die Runde. Aber es war schwer zu beurteilen, was davon tatsächlich der Realität entsprach.

Die Triebwerke der HAMBURG wurden aktiviert.

Das Transportraumschiff der Schwarzen Garde beschleunigte.

»Was immer nun auch hinter diesem Warnruf stecken mag – fest steht, daß Bucks Truppe den offenbar einzigen Hypersender erobert hat, den es zur Zeit auf Eldorado gibt«, stellte inzwischen

Jack Ornelas fest und scheuchte damit das Gewirr aus flüchtigen, halbgaren Gedanken zur Seite, das Elizondo gegenwärtig beschäftigte.

»Ein Meisterstück«, stimmte John Brdaric zu. »Wie immer er das auch geschafft haben mag.«

»Wir werden sehen«, knurrte Elizondo.

Wenig später führte die HAMBURG den Raumsprung ins benachbarte Boulanger-System durch.

»Was sagen die Abtaster?« fragte Elizondo ungeduldig an Ornelas gewandt.

»Keinerlei weitere Raumschiffe im gesamten System.«

»Der Raumer, mit dem die Tel den Vorposten zerstört haben, befindet sich dann wohl auf der Oberfläche Eldorados«, vermutete Elizondo. Er traute dem Braten noch nicht so recht. Ein einziges Tel-Schiff, das Terra eine seiner Kolonien abjagen sollte?

Wenn die Führung des Telin-Imperium tatsächlich so verrückt war und einen derartigen Befehl gab, dann war anzunehmen, daß diese Aktion gut abgesichert durchgeführt wurde.

Genau das schien aber nicht der Fall zu sein.

Entweder sie fühlen sich sehr sicher, oder diese Tel haben mit dem Imperium nichts zu tun, überlegte Elizondo.

»Gehen Sie in eine Umlaufbahn um Eldorado, Leutnant Brdaric«, forderte Elizondo. »Ich bin gespannt darauf, was wir auf der Oberfläche vorfinden werden!«

Kurt und seine Leute verließen die Funk-Z. Jetzt ging es um jede Sekunde. Die Männer folgten dem Fähnrich bis zum nächsten Antigravschacht.

Mehrere Tel befanden sich dort.

Sie waren offensichtlich ziemlich durcheinander, griffen zu ihren Waffen.

Ein Strahlschuß erfaßte einen der Gardisten.

Es war Tom White Feather.

Sekundenbruchteile später war die gesamte Gruppe von Tel mit Paralysatoren niedergemacht worden. Keiner von ihnen rührte sich noch.

Kurt schluckte, starrte auf das, was der konzentrierte Energiestrahl von dem Indianer übriggelassen hatte.

Das hat er nicht verdient! ging es Kurt bitter durch den Kopf. Aber er mußte sich von dem Anblick des Toten losreißen. Keine Sekunde durfte er noch damit verschwenden zurückzublicken. Tom White Feather konnte niemand mehr helfen.

»Weiter!« forderte Kurt mit belegter Stimme.

Er ging als erster in den Antigravschacht und sank in die Tiefe.

Die anderen folgten.

In Kurts Hirn rasten die Gedanken nur so. Er wußte, daß er jetzt jegliche Emotion zu unterdrücken hatte. Für Trauer war Zeit, wenn dieser Einsatz beendet war. Nicht vorher. Schließlich stand noch das Leben der Gefangenen auf dem Spiel. Die Uhr tickte unerbittlich. Die Selbstzerstörungssequenz schritt unaufhaltsam vorwärts.

Kurt erreichte Deck zwölf.

Die Gefangenen waren dort in einem Hangar untergebracht, der eigentlich für Frachtgut bestimmt war, aber offenbar nicht dafür genutzt worden war.

Vor dem Zugangsschott des Hangars standen ein paar bewaffnete Wächter, die sofort das Feuer auf die Gardisten eröffneten.

Augenblicke später hatten diese sie mit ihren Paralysatoren ausgeschaltet.

Das Schott wurde gewaltsam mit Hilfe von Vegas' Strahlpistole geöffnet.

Nick und André schoben es zur Seite.

Mit den Paralysatoren im Anschlag drangen die Gardisten ins Innere vor.

Etwa dreißig Personen befanden sich dort. Sowohl Männer als auch Frauen, die entweder auf der SPECTRAL oder dem Vorposten ihren Dienst verrichtet hatten. Sie kauerten zumeist am Boden. Einige waren leichtverletzt.

Sie wirkten erstaunt und etwas verstört.

Offenbar hatten sie noch nicht begriffen, was die Stunde für sie geschlagen hatte. Das Gesicht des einen oder anderen hellte sich auf, nachdem er die Uniformen der Schwarzen Garde sowie Roy Vegas erkannt hatte.

Vegas war es auch, der das Wort als erster ergriff.

»Sie sind frei! Aber das Schiff wird sich innerhalb weniger Minuten selbst zerstören. Folgen Sie uns…!«

»… und rennen Sie um Ihr Leben!« vollendete Kurt den Satz des ehemaligen Kommandanten der SPECTRAL.

Die ersten Gefangenen erhoben sich. Die eigenartige Lethargie, die sie bis dahin befallen zu haben schien, verflüchtigte sich nun. Langsam begriffen sie, daß sie jetzt die Chance hatten, doch noch freizukommen.

»Na los, worauf wartet ihr?!« rief André Souan. »In Kürze verwandelt sich dieses Raumschiff in einen riesigen, strahlenden Feuerball! Also vorwärts!«

Sie rannten den Korridor entlang.

Auf Widerstand trafen sie kaum noch. Der Großteil der Besatzung der 400 Meter hohen Doppelkugel war ohnehin nicht an Bord. Kurt und sein Trupp trafen nur vereinzelt auf Tel, die sich ihnen entgegenzustellen versuchten. Paralysestrahlen schalteten sie schnell aus. Andere Besatzungsmitglieder des Raumers schienen vollkommen orientierungslos und verwirrt zu sein.

Kurt und die anderen ignorierten sie.

Unablässig schrillte die Ansage durch die Korridore, die das Ende ankündigte. Die Selbstzerstörung.

Über den Antigravschacht gelangten sie hinab ins unterste Deck. Erneut lag ein kahler, gerader Korridor vor den Gardesoldaten und den befreiten Gefangenen.

Die Gardisten achteten darauf, daß niemand zurückblieb.

Vor ihnen lag schließlich das Zugangsschott zur Hauptschleuse. Es stand offen, ebenso wie das Außenschott.

Dutzende von zumeist unbewaffneten Tel kamen ihnen entgegen.

Ihre Augen waren glasig und starr.

Kurt runzelte die Stirn.

Warum strömen diese Narren zurück ins Schiff? durchzuckte es ihn. Das war gegen jede Vernunft.

»Los, weiter, Fähnrich!« hörte er Roy Vegas' Stimme neben sich.

Er hatte recht.

Etwa sieben Minuten hatten sie noch, um sich vor dem Inferno wenigstens einigermaßen in Sicherheit zu bringen. Daß sie alle mit schweren Verstrahlungen rechnen mußten, wenn die Reaktoren des Tel-Raumers auseinanderbarsten, war Kurt durchaus klar.

Es gab niemanden, der schnell genug zu laufen vermochte, um sich in dieser Situation noch in Sicherheit bringen zu können.

Sie rannten hinaus ins Freie, während die Tel zurück ins Schiff strömten. Es handelte sich wohl vor allem um Techniker, die mit dem Tofiritabbau beschäftigt gewesen waren. Die meisten trugen keine Waffen.

»Das müssen Fanatiker sein«, stellte Vegas keuchend fest. »Fanatiker, die den Tod suchen.«

Kollektiver Selbstmord bei Scheitern der Operation, ging es Kurt Buck durch den Kopf. *Das spricht für Kaunas' Hypothese, wonach es sich um Rebellen und nicht um reguläre oder verdeckt operierende Einheiten des Telin-Imperiums handelt.*

Ein Gleiter stieg von einer der Stellen auf, an der Tofirit gefördert wurde. Er flog in Richtung Westen, auf die Waldgebiete zu.

Offenbar waren nicht alle Tel zum gemeinschaftlichen Selbstmord entschlossen.

Von einer Nebenschleuse aus feuerte ein Tel auf den davonziehenden Gleiter. Er benutzte einen schweren Blaster. Der Gleiter hatte keinerlei Schutzschild aktiviert. Der Energiestrahl bohrte sich durch das Heck, fraß sich in die Triebwerkssektion hinein und ließ die Maschine zerplatzen.

Kurt Buck konnte nirgends im Tal einen weiteren Gleiter ausmachen, den man eventuell hätte an sich reißen und zur Flucht benutzen können. Alles, was den flüchtenden Terranern blieb, war die Kraft ihrer Beine.

»Dorthin!« schrie Kurt Buck und deutete Richtung Osten.

Dort waren die Hügel am nächsten. Wenn das große Feuerwerk losbrach, bedeuteten diese Anhöhen zumindest eine Möglichkeit, sich in Deckung zu legen.

Unerbittlich ging die Zeit dahin.

Minute um Minute.

Viel zu langsam näherten sie sich der Hügelkette.

Kurt schätzte die Entfernung auf ungefähr drei Kilometer.

Zu wenig, um einer Verstrahlung zu entgehen, erkannte der Fähnrich. Wahrscheinlich brauchten sie sogar noch etwas Glück, um den zu erwartenden Regen aus Trümmerteilen zu überleben.

»Ich kann nicht mehr!« rief ein Mann, der zur Besatzung des Vorpostens gehört hatte.

»Vorwärts!« rief Kurt. »Reißen Sie sich zusammen. Es geht um Ihr Leben!«

Der Mann strauchelte.

Zwei Gardisten blieben stehen, stellten ihn auf die Füße und versuchten dann, mit ihm zusammen Anschluß zu halten.

Die Flüchtenden keuchten und bemühten sich, die letzten Kräfte zu mobilisieren. Jeder Meter, den sie zwischen sich und das unweigerlich ausbrechende Inferno legten, konnte über Leben und Tod entscheiden.

Für die durchtrainierten Gardisten war dieser Lauf kein Problem. Trotz der Belastungen und Strapazen, die bereits hinter ihnen lagen.

Für die ehemaligen Besatzungsmitglieder der SPECTRAL und die Männer und Frauen des Vorpostens galt das natürlich nicht. Sie mußten den letzten Rest ihrer Kraftreserven mobilisieren, um durchzuhalten.

Kurt blickte auf das Chronometer an seinem Handgelenk.

Wenn die 15 Minuten seit Aktivierung der Selbstzerstörungssequenz vorbei waren, mußten sie sich in Deckung legen, gleichgültig, wie weit sie dann waren.

Eine Minute blieb noch bis zum großen Knall.

Sie erreichten gerade den Hügel. Der Hang war verhältnismäßig flach. Sie hetzten hinauf. Zeitweilig ging es nur auf allen vieren vorwärts.

Kurt Buck blieb stehen, blickte zurück.

»Weiter!« rief er.

Die Gardisten halfen den befreiten Gefangenen, wo immer es möglich war. Letztere waren am Ende ihrer Kraft. Das war deutlich zu sehen.

Aber sie hatten es noch keineswegs geschafft. Noch lagen einige Höhenmeter vor ihnen. Wenn sie die Hügelkuppe hinter sich hatten, bedeutete das vielleicht einen notdürftigen Schutz vor umherfliegenden Trümmerteilen. Kurt packte einen der Befreiten, zog ihn ein Stück hinauf.

Die Sekunden verrannen.

Eine halbe Minute.

Zwanzig Sekunden.

Die ersten Gardisten hatten die Kuppe erreicht.

Zehn Sekunden.

»In Deckung gehen!« rief Kurt.

Das Inferno brach aus. Der Doppelkugelraumer barst in einer gewaltigen Explosion auseinander. Trümmerteile schnellten wie Geschosse durch die Luft. Bis weit über die Hügelkette hinweg wurden diese Teile geschleudert.

Die Gardisten hatten sich rechtzeitig in Deckung geworfen.

Einige der Befreiten waren allerdings noch auf den Beinen, versuchten doch noch die Hügelkuppe zu erreichen, um dahinter Deckung zu finden, anstatt sich einfach hinter den nächstbesten Felsbrocken zu werfen.

Schreie gellten.

Metallteile trafen mehrere der Flüchtenden und töteten sie. Getroffen sanken sie zu Boden und rutschten den zur Kuppe hin steiler werdenden Hang hinunter.

Allen anderen blieb nichts weiter übrig, als sich so dicht wie möglich an den Boden zu pressen und abzuwarten.

Abzuwarten, bis die Explosionshölle verging.

Überall schlugen Trümmerteile auf. Eine gewaltige Staubwolke wurde aufgewirbelt und machte es unmöglich, irgend etwas von dem zu sehen, was unten im Tal geschah.

Der großen Explosion folgten noch mehrere kleinere Detonationen.

Irgendwann war es endlich still.

Jetzt beginnt die Strahlenhölle, dachte Kurt bitter. Bei der Explosion des Raumschiffs mußten gewaltige Mengen harter, radioaktiver Strahlung freigeworden sein. *Die Strahlung sieht man nicht. Man spürt sie auch nicht. Aber sie tötet trotzdem.*

Seit Stunden lagen Jannis Kaunas, Jay Rajav Singh und Ron Dales im periodischen Dauerfeuer der Tel und der sie unterstützenden Roboter.

Die hatten ziemlich schnell herausbekommen, wo sich der Feldwebel und seine beiden Begleiter versteckt hatten. Vermutlich hatte ein Blick auf die Geländekarte dazu ausgereicht. Die Anhöhe mit den Felsen auf der Kuppe war der beste Unterschlupf weit und breit. Selbst zu dritt konnten die Gardisten sie hervorragend verteidigen. Ron Dales hatte zunächst vorgeschlagen, weiter in den Wald zu fliehen, aber Kaunas hatte das abgelehnt.

Schließlich rückte der entscheidende Moment immer näher, in dem der Kern der Operation begann.

Kurt Bucks Rückkehr und der Angriff mit dem neuen Absetzer.

»Unsere Aufgabe ist es nun mal, möglichst viele Kräfte auf uns zu ziehen – und ich wüßte keinen Ort, von dem aus das besser möglich wäre, als diesen!« erklärte der Balte seine Vorgehensweise. »Außerdem wären wir in der Umgebung doch auch nur Freiwild. Die zahlenmäßige Überlegenheit der Gegner ist mittlerweile dermaßen groß, daß wir gar keine Chance hätten, ihnen auf die Dauer zu entgehen! Da bieten wir ihnen doch besser hier einen blutigen Empfang!«

Ein anderer Faktor kam noch hinzu.

Sie mußten immer sparsamer mit ihrer Munition sein.

Die Energiemagazine der Multikarabiner waren auf unter dreißig Prozent abgesackt.

Explosivgeschosse besaß inzwischen keiner mehr.

Die einfachste Sparmaßnahme war dabei, möglichst gut zu treffen.

Die Gardisten hatten sich so zwischen den Felsen verschanzt, daß es für jeden Angreifer äußerst schwierig war, sie zu treffen. Außerdem mußten die Gegner den teilweise recht steilen Hügel erst einmal hinaufkommen, was auch nicht ganz einfach war.

Gegenwärtig hielten sie sich noch zurück.

Mehrere Gleiter hatten in der Nähe Kämpfer und Roboter abgesetzt, die die Anhöhe eingekreist hatten.

Ein Entkommen gab es nicht.

Aber den Tel fehlte ganz offensichtlich der Mut, die Gardisten aus ihrer Stellung herauszuholen. Sie schienen genau zu wissen, welchen Preis sie dafür zu zahlen gehabt hätten.

Bislang waren die Anstrengungen der Schwarzen Weißen recht erfolglos.

Selbst der Beschuß mit Gasgranaten war ins Leere gegangen. Wie Kaunas wußte, verströmten diese Granaten ein schnell wirkendes Nervengift, das in der Lage war, zahlreiche Humanoiden innerhalb kürzester Zeit zu töten.

Es zersetzte sich allerdings ebenso schnell wieder, um die normalerweise nachrückenden eigenen Truppen nicht zu gefährden.

Für Kaunas, Jay und Ron war es jedoch kein Problem gewesen, diesen Angriff zu überleben. Sie schlossen einfach ihre Helme und aktivierten die autarke Sauerstoffversorgung, bis das Gas verflogen war.

»Schweinehunde sind das«, knurrte Kaunas, kurz nachdem er sein Visier wieder geöffnet hatte. »Selbst im barbarischen zwanzigsten Jahrhundert waren auf Terra Gasangriffe geächtet!«

Gegen Abend kam dann das kodierte Signal, auf das sie alle so lange gewartet hatten.

Der Absetzer war zurückgekehrt und befand sich nun im Angriffsflug auf den Doppelkugelraumer.

Kaunas drückte Kurt die Daumen.

Zweifellos hatte der frischgebackene Fähnrich mit seinen Leuten den mit Abstand heikelsten Job bei dieser Mission.

Es hing alles von ihm ab.

Wenn er scheiterte, flog die HAMBURG blindlings in ihr Verderben.

Das Gefecht wurde zunächst mit unverminderter Härte fortgesetzt.

Die Tel schickten vornehmlich ihre Roboter in das bergige Gelände, in dem sich die Gardisten verschanzt hatten. Keiner von ihnen schaffte es, die Kuppe zu erreichen, so geschickt sie auch vorgingen.

Zwischendurch erfolgten immer wieder Angriffe aus der Luft.

Innerhalb einer Stunde schien sich zunächst nichts zu ändern.

Das erste, was Kaunas auffiel, war, daß es keine Luftunterstützung mehr gab.

Mehrere Gleiter drehten ab, bevor sie ihren Bestimmungsort überhaupt erreicht hatten.

Zwei von ihnen zerplatzen in der Luft.

»Ich kann mich täuschen, aber das sah nicht wie die Wirkung eines Geschosses aus?« fand Jay.

Kaunas schwieg.

»Was sollte es denn sonst gewesen sein?« knurrte er, obwohl auch er Zweifel hatte. »Eine Selbstzerstörung?«

»Das wäre absurd«, fand Jay.

»Eben!« brummte Kaunas, dessen Sinne jetzt noch wacher waren als normalerweise.

Mit dem Instinkt eines Soldaten, der bereits durch die Hölle unzähliger Kämpfe gegangen war, ahnte er, daß sie sich an einem entscheidenden Wendepunkt befanden.

Etwas später erstarrte ein Roboter, der sich der Kuppe bereits ziemlich genähert hatte, mitten in der Bewegung. Er ging nicht mehr in Deckung. Sein Kopf schaute hinter einem Felsvorsprung hervor. Der Blaster war angelegt, aber die Maschine feuerte nicht.

Ron wollte ihn mit einem Energieschuß erledigen, aber Kaunas hielt ihn mit einem barschen Zwischenruf davon ab.

Die Tel hatten inzwischen das Feuer vollkommen eingestellt. Stimmen waren zu hören.

Kaunas deutete in Richtung des Roboters.

»Sehen Sie sich die Optik an!«

»Die rotglühenden Augen sind verloschen!« stellte Ron fest.

»Das Ding ist deaktiviert worden.«

»Aber... wieso?«

»Gute Frage, Dales.«

Kaunas lauschte.

Zwischen den Bäumen waren Gestalten zu sehen.

Stimmengewirr erhob sich.

»Die ziehen sich zurück!« stellte jetzt Jay Rajav Singh fest. Seine Stimme überschlug sich dabei fast, so unglaublich war dieser Vorgang. Schließlich waren die Gegner in zahlenmäßig erdrückender Übermacht. Jay blickte sich um. »Der Ring um uns ist aufgelöst. Die scheinen sich zu sammeln.«

Für Kaunas war klar, daß da irgend etwas geschehen sein mußte, was plötzlich alles verändert hatte. Ein Faktor, von dem sie noch nichts ahnten.

Blitze zuckten im Wald.

Energieblitze und Paralysestrahlen. Hier und da wurden auch Explosivgeschosse eingesetzt.

»Teufel, da wird gekämpft!« rief Kaunas und sprang aus der Deckung.

Eine Stimme war in seinem Helm zu hören.

»Hier Rekrut Gary Keogh. Ich rufe Feldwebel Kaunas auf seiner persönlichen Frequenz. Sir, Sie müssen hier irgendwo in der Nähe stecken…«

»Allerdings!« erwiderte Kaunas. »Und ich bin gleich bei euch!«

Kaunas stürzte den Hang hinunter.

Jay und Ron folgten ihm.

Das Gefecht war inzwischen vorbei. Eine Gruppe von mindestens sechzig Tel hatte die Hände gehoben, während zwischen den Bäumen und Büschen von überallher Soldaten in den Kampfanzügen der Schwarzen Garde hervortraten.

Ein Schatten verdunkelte im selben Moment das Licht der Sonne Boulanger.

Ein Gleiter, der genau über der Gruppe schwebte, aber oberhalb der Baumwipfel blieb. Mit einem Antigravfeld sanken mehrere Männer hinab und setzten sanft auf dem Boden auf.

Auch sie trugen die Anzüge der Garde.

Einer von ihnen öffnete sein Helmvisier.

Es war Gary Keogh.

»Na, was sagen Sie, Feldwebel?« Er deutete zum Gleiter. »Das Ding dort haben wir den Tel heute morgen abgenommen.«

Kaunas war tatsächlich einen Augenblick lang sprachlos.

Seine Männer nahmen den Gefangenen inzwischen die Waffen ab. Zwischen den Bäumen standen weitere, offensichtlich deaktivierte Roboter.

»Ordentliche Arbeit«, sagte er schließlich.

»Danke, gleichfalls, Sir!« sagte Gary.

»Wofür? Ich habe keinen Gleiter erobert.«

»Nein«, stimmte Gary Keogh zu. »Aber Sie haben den Tel hier eine Mordsshow geboten. Das muß Ihnen mal jemand nachmachen! Zu dritt die Aufmerksamkeit fast der gesamten Kampfverbände des Gegners auf sich zu lenken.«

»Diese Kämpfe sind Ihnen nicht verborgen geblieben«, schloß Kaunas.

Gary zuckte die Achseln. »Die Energieentladungen und Detonationen sprachen eine deutliche Sprache für jeden Gardisten im weiten Umkreis.«

Kaunas' Gesicht wurde wieder ernster. »Wissen Sie etwas darüber, was mit Bucks Gruppe geschehen ist?«

»Nein, Sir, aber...«

Gary zögerte.

Er schluckte.

»Raus damit, Keogh!«

»Der Doppelkugelraumer ist explodiert«, ergänzte ein anderer Soldat. »Wir haben es aus der Luft gesehen. Die Trümmer flogen kilometerweit. Im gesamten Tal dürfte niemand davongekommen sein.«

Kaunas ballte die Hände zu Fäusten.

»Verdammt!« knurrte er. Er schaltete den Translator ein, den er noch am Gürtel seines Anzugs trug und wandte sich einem der Tel zu. »Vielleicht könnt ihr kurz etwas dazu sagen. Na, los, raus mit der Sprache...«

Der Tel war hochgewachsen. Das Gesicht hatte Ähnlichkeit mit den feingeschnittenen Zügen eines Äthiopiers. An seiner Physiognomie erinnerte nichts daran, daß sich im Inneren seines Körpers grünes Blut befand, das von zwei unabhängig voneinander funktionierenden Herzen in zwei autarken Kreislaufsystemen bewegt wurde.

Er schwieg zunächst.

»Name und Rang?« fragte Kaunas.

»Warum sollen wir ihnen nicht alles sagen, was wir wissen? Es ist jetzt sowieso vorbei«, meinte einer der anderen Tel.

Der Mann, den Kaunas angesprochen hatte, atmete tief durch und nickte.

»Vielleicht hast du recht, Kronc«, sagte er. Er sah Kaunas gelassen an. »Mein Name ist Ngar Tenk«, erklärte er. »Und ich besitze keinen Rang.«

»Ihr seid Rebellen gegen das Telin-Imperium«, schloß Kaunas. »Ich habe mir einen eurer Leute vorgenommen, der hat es mir verraten.«

»Ich muß Sie korrigieren«, erwiderte der Tel, der sich Ngar Tenk genannt hatte. »Die meisten von uns sind keine Rebellen, sondern wir arbeiten nur für sie. Ihre Zahl ist gering, daher benötigen sie Söldner zur Durchführung ihrer Aktivitäten.«

»Und das soll ich Ihnen glauben? Sie wollen sich doch nur herausreden«, glaubte Kaunas.

»Das Doppelkugelschiff ist explodiert. Wir haben über Funk davon erfahren. Alle Rebellen haben den Befehl zum kollektiven Selbstmord, wenn eine Mission fehlschlägt oder wir in die Hände des Feindes zu geraten drohen.«

»Nur so läßt sich verhindern, daß aus den Gefangenen Informationen herausgepreßt werden!« ergänzte jener Tel, der Kronc genannt worden war.

»Dann ist der Doppelkugelraumer in die Luft gesprengt worden, weil eine Selbstzerstörungssequenz aktiviert wurde!« erkannte Kaunas.

Die Tel bestätigten dies.

Kaunas fiel der Gleiter ein, der plötzlich die Richtung geändert hatte und dann explodiert war.

Offenbar waren an Bord Rebellen gewesen, die ihren Befehlen Folge geleistet hatten.

Bis in den Tod.

Der Feldwebel dachte an Kurt Buck und seine Leute. Es lag nahe, daß die Selbstzerstörung ausgelöst worden war, weil Bucks Angriff mit der TIME JUMPER ZERO von Erfolg gekrönt worden war.

Verglüht in einer Explosionshölle... das hat dieser Mann nicht verdient, dachte Kaunas bitter. *Was hätte alles aus ihm werden können?*

»Wir haben nur für diese Leute gearbeitet«, ergriff jetzt Kronc das Wort. »Aber im Gegensatz zu den Rebellen sind wir keine Fanatiker. Wir arbeiten für Geld, aber das ist auch alles, was uns mit ihnen verbindet.«

»In den Tod gehen wir ihretwegen nicht«, ergänzte Ngar Tenk.

Dafür erntete er zustimmendes Gemurmel unter den anderen Tel.
»Gibt es noch *wirkliche* Rebellen unter euch?« rief Kaunas und musterte die Tel einen nach dem anderen.
Die Antwort war Schweigen.
Schließlich sagte Ngar Tenk: »Keiner der wirklichen Rebellen, wie Sie sie nennen, dürfte noch am Leben sein.«
»Ich verstehe.«
»Sie wären bereit, für die Rebellion alles zu geben, alles zu opfern. Wie ich Ihnen schon sagte, es handelt sich um Fanatiker.«
»Was sind ihre Ziele?«
Ngar Tenk hob die Augenbrauen.
»Wahrscheinlich träumen sie von einem Umsturz im Imperium. Aber das ist nicht mehr als eine Annahme meinerseits. Wir waren nur ihre Werkzeuge. Sie haben tunlichst vermieden, uns einzuweihen.«
»Und bei dieser Mission ging es darum, Tofirit zu stehlen?« fragte Kaunas.
»Ja«, bestätige Ngar Tenk. »Hören Sie, Terraner, für mich war das nur ein Job wie viele andere, für die ich im Laufe meines Lebens angeheuert wurde.«
»Ein ziemlich mörderischer Job«, erwiderte Kaunas grimmig.

Jack Ornelas wurde blaß wie die Wand.
»Der Tel-Raumer, den wir auf der Oberfläche geortet haben, ist soeben explodiert«, meldete der Zweite Offizier der HAMBURG.
Major Elizondo sprang auf, trat zu Ornelas an die Konsole heran und blickte auf die Anzeigen.
Was mag da nur vor sich gehen? ging es ihm durch den Kopf.
»Es werden hohe Strahlungswerte gemessen«, fuhr Ornelas fort.
»Wir landen«, bestimmte Elizondo an John Brdaric gewandt. »Außerdem soll die Errichtung eines r-Dämpfungsfeldes vorbereitet werden.«
»Jawohl, Sir«, sagte Brdaric.
»Gibt es Anzeichen dafür, daß sich weitere Raumschiffe im System oder auf der Planetenoberfläche befinden?«
Ornelas schüttelte den Kopf. »Nein, Sir.«

»Wahrscheinlich werden wir erst mehr erfahren, wenn wir dort unten sind«, brummte der Kommandant der HAMBURG düster. Er ging zurück zu seinem Schalensitz und ließ sich darin nieder.

Die HAMBURG tauchte in die Atmosphäre von Eldorado ein.

Auf dem großen Panoramaschirm waren bald die riesigen waldbedeckten Gebiete zu sehen, dazwischen ausgedehnte Grasländer.

Die Position, an der das Tel-Schiff explodiert war, stimmte mit jenem Ort überein, an dem sich eigentlich der Vorposten hätte befinden müssen. Das Ganze war reichlich mysteriös.

Das Schiff sank tiefer.

Schließlich schwebte es genau über dem Gebiet, in dem vor wenigen Augenblicken ein wahres Inferno stattgefunden hatte.

Auf dem Panoramaschirm war ein Bild der Zerstörung zu sehen. Zerborstene Trümmerteile bedeckten in weitem Umkreis den Boden.

»Strahlungswerte im oberen Niveau«, stellte Ornelas fest. »Das r-Dämpfungsfeld ist aktiviert.«

»Gut...«

»Außerdem gibt es offenbar ein paar Überlebende am Rand des Tals, in dem das Tel-Schiff auseinandergeflogen ist.«

»Überlebende?« echote Elizondo. »Worauf warten wir noch? Holen wir sie an Bord!«

Die HAMBURG sank tiefer, fuhr ihre Teleskopbeine aus und setzte auf dem Boden auf. Das spezielle r-Dämpfungsfeld, das sie umgab, schützte sie vor dem Großteil der harten Gammastrahlung, die durch die Explosion des Doppelkugelraumers freigeworden war.

Die Hauptschleuse öffnete sich.

Kurt Buck und die Überlebenden seiner Gruppe liefen an Bord der HAMBURG, wo sie zunächst in besonderen Räumen untergebracht wurden, um sie zu dekontaminieren.

Major Elizondo meldete sich über eine Viphoverbindung bei Kurt.

»Es freut mich, Sie zu sehen, Fähnrich«, sagte Elizondo. »Ich nehme an, Sie werden mir einiges zu berichten haben.«

»Allerdings«, gestand Kurt zu.

»Sie und die Leute in Ihrer Umgebung wurden starken Strahlendosen ausgesetzt. Wir werden Sie einer speziellen Anti-r-Behandlung unterziehen, um dauerhafte Zellschäden zu vermeiden. Dr. Forrig ist sehr optimistisch, daß das gelingen wird.«

Kurt Buck lächelte matt.

»Ich danke Ihnen für Ihre Bemühungen.«

»Berichten Sie mir, was geschehen ist!«

»Ja, Sir.«

Die HAMBURG hob wieder vom Boden ab. Elizondo gab den Befehl, einen Landeplatz zu suchen, der außerhalb der verstrahlten Zone lag.

Innerhalb der nächsten Stunden wurden alle diejenigen, die zusammen mit Kurt Buck die Explosion des Doppelkugelraumers überlebt hatten, einer neuartigen Anti-r-Behandlung unterzogen, die wesentlich auf der Wirkung von Energiefeldern beruhte. Dr. Hal Forrig, der Bordarzt der HAMBURG, war maßgeblich an der Entwicklung dieser Methode beteiligt gewesen. Allerdings hätte er sich nicht in seinen schlimmsten Alpträumen vorgestellt, daß sie sich bereits so schnell in der Praxis eines scharfen Einsatzes bewähren mußte.

»Jeder von Ihnen wird am Ende dieser Behandlung vollständig dekontaminiert sein«, kündigte Forrig den Betroffenen an. »Die Chancen, daß sich keine Spätfolgen für Sie ergeben, stehen ebenfalls gut. Ihre Kleidung und sämtliche Gegenstände, die Sie in Gebrauch hatten, müssen allerdings vernichtet werden. Das ist billiger als eine Dekontaminierung.«

Die Prozedur zog sich über Stunden hin, aber gegen die Strapazen, die Kurt Buck und seine Leute in den letzten Tagen hinter sich gebracht hatten, war das nicht mehr als eine Kleinigkeit.

»Wir haben es wirklich geschafft«, meinte André Souan an Kurt gerichtet. »Ich habe schon nicht mehr daran geglaubt.«

Kurts Züge blieben ernst.

»Manche haben es nicht geschafft«, meinte er.

André schluckte. »Ja, ich weiß.«

»Tom White Feather zum Beispiel. Aber er ist nicht der einzige.«

»Er wird auch nicht der letzte sein, Kurt.«

»Ist mir schon klar. Aber weißt du, André, das ist ein Aspekt unseres Dienstes in der Schwarzen Garde, an den ich mich wohl niemals gewöhnen werde!«

»Nicht einmal jemand mit einem Gemüt aus Leder wie Kaunas hat sich daran gewöhnt«, gab André zu bedenken.

»Bist du dir sicher?«

»Bin ich. Und du kennst ihn doch auch gut genug.«

»Stimmt.«

Längst war die Dämmerung hereingebrochen. Der Abendmond stand bereits hoch am Himmel, als die TIME JUMPER ZERO mit Wladimir Jaschin und der zweiten Hälfte der Gardisten aus Kurt Bucks Zug eintraf. Der Absetzer flog gleich darauf noch einmal zurück. Vegas' Leute und die Überlebenden des Vorpostens wurden anschließend geholt.

Noch etwas später trafen Kaunas und seine Gruppe mit ihren gefangenen Tel ein.

Sie benutzten dazu den eroberten Gleiter.

Einige der Tel-Söldner, die sich für die Rebellen verdingt hatten, mochten sich noch hier und da versteckt halten. Sie hatten keine Chance, sich dauerhaft zu verbergen. Für Kaunas' Rekruten würde es eine Kleinigkeit sein, sie in den nächsten Tagen einzufangen.

Die gefangenen Tel wurden eingehenden Befragungen unterzogen, die aber keinerlei weitere Erkenntnisse über die geheimnisvolle Rebellenorganisation innerhalb des Telin-Imperiums erbrachten.

Fest stand nur, daß diese Rebellen in der Wahl ihrer Mittel alles andere als zimperlich waren und sich durch außergewöhnlichen Fanatismus auszeichneten.

»Und ein Höchstmaß an Geheimhaltung«, merkte Jannis Kaunas an und fügte noch hinzu: »Ich fürchte, daß wir von diesen Rebellen noch hören werden.«

Am nächsten Tag organisierte Major Elizondo an Bord der

HAMBURG eine kleine Feier. Alle Beteiligten hatten sich inzwischen wieder einigermaßen von den durchlittenen Strapazen erholt.

»Ihr Einsatz war außergewöhnlich«, wandte sich Roy Vegas an Kurt, während beide ein Sektglas in der Hand hielten.

»Nicht außergewöhnlicher, als der Ihre«, erwiderte Kurt höflich.

Vegas machte eine wegwerfende Handbewegung. »Nun stellen Sie mal Ihr Licht nicht unter den Scheffel, Fähnrich Buck. Ich glaube, Sie haben eine ganz besondere Karriere vor sich.«

»Leider garantiert eine besondere Begabung noch lange nicht, daß man es ganz nach oben schafft«, mischte sich Major Elizondo ein, der in der Nähe stand. Er hob das Glas und lachte. »Wie könnte es sonst sein, daß ich noch immer der Kommandant eines Transporters für Grünschnäbel bin, die auf irgendwelchen Planeten abgesetzt werden, um Pfadfinder zu spielen?!«

Allgemeines Gelächter war die Antwort.

In gespielter Empörung drehte sich Elizondo herum. »Ja, will es denn hier irgend jemand ernsthaft bestreiten, daß ich längst im Generalstab der Flotte sein müßte?«

Kurt nippte an seinem Glas.

Er blickte zur Seite, wo er Jannis Kaunas bemerkte.

Der Feldwebel hatte ein paar seiner Rekruten um sich versammelt. »Jeder Rekrut, der von mir ausgebildet wird, hat die einmalige Chance, genauso ein Teufelskerl wie Fähnrich Buck zu werden«, räsonierte Kaunas. »Voraussetzung ist natürlich, daß ihr exakt das tut, was ich sage.«

»Ja, Sir«, murmelten die Rekruten.

»Und daß sich niemand mehr über meine Ausbildungsmethoden beschwert. An Buck könnt ihr sehen, daß dabei nur das Allerbeste herauskommt!«

Ende

EXKLUSIV IM HJB SHOP

Bad Earth Buchausgabe

Erleben Sie von Anfang an mit, wie John Cloud und seine Gefährten fremde Welten und deren Bewohner entdecken – und die »unsichtbaren« Eroberer der Erde. Die Besatzung des Raumschiffs RUBIKON wird zum Spielball wahrhaft kosmischer Ereignisse. Aber zunächst muß sie überleben, denn wir befinden uns am Vorabend des Großen Krieges... Jährlich erscheinen drei Bücher.

Bände 1 und 2, Hardcover, je ca. 384 Seiten, € 15,90

EXKLUSIV IM HJB SHOP

Forschungsraumer Charr

Die Erde in nicht allzu ferner Zukunf Die Menschheit hat das Weltall besiedelt und Feinde wie Freunde hinzu gewonnen. Die treuesten Verbündete sind die Nogk – ein Volk, das es so eigentlich gar nicht geben dürfte. Frederic Huxley ist der Vertreter de Menschheit bei den Nogk. Sie beauftragen ihn mit einer besonders wich tigen Mission. An Bord des mächtigen Forschungsraumers Charr bric er auf zu einer wichtigen Mission – im Auftrag des Imperiums der Nogk

Sechs Paperbacks, je 96 Seiten, € 6,0

www.hjb-shop.de

HJB Shop · Postfach 220122 · 56544 Neuwied
E-Mail: hjb@bernt.de · Tel. 0 26 31/35 61 00 · Fax 0 26 31/35 61 0